Marjana Gaponenko

DER DORFGESCHEITE

Marjana Gaponenko

DER DORFGESCHEITE

Ein Bibliothekarsroman

C.H.Beck

Franz Maschek, unvergessen

© Verlag C.H.Beck oHG, München 2018
Umschlaggestaltung: Rothfos & Gabler, Hamburg
Umschlagabbildung: The One-Eyed Flautist,
French School, 1566/Louvre, Paris
Satz: Fotosatz Amann, Memmingen
Druck und Bindung: Pustet, Regensburg
Gedruckt auf säurefreiem, alterungsbeständigem Papier
(hergestellt aus chlorfrei gebleichtem Zellstoff)
Printed in Germany
ISBN 978 3 406 72627 9

www.chbeck.de

Способность получить высококлассное образование может стать элитарной привилегией, доступной только «посвященным». Произойдет разделение на тех, кто будет уметь читать сложную литературу, и тех, кто читает вывески, кто таким клиповым образом хватает информацию из интернета. Оно будет раздвигаться все больше и больше.

Татьяна Черниговская

Die Fähigkeit, eine erstklassige Bildung zu bekommen, könnte ein elitäres, nur für «Eingeweihte» zugängliches Privileg werden. Es wird zwei Parteien geben: Diejenigen, die komplexe Literatur lesen, und die «clip-thinker», die nur Schilder lesen und Informationen aus dem Internet überfliegen können. Die Kluft dazwischen wird immer größer und größer.

Tatjana Tschernigowskaja

So remember to look up at the stars
and not down at your feet.

Stephen Hawking

I

Ernest Herz starrte lange den abblätternden Deckenputz an. Schließlich begriff er, dass er in einem fremden Bett lag, im Bedienstetentrakt des Stifts W., seinem neuen Zuhause. Die Erinnerung an den Vorabend erhob sich in blendender Deutlichkeit vor seinem tränenden und einzigen Auge: das muffige Zugabteil, die wechselnden Mitreisenden, deren einzige Beschäftigung darin bestand, ihr von zu Hause mitgebrachtes Essen zu verspeisen. Nicht einmal ein Buch hatten die Älteren unter ihnen dabei. Dann die Ankunft an dem zweigleisigen Bahnhof von W., der Schritt ins Freie, die pfirsichfarbene Fassade, die er auf den ersten Blick für ein Gebäude der freiwilligen Feuerwehr hielt. Dann las er: *«Teufelinnen heiß wie Feuer, 24 h.»* Die Buchstaben standen in eine schiefe Zeile gedrängt, als würden sie sich über diese Konstellation schämen. Leb wohl, Provinz, hörte er sich selbst sagen. Ernest Herz, erstaunt über den Klang seiner Stimme, blickte sich um. Außer einem an den Treppenstufen kauernden Trio von übergewichtigen Schulkindern war niemand in Sicht.

Den Wahnsinn habe ich also tatsächlich unten gelassen. Von oben und unten kann man gerade an einem Ort wie diesem auch im übertragenen Sinn sprechen, man muss es sogar. Hier oben herrscht der Geist, da unten piept das Gewürm. Hier posaunen die Freskenengel von den zehn Meter hohen Decken, da zuckeln Spielzeugzüge, glitzern Schiffe und Segelboote, fingernagelgroß, wie festgefroren an den trüben Bändern, die Flüsse sein sollen – lächerlich, und schwindend kleine Mitmenschen, gewiss in leicht entflammbaren Polyesterjacken, kraxeln mit Skistöcken irgendwo im Grünen vor sich hin, in ewiger Sorge um ihre Gesundheit. Ohne mich! Nun heißt es, sich sammeln, ora et labora, Sodom et Gomorra. Von nun an lebe ich rechtschaffen, gottgefällig könnte man noch sagen, doch das wäre geheuchelt. So sprach Ernest Herz zu sich selbst, während er sich aus dem Bett quälte und ins Bad schlurfte. Jetzt spürte er ihn auch, den Hügel, den er gestern in der Dämmerung wie ein flotter Gamsbock hochgeklettert war, spürte den fein gehackten Kies, über den er schamvoll einen Rollkoffer geschleift hatte. Sein Weg hatte ihn an Buchsbaumhecken und Bronzestelen vorbeigeführt. Was sie darstellten, konnte Ernest Herz auch in den nächsten Monaten nicht enträtseln. Am Fuß einer Treppe hob er schließlich seinen abgewetzten «Tourister» wie eine Braut hoch und trug ihn weiter. Oben am Stiftsvorplatz war offenbar Jahrmarkt – ein bunt erleuchteter Tragarm des *Imperators* hatte gerade, von Mädchenkreischen begleitet, einen Bogen beschrieben, während Laserbilder in wildem Tempo an die

Stiftsfassade geworfen wurden, ein Säbelzahntiger wurde von einem Schmetterling, der Schmetterling von einer Krone und die Krone von einem pumpenden Herzmuskel abgelöst. Ernest Herz verfolgte die Bilder eine Weile (im einzigen erleuchteten Fenster tauchte eine Putzfrau mit Kopftuch und Besenstiel auf), dann begann sein Auge zu tränen.

«Was ist denn hier los?», fragte er einen vorbeischwankenden Jahrmarktsbesucher.

«Was denn, was denn? Martini, was denn sonst?»

«Ach, heute ist der 11. November!», stieß Ernest Herz aus.

«Und morgen ist der 12.», kicherte der Betrunkene, «gestern war der 10.», stellte er verwundert fest.

Ernest Herz ging weiter. Unter den kahlen Bäumen einer Allee lächelten ihm frierende Verkäuferinnen aus ihren Pappbuden zu, als er an ihnen (den Koffer nun hinter sich herrollend) vorbeilief. Möglicherweise hielten sie ihn für einen Berufszauberer, der mit seinem Equipment zu einer Aufführung eilte. Eine ältere Brillenträgerin, die sich als Zigeunerin verkleidet hatte, deutete sogar triumphal auf eine Zauberkugel, von deren Sorte die Regale hinter ihr vollgestellt waren.

Im Spiegel, der mit Zahnpasta seines mysteriösen Vorgängers gesprenkelt war, nickte er sich nun selbst anerkennend zu. Ernest Herz trotzte seit Jahren dem Zahn der Zeit, und das mit Erfolg. Sein Geheimnis war, darauf konnte er schwören, ein Stamperl Enzianschnaps vor dem Schlafengehen. «Gelber Enzian», pflegte er geheimnisvoll zu sagen, wenn manche Frau den Fehler machte, ihn nach seiner Gesichtscreme zu fragen. «Oral», fügte er grinsend hinzu. Auf diese Art und Weise kam er zu seinen Freundinnen. Es waren Hunderte, wenn nicht Tausende. Nichts blieb von ihnen außer einem Karteikarteneintrag im Geheimfach von Ernest Herz' Rollsekretär. Ab und zu blätterte er in dieser als Zettelkatalog angelegten Datenbank und sah sie alle wieder vor sich, Kolleginnen, Passantinnen, Kellnerinnen, eine Tierschützerin mit erdigen Augenringen, eine Clowndame, dessen süßes Kinderlächeln ihre schiefen Zähne vergessen ließ, eine Lehrerin, die alles besser wusste, obwohl sie einen Bildungsradius wie eine Wohnungskatze hatte, eine Schaffnerin, die, bevor sie unter seine Decke schlüpfte, ein paar Seiten in einem der Codices las, die sich auf Ernest Herz' Nachtkästchen türmten. Eine Menge Verkäuferinnen waren dabei, einige stolz wie eine Latschenkiefer in den Pyrenäen, die meisten jedoch richtige Klammeraffen:

Angelika Schaumlöffel: Wieselweg 12, 02758/6357; ca. 185 cm,
-Großfolio+, blond <gefärbt>, blauäugig; 20.08.1988,
Anais Anais von Cacharel
Regest:
ÖAW, Handschriften, kompetent aber phantasielos

Susi Pleitinger: Rüsselgasse 53, 0488300/64838; ca. 175,
+Folio+, blond, braunäugig; 30.04.1990, Diorissimo von Dior
Regest:
Gastronomie, naja aber oho

Annalena Schwarzmeier, Am Rand 8, 05248/947477; ca. 168,
+Oktav+, brünett, braune Augen, <Brille>; 06.09.1981,
24, Faubourg von Hermes
Regest:
Slawistin, Achtung Jagdschein(!)

Kaum wollte eine dieser Damen, ganz gleich, ob sie ein schmales Oktavheftchen war oder über ein majestätisches Atlasformat verfügte, hinter seine Augenklappe schauen, verlor sie unwiederbringlich ihren Zauber und Ernest Herz das Interesse. Er fand, es gab gewisse nicht zu überschreitende Grenzen, bei aller Liebe, aber bei der Augenklappe war Schluss. Er legte sie an, zwinkerte sich selbst mit dem heilen Auge zu und begann sich zu rasieren. Sein Gesicht wirkte alterslos und leider, wenn nicht die leere Augenhöhle wäre, völlig unscheinbar. Seine Behinderung empfand er deswegen als einen Segen. Als Kind hatte er das Tragen der Piratenbinde lästig gefunden, als Teenager lächerlich und als Student der Geschichte des Mittelalters unentbehrlich. Als er für ein Studentenmagazin interviewt wurde, sagte er, die Binde habe ihm den gesellschaftlichen Schliff verpasst, der ihm unter anderen Umständen höchstwahrscheinlich versagt geblieben wäre. Sie habe zu einer Art Haltung geführt, die auch eine Lebensart sei. Ernest Herz – der Lebenskünstler, lautete die Überschrift des Interviews, das in der Rubrik «Menschen, die anders sind» abgedruckt wurde.

II

Wie er darauf gekommen war, seine weiblichen Eroberungen alphabetisch zu ordnen, war Ernest Herz nicht mehr ganz klar. Dachte er aber an seine Anfänge zurück, so stand für ihn außer Frage, dass er, der seit dem ersten Semester der Mediävistik darum bemüht gewesen war, groß zu denken, und gleichzeitig die Prahlerei seiner Kommilitonen, lauter Sunny Boys, verachtete, sich in dieser delikaten Angelegenheit nur der Form eines bibliothekarischen Zettelkataloges hätte bedienen können. Im Unterschied zum handlichen, aber spießbürgerlichen Bandkatalog ließ sich der Zettelkatalog unendlich erweitern. Ihm imponierten das Systematisch-Methodische der Klassifizierung, die quasi wissenschaftliche Distanz zum Forschungsobjekt, am meisten jedoch die Haptik der herausnehmbaren Lade des Zettelkastens, in der sie alle drin lagen, eng aneinandergeschmiegt – seine Herzensfreundinnen. Eine Zeit lang hatte er großen Spaß daran gehabt, bei einem Glas Wein die Kärtchen über die Damen mit ihren Besonderheiten durchzublättern und jede von ihnen vor seinem geistigen Auge vorüberziehen zu lassen.

Mathilda Heizknecht, Gassensturz 6, 08574/957472; ca. 170 cm,
-Oktav-, blond, graue Augen, <kurzsichtig>; 02.12.1987,
Miss Dior Chérie von Dior
Regest:
Vater ist Urologe

Die kleine Matilda, Kellnerin aus der Gastwirtschaft *Zur lahmen Gans*, ein fröhliches, einfältiges Wesen mit einer großen Klappe: Wie lange war er hinter ihr her gewesen! Als seine Zeit gekommen war, ihr in der Abstellkammer zwischen Essigreiniger und Haushaltsrollen unter den Rock zu greifen, geschah eine Katastrophe. «Was lesen Sie gerade?», hatte er ihr schwer atmend ins Ohr geflüstert. «*Der Schieläugige, der einen Biathlon gewann* von Tomas Tomansen», lautete die selbstbewusste Antwort. Kaum hatte er den Titel des an jedem Kiosk ausliegenden Bestsellers vernommen, wandte er sich, einen Schwächeanfall simulierend, von Mathilda ab. Dabei wäre er für dieses Mädchen eben noch zu den schönsten Dummheiten bereit gewesen. Aber doch nicht zu allen. Oder die Sonja Korsch.

Museumsplatz 6, 0534/95483; ca. 160 cm,
+Oktav+, blond, gefärbte Kontaktlinsen; 09.01.1990,
Obsession von Calvin Klein.
Regest:
Tierschützerin, vegan

Auch ihr gelang es, Ernest Herz ordentlich auf Trab zu halten. Immer beschäftigt, denn eine Demonstration jagte die andere (sie demonstrierte gegen Tierversuche, gegen Fuchsmästung, gegen die Leder- und Pelzindustrie, aber auch gegen Kinderarbeit in Entwicklungsländern), selten erreichbar, und wenn doch, dann war sie kurz angebunden, wenn sie mal gesprächig war, dann driftete sie ins Esoterische ab oder jammerte über ihre Rückenschmerzen, die ihr Riesenbusen verursache – angeblich. Dabei lag es an ihrer schlechten Haltung, an den Hängeschultern. So glaubte sie, kaschieren zu können, was gesehen werden wollte. Dafür aber ein Madonnengesicht! Sonja gehörte zweifelsohne zu den hübschesten Zielobjekten. Und später als alle anderen hatte sie ihn nach der Augenklappe gefragt. (Dürfte ich mal schauen?) Die Frauen mit ihrer Augenlust, jede wollte das. Jede scheiterte daran. Mit jeder machte er sofort Schluss. Mit Sonja schriftlich. Ihr Madonnengesicht wollte er aber ohne Bitterkeit in Erinnerung behalten. Und doch schrieb er am Schluss seines Trennungsbriefes: «Eine Information am Rande für Sie als femme vegane: Die Schmerzmittel gegen Rückenschmerzen sollten Sie nicht nehmen, wenn Sie mit Leib und Seele (Seele unterstrich er mit einer gezackten Linie, die in ein Fragezeichen mündete) gegen Tierversuche sind. Für Ihre Tabletten leiden täglich Rhesusaffen.»

Auf seinem früheren Posten als bibliothekarischer Mitarbeiter der Lobkowicz-Bibliothek hatte er die Regest-Kolumne um Duft und Format vervollständigt. Die älteren Frauen hielten es beim Duft wie in der Liebe: animalisch, ledrig, orientalisch, mit viel Gewürz und Weihrauch. Die jüngeren: wild, verspielt, frisch, linear und ziemlich flach. Umständlich notierte er die Namen der Parfüms vor den Augen der Damen und versprach, sich den Duft zu besorgen. «Warum?», hauchten sie erschrocken. «Um Sie in den stillen Momenten der Sehnsucht bei mir zu haben, meine Liebe», pflegte Ernest Herz zärtlich zu antworten, oder: «Um mit Ihnen, süße Katherina, Valerie, Chantal, auf der molekularen Ebene zu verschmelzen.» In Wirklichkeit aber kaufte er sich nie, bis auf eine einzige Ausnahme, den genannten Duft, er ging nicht einmal in die Parfümerie. Als Mann des Wortes genügten ihm die Kritiken, die er in einem der vielen Internetforen für Parfüm-Nerds las. Er genoss die Duftrezensionen wie kleine Delikatessen. Sinnlich und scharfsinnig formuliert, ließen sie ihn mit dem Gefühl zurück, tatsächlich einen Duft samt seiner Aussage begriffen zu haben. Mehr noch, der Wortzauber der olfaktorisch Begeisterten hüllte den Gram einer gerade beendeten Liebelei in ein gnädiges und heiteres Licht und adelte die Duftträgerin in Ernest Herz' Erinnerung für immer. War er am Anfang noch anonymer Besucher auf den Parfümseiten gewesen, sah er sich allmählich doch gezwungen, sich anzumelden und einigen der wortgewandten Parfümfreunde für den Lesegenuss zu danken. In dieser Zeit kam auch ein Tauschhandel zustande. Eine Rubinia Böck, allein schon der Name raubte ihm den Verstand, gehörte zu den wenigen professionellen Musikerinnen und verheirateten Frauen in seinem Katalog, eine spröde Sphinx, die sich leider nicht ganz erobern ließ, nur im Kopfbereich sozusagen – bis zum Äußersten zu kommen, gelang ihm trotz übermächtiger Anstrengungen nicht, aber sie verriet ihm nach dem ersten und einzigen Kuss ihren Duft. Leider verlangte sie sofort, als Gegenleistung, hinter die Augenklappe zu schauen. An diesem Abend, die Wirkung des gütig-mütterlichen Kusses war noch nicht ganz verflogen, las er in seinem Lieblingsforum *gunsandnoses* einige Kommentare zu Rubinias Parfüm, das den seltsamen Namen *Resta con noi 33* trug und auf der Abbildung wie eine Salzmühle aussah. Der Parfümeur sei von Hause aus Cembalist und fertige nebenbei Schuhe für den Papst an, hieß es in der Beschreibung des Produkts. *Resta con noi 33* rieche wie Engelsatem und erhebe alles im Umkreis von zwei bis drei Metern in eine Sphäre der Versöhnung und absoluter Geborgenheit. So rieche die Ewigkeit. Als Andenken an Rubinia hätte er das Parfüm gern gekauft, der Preis von 240 Euro ernüchterte ihn jedoch, und außerdem, was sollte er mit einem ganzen Flakon? Schließlich konnte er sich mit einem anderen Nutzer, nachdem dieser von Ernest Herz' Beruf erfahren hatte, darauf einigen, eine kleine Abfüllung des Engelsdufts gegen ein Buch zu tauschen. Dabei überließ der andere Ernest Herz die Wahl mit dem Hinweis, sich sowohl für Frauen als auch für Rokoko-Möbel zu interessieren. Mit den *Memoiren eines Dandy* des englischen Schriftstellers John Cleland, einem Exemplar aus der Bibliothek seines Vaters, schien er den Geschmack des Nutzers getroffen zu haben. Tolles Buch, schrieb dieser wenig später, es rieche nach süßer, alter Pappe, auch nach Dunhill-Tabak und Blumenstaub. Das 10-ml-Röhrchen, das seiner Sendung beilag, bewahrte Ernest Herz seitdem im Andenken an Rubinia Böck als Trophäe auf, holte es immer wieder aus den Tiefen seines Sekretärs und gönnte sich einige Sprühstöße auf die Armbeuge oder sogar auf den schwarzen Baumwollstoff seiner Augenklappe, und tatsächlich stimmte ihn der undefinierbare Weißblüher-Duft auf die Langeweile des ewigen Lebens ein, unmittelbarer als Musik oder eine luxuriös illuminierte, theologische Handschrift. Für ihn roch *Resta con noi 33* wie eine etwas verblühte und füllige Operndiva – also ein Großfolio –, die in einem Spitzen-Negligé im Boudoir ihrer Villa im Piemont sitzt. Schon geschminkt und frisiert, pudert sie sich noch pro forma die Nase, legt den Pinsel beiseite, erhebt sich, lächelt gütig, aber auch selbstbewusst, wissend um die ungebrochene Kraft ihres Weltklasse-Soprans. Da beginnt sie zu singen, *vissi d'arte, vissi d'amore, non feci mai male ad anima viva!* Während sie ihren jungen Geliebten fixiert, einen Flüchtling aus Ghana, der traurig und lüstern den Blick der Diva erwidert, an das Essen im Kühlschrank denkt und mit Puccini nichts anfangen kann. Das entgeht der Tosca nicht, doch in ihrer Güte und Reife nimmt sie es dem jungen Mann nicht übel. Sie mag zwar vor ihm singen, doch es ist gar nicht Addo, den sie erreichen will. Vielmehr schaut sie durch ihn hindurch auf etwas Größeres. Er ist nur die Lupe, durch die sie ihre Strahlen in eine andere, ewige Dimension schickt.

Was das Format der Damen anging, so richtete er sich nach einem Beurteilungssystem, das auf einer Mischform der Preußischen Instruktionen und seines persönlichen Formatgefühls beruhte. Entsprechend bezog es sich auf Brustumfang (Lagendichte), Größe (Höhe des Buchrückens) und Bildungsgrad (Inhalt). War die junge Dame mit üppigen Formen gesegnet, groß gewachsen und strohdoof, fiel sie in die Kategorie «+Oktav–». War sie groß gewachsen, hatte sie einen stattlichen Vorbau und einen Master in Numismatik, so sah sich Ernest Herz gezwungen, sie als «+Oktav+» einzutragen. Eine Baseballspielerin mit wenig Brust und wenig Intellekt hätte nur als «–Folio–» geführt werden können. Eine Bohnenstange mit wenig Brust und einem Doktor in Neurowissenschaften als «–Groß-Quart+». Eine stattliche, groß gewachsene Dame mit viel Brust, einem hellen Kopf und viel Humor (+Imperial-Folio++) wäre eine willkommene Kuriosität gewesen. Auch kleinformatige, superschlaue Dolly Partons (Doudez) fehlten ihm im Katalog. Seine Beziehung zu seinen Damen war die eines Sammlers zu seinen Objekten. Nach den ersten Eroberungen begann ihn nicht die Frau selbst, sondern das Serielle zu erregen, und mit Mitte dreißig war er so weit, jede Frau, die er mit seiner schwarzsamtenen Augenklappe betörte, für ihre Schwachheit zu verachten. Wie einfach gaben sie sich dem vergeistigten Piraten hin! Manchmal überlegte er sogar, «nackt» mit der leeren Augenhöhle auf Frauenjagd zu gehen, um festzustellen, ob er so auch leichtes Spiel mit ihnen haben würde. Aber dann schob er diesen Gedanken beiseite – viel zu groß war die Angst, nicht mehr imposant gefunden zu werden.

Als seine Einträge immer mehr Platz in der Schublade seines Schreibsekretärs einzunehmen begannen, ließ er, von seinem fantastischen Erfolg beim schönen Geschlecht beseelt, einen Schreiner kommen. Dieser entkernte die abnehmbare Krone des Sekretärs und baute für eine horrende Summe ein Geheimfach in den entstandenen Hohlraum hinein. Diese Investition hatte Ernest Herz nie bereut. Denn sie läutete eine Phase höchster Katalogisierungsaktivität ein. Die Damen, die ihm von nun an in die Fänge gerieten, zeichneten sich alle, als hätten sie sich untereinander abgesprochen, durch eine ausgeprägte spielerische Ader aus. Eine Kampfkünstlerin lehrte Ernest Herz das Fürchten, aber auch ein paar Tricks für die Selbstverteidigung. Den Tritt ans Schienbein konnte er bereits nach wenigen Sessions, auch, wie man sich aus der Umklammerung befreien konnte, indem man den Gegner in die Rippen zwickte. Hart musste er kämpfen, bis er Luise Klein auf die Matte legen durfte (von Können konnte keine Rede sein). Wie die meisten Frauen hegte auch Luise viel Mitleid mit der lebenden Kreatur im muskulösen Leib und rollte sich freiwillig auf den Rücken, mit einem Lächeln im Gesicht, das ihren inneren Kampf zwischen Spott und Wohlwollen offenbarte und sie begehrenswert machte. Dem Luischen folgte Julia Bratz-Schiele, eine kräftige Kindergärtnerin, die ihm am Tag ihrer Begegnung Angst eingejagt hatte wie nichts und niemand zuvor. Gleichzeitig konnte er sich auch an keinen First Impact erinnern, der ergreifender und romantischer gewesen wäre. Sie waren sich auf einem mit weißem Kies bestreuten Parkweg zufällig um Mitternacht begegnet. Ernest Herz, der gern im Dunkeln spazieren ging, dachte zu dieser späten Stunde wahrscheinlich an gar nichts, zumindest versuchte er es, denn dazu war Flanieren seiner Meinung nach auch da – es lüftete einen hitzigen Kopf, brachte einen Unruhigen zur Ruhe, einen Verblendeten zur Einsicht. Nie ging er mit seinen Freundinnen in die Natur, aus Angst, dieses Refugium der Liebe zu opfern. Wenn er seine dementen Eltern besuchte, wanderte er mit ihnen einen Waldweg entlang oder bestieg einen Weinberg. Durch das Tanzen gut in Form, erwiesen sich die Eltern als pflegeleichte und dankbare Mitwanderer, viel angenehmer als früher, fand Ernest Herz. Nun durften sie jammern und quengeln, weglaufen und wild pinkeln. Manchmal picknickte er mit den beiden unter einer Rotbuche oder einem Vogelbeerbaum mit Blick ins Tal. Die Backsteinfassade der Seniorenresidenz *Zur heiligen Dreieinigkeit* stach puffrot aus dem grauen Einerlei der Reihenhäuser hervor. Er nahm die Eltern mit in die Natur, weil er sich revanchieren wollte. Sie hatten ihn ja auch mal früher an der Hand genommen und ausgeführt, in den Wald zu den Bäumen, an den Teich zu den Fischen, in die Weinberge, und erst als Erwachsener hatte er verstanden, welchen großen Gefallen sie ihm damit getan hatten.

Während er also um Mitternacht durch den Park lief, fuhr Julia Bratz-Schiele geräuschlos mit ihrem E-Bike heran und sprach ihn alkoholisch und munter an: «Sie laufen so aufrecht. Sind Sie Physiotherapeut?» Ob sie das metaphorisch meine, fragte er. «Na ja, Ihr Rücken ist halt so wahnsinnig gerade, das hat sicher einen historischen Hintergrund», erklärte Julia. «Ich habe vor wenigen Tagen einen einmonatigen Selbstverteidigungskurs absolviert, deswegen vielleicht. Machen Sie mich an?» Statt einer Antwort zwinkerte sie ihm zu. Langsam öffnete sie das zugekniffene Auge, und während sie ihn neugierig, aber auch in demütiger Erwartung des Kommenden anschaute, begannen die staubigen Haselnusssträucher, die adretten Heckenrosenbüsche und der Kirschlorbeer mit seinen schwarz blinkenden Blätterzungen träge und wie aus einem Traum erwachend zu rascheln. Im Nieselregen küssten sie sich, ohne dass Julia Bratz-Schiele dafür von ihrem E-Bike hatte absteigen müssen.

Ahnte wenigstens eine seiner Gespielinnen, dass seine Leidenschaft die eines echten Spezialisten war? Wahrscheinlich hatte er sich oft genug verraten, doch hatte wenigstens eine den Blick für seinen Blick? Ernest Herz bezweifelte es. Jede von ihnen war entzückend auf ihre Weise, manche strengten sich sehr an, ihm zu gefallen, andere mimten die kühle Unnahbare, und erst nachdem er alle Register gezogen hatte, schenkten sie ihm im Glücksfall einen bedürftigen, verwirrten Blick, den er insgeheim noch höher schätzte als eine Nacht.

III

Die Glocken vom Turm der gegenüberliegenden Stiftskirche kündeten die neunte Stunde an, als es zaghaft an der Tür klopfte. Es war der Portier, ein Enddreißiger mit einer üppigen Frisur, hinter der er an seinem Platz sicher gut schlummern könnte. Die Strähnen seines Ponys, das er, dafür konnte Ernest sein Auge verwetten, à la polonaise mit einem Küchentopf auf dem Kopf selbst geschnitten hatte, fielen ihm tief ins Gesicht. Ihre Umzugsleute sind da, meldete er. Beide horchten. Wie ein sterbender Ritter in voller Montur mühte sich, quietschend und klappernd, sein Rollsekretär die gewendelte Treppe hinauf.

«Gelobt sei Jesus Christus», keuchten die Möbelpacker.

«In Ewigkeit. Amen», schnarrte Ernest Herz, verärgert, dass man ihn für einen Gottesmann hielt, und das, obwohl er sich mit dem Playboy-Morgenmantel, den er trug, ausdrücklich vom Klerus im Prälatenflügel distanzierte.

«Wohin mit dem guten Stück, Hochwürden?»

Ernest Herz deutete in eine von Schimmel kunstvoll befallene Wandnische.

«Vorsicht mit den Beinen, das gute Stück ist ein Unikat!»

Der zweite Teil seines Satzes ging im Glockengeläute unter. Auf der Treppe schnappten bereits die übrigen Spediteure nach Luft. Es folgten: ein lederbezogener Ohrensessel, ein backofengroßes Telefunken-Radio, ein Leuchtmondglobus mit Neil Armstrongs Vogelspuren im Mondstaub, eine Standuhr, in deren Boden man gut Alkoholika lagern konnte, sowie eine Karawane von Kisten.

«Ganz schön luxuriös für unser Gemäuer», bemerkte der Portier.

«Ich lege keinen Wert auf Äußerlichkeiten», konterte Ernest Herz.

«Das machen Sie aber sehr stilvoll», sagte der Portier, drehte sich um und schlenderte den Gang entlang zur Treppe.

Diese Bemerkung ließ Ernest Herz nicht auf sich sitzen. Bevor er zu seiner ersten Mahlzeit schritt (diese fand eingedenk der Martini-Feierlichkeiten für die ganze Stiftsmannschaft im Refektorium statt), machte er einen Abstecher zum winzigen, in ein zum Büro mit Überwachungskameras umgebauten Erker im Erdgeschoss, wo er auf den Portier traf.

«Herz. Ernest Herz. Der neue Bibliothekar.» Der Portier stellte sich als Magister Duzelovic vor. Sie schüttelten sich die Hände, als hätten sie sich eben erst kennengelernt. «Überraschend fest», lobte Ernest Herz, «Sie haben bestimmt eine Metzgerlehre hinter sich.» Duzelovic lächelte gequält und ließ sich ohne eine Antwort wieder in seinen Drehstuhl fallen.

«Bei mir im Zimmer», begann Ernest Herz, «haben Sie von Luxus gesprochen. Ich möchte Ihnen widersprechen. Luxus ist nichts anderes als Überfluss, etwas, worauf man verzichten kann, geben Sie mir recht?»

«Meinetwegen», murmelte Duzelovic, an einer Trockenbanane kauend.

«Der wahre Luxus ist praktischer Natur. Ich bin zum Beispiel jemand, der viel mit Büchern zu tun hat.»

«Tja, das sieht man», unterbrach Duzelovic, die Augenklappe fixierend, «ein Banänchen?»

«Danke. Trockenbananen sind krebserregend. Wo war ich stehen geblieben?»

«Sie lesen gerne.»

«Genau. Und zum gepflegten Lesen braucht jeder ein orthopädisch akzeptables Sitzmöbel, am besten eines mit Geschichte. Bei aller monastischen Bescheidenheit, aber ein gewisser Komfort stand schon immer im Dienste der Musen. Lesen Sie gerne kniend auf kalten Fliesen im Bad?» Duzelovic zuckte die Schultern. «Ich auch nicht, niemand tut es, und wer dies behauptet, lügt, und wenn er nicht lügt und tatsächlich die Frechheit besitzt … dann, dann … zwangsanalphabetisiert gehört die Person.»

Duzelovic' Kiefer mahlte immer langsamer, sein Blick wurde gläsern, er dachte nach. «Aber lieber Herr Herz, Sie brauchen sich nicht zu rechtfertigen. Vor allem nicht vor einem Portier. Im Übrigen: Wenn Sie sich nicht beeilen, essen Ihnen unsere Jungs das Büfett weg.» Er deutete zur Decke: «Den Tafelspitz kann ich wärmstens empfehlen.» Ernest Herz bedankte sich und erkundigte sich in der Tür, was Duzelovic studiert habe. Dass er ein Humanist sein müsse, verrate seine Wortwahl. Er sei gelernter Friseur, antwortete Duzevolic huldvoll lächelnd.

Im Refektorium war es kühl, und es roch stark nach Brennpaste. Im Licht, das aus den vier großen Fenstern hereinströmte, sah Ernest Herz die Chorherren an zwei langen Tafeln wie schwarze Hühner einander gegenübersitzen und mit ihren Bestecken hantieren. Niemand hielt inne oder blickte auf, als er den Raum betrat. Am Besuchertisch, wo er Platz nehmen durfte, waren drei Studenten (einer trug den Anstecker der Akademie der Wissenschaften) gerade mit ihrem Bohneneintopf fertig geworden. Ein rotwangiger Junge verrieb umständlich mit dem Zipfel der Tischdecke einen Suppenklecks auf seinem Wollpullover.

«Lateinische Philologie des Mittelalters und der Neuzeit, nehme ich an?»

«Und Sie sind der neue Bibliotheksleiter?»

Ernest Herz nickte. Eine Weile stocherten alle vier gedankenverloren in dem vom Portier hochgelobten Tafelspitz.

«Wie lange bleiben Sie hier?»

«Solange es geht, am liebsten für immer.»

«So verbaut man sich die Karriere», wandte der junge Mann mit dem Suppenklecks ein.

«Karriere! Karriere ist etwas für Weicheier.»

«Stimmt», sagte der bebrillte Dicke, «Karriere ist so was von out wie der Führerschein.»

«Was ist mit internationalen Erfahrungen?», mischte sich ihr Kollege ein, ein Geck mit ungesunder Gesichtsfarbe und gegeltem Igelhaarschnitt. «Ein Fachmann wie Sie kann doch jederzeit überallhin gehen, nach St. Gallen, nach Prag oder Cambridge. So macht man es doch als Wissenschaftler.»

«Bücher sind überall gleich», bemerkte Ernest Herz, ein künstliches Gähnen unterdrückend. Diese Tick, Trick und Track begannen ihn zu langweilen. Sie holten sich den Martini-Nachtisch, eine Maroni-Nuss-Creme-Variation auf Honigwaben. «Historisch höchst fragwürdig», meinte der Student mit dem ÖAW-Anstecker. «Zu den Zeiten des heiligen Martin von Tours hätte man die Waben zur Herstellung von Kerzenwachs genommen und nicht als Matratze für ein Soufflé. Schwebt Ihnen vielleicht ein Noviziat vor?», fragte er plötzlich listig.

«Ich bin kein Vereinsmensch», sagte Ernest Herz.

«Dennoch binden Sie sich an das Kloster, nein, es

kann nur etwas Persönliches sein», sagte der Gegelte nach langem Schweigen.

Ernest Herz schloss das Auge. «Es ist alles persönlich, puere. Erzählt mir lieber, woran ihr in der Bibliothek so forscht.»

Der junge Mann mit dem Suppenklecks leckte den Löffel ab und reichte seine klebrige Hand über den Tisch: «Sebastian Zeisinger, historischer Weinbau. Meine Masterarbeit behandelt das Problem der Weinfermentierung nach dem Dreißigjährigen Krieg», sagte er. «Ursprünglich wollte ich in die Champagne nach Épernay. Ich sehe Sterne, Sie wissen schon, der angebliche Spruch von Dom Pérignon, dem angeblich der erste Schaumwein der Weltgeschichte auf der Zunge geperlt haben soll. Doch das Thema hat sich als abgedroschen erwiesen. Mein Betreuer hat mir abgeraten. Nun quäle ich mich im Archiv.»

«Wie lange noch?», fragte Ernest Herz.

«Bis zur Ernte, dann bin ich daheim im Weinberg, ich hätte lieber über die anatomische Fehlbildung in der Drolerie des 15. Jahrhunderts schreiben sollen, das fände meine Mutter sicher toll. Sie ist Kinderärztin. Doch der Winzer-Papa, der hat sich durchgesetzt. Du bist dran, Eddi.»

Der schöne Eddi verkündete nach einer Pause stolz den Titel seiner Masterarbeit: «Die Durchschnittslänge der Christuslanze in Kreuzigungsdarstellungen des

13. Jahrhunderts. Darüber wollte ich schon als Kind schreiben. Protzig, plakativ und primitiv, finden manche, ist mir egal. Ich muss es niemandem recht machen.» Er schaute den Dicken herausfordernd an.

«Der Geschmack des Bücherwurms im Spiegel der Zeit unter Berücksichtigung der konsumierten Material- und Textebene», brummte dieser kaum hörbar, nahm die Brille ab und schaute kurzsichtig in die Runde. Er stellte sich als Krzysiek aus Polen vor.

«Bravo», lobte Ernest Herz, «Humor ist gerade im akademischen Bereich eine Mangelware.»

«Ich meine es aber ernst», empörte sich der Pole.

«Ich auch.» Ernest Herz kniff das heile Auge zusammen, zog ein Tuch aus der Tasche und wischte sich mit der unprätentiös lässigen Bewegung eines Weltmannes eine unsichtbare Träne aus dem Augenwinkel. Um sich nicht den Fragen nach dem Verbleib des anderen Augapfels auszusetzen, stand er auf und verabschiedete sich. Es sei Zeit, sich wichtigen Dingen zu widmen. Welche es waren, behielt er für sich.

IV

Die Zeit bis zum Termin mit Herrn Schmalbacher, dem Personalchef des Stifts, verbrachte Ernest Herz bei einem Spaziergang durch den Kräutergarten. Der Garten bildete ein von einem hüfthohen Lattenzaun umsäumtes Rechteck. Viel war zu dieser Jahreszeit nicht zu sehen, nur vage glaubte er, den Duft von Thymian zu riechen. In den mit Planen abgedeckten Obstbäumen heulte der Wind. Ein gelber Kater mit versoffenem Russengesicht tauchte zwischen zwei Kräuterbeeten auf, bemerkte den Fremden und erstarrte. Danach besprühte er mit zittrigem Schweif die Stoppeln der Heilpflanzen hinter sich und setzte, sich immer wieder umschauend, seinen Weg fort. Von Lisa, der Tierärztin, einem der letzten Einträge in seinem Zettelkatalog, wusste Ernest Herz, dass gelbe Katzen es mit der Körperpflege nicht so genau nehmen und gerade gelbe Kater einen dreckigen Popo haben, in der Katzenwelt eine Seltenheit.

Als er im Kabinett des Personalchefs an einem dünnen Earl Grey nippte, schlug es von der Kirche vier Uhr herüber. Zwischen den Schlägen flackerte das Licht der Tischlampe. Herr Schmalbacher, ein nach Mottenkugeln riechendes Männlein, zerfloss in einem trüben Lächeln.

«Der Jahrmarkt hat unserem Stromsystem übel mitgespielt», sagte er, nachdem der letzte Schlag verklungen war. «Die Karusselle, die Lichterketten, wie sie saufen, das ist sagenhaft.»

«Umweltverschmutzung, das Volk sollte lieber mal ein anständiges Buch lesen», meinte Ernest Herz.

«Wir sind jedenfalls froh, dass Sie sich bei uns beworben haben, damit wären Sie der erste weltliche Bibliothekar in unserer tausendzweihundertjährigen Geschichte.»

«Es ehrt mich, dass meine Kandidatur bei diesem historischen Kompromiss ...»

Herr Schmalbacher brachte ihn mit einer Hand-aufs-Herz-Geste zum Verstummen. «Die Klöster müssen mit der Wirklichkeit gehen, wenn sie überleben wollen. Es wäre fatal, die Türen zu verschließen, wenn der wissenschaftliche Nachwuchs, mag er noch so unbeleckt in pastoralen Fragen sein, verstehen Sie mich richtig, daran pocht. Der Tod Ihres Vorgängers», er hüstelte, «oder besser gesagt, sein exzentrisches Ableben, hat uns alle aus der Bahn geworfen.»

«Stimmt das wirklich? In der Zeitung stand etwas von einem Fenstersturz.»

«Noch schlimmer!», Herr Schmalbacher senkte die Stimme. «Der gute Herr Mrozek hat sich angezündet und dann den Schritt in die Ewigkeit gewagt. Weitsichtig, wie er war, hatte er die Samtgardinen vorher abgenommen, stellen Sie sich vor, sie lagen akkurat zusammengefaltet auf einem Stuhl.» Ordnung ist das halbe Leben, wollte Ernest Herz sagen und seufzte nur bedeutungsschwer. «In alten Häusern braucht man nur einmal kräftig zu ... Sie wissen schon», Herr Schmalbacher kicherte, «und schon steht alles in Flammen. Es gibt jedenfalls viel zu tun. Die Digitalisierung unserer Zimelien war die Hauptbeschäftigung des Verewigten, und das trotz seines hohen Alters und der Skepsis mancher seiner Mitbrüder. Vielleicht haben Sie seine Lobeshymnen auf das Digitalisat im *Skrinium* oder in der *Zeitschrift für Deutsches Altertum* gelesen, falls Sie die Blätter abonnieren. Jedenfalls überlässt das Stift es Ihnen, die Digitalisierung fortzuführen. Wichtiger wäre uns», er legte seine Hand auf Ernest Herz' Manschette, «dass Sie sich auf die Pflege und Erhaltung der Bestände konzentrieren. Auf die klassische bibliothekarische Arbeit also. Zum Lesen werden Sie sicher kaum kommen.»

Ernest Herz winkte ab. «Ein Bibliothekar, der liest, hat seinen Beruf verfehlt, habe ich irgendwo gelesen.»

Daraufhin entblößte der Personalchef zwei Reihen kloschüsselweißer Zähne und gab eine Kaskade von tirilierenden Tönen von sich. «Lassen Sie mich», sagte er, nachdem er sich beruhigt hatte, «Ihnen Ihren neuen Arbeitsplatz zeigen.» Er griff zum Hörer. «Herr Giordano, bringen Sie uns bitte die Bibliotheksschlüssel.»

Sie warteten schweigend. Der Personalchef unterbrach die Stille, indem er immer wieder mit seinen Fingerkuppen auf die Tischplatte trommelte. Den Blick auf die Tischstatue, einen im Gebet für die ganze Menschheit erstarrten Bronzeengel, geheftet, knarrte Ernest Herz im Rhythmus seiner Atemzüge leise im Rohrsessel. «Nun», sagte Herr Schmalbacher, der offenbar über ein besseres Gehör verfügte, denn einen Bruchteil der Sekunde später klirrten die Glasperlenfransen an der Tischlampe auf dem Schreibtisch, im Korridor dröhnten hastige Schritte, und schulmädchenhaft klopfte es an der Kabinettstür. «Herr Giordano ist einer unserer Novizen», Herr Schmalbacher strahlte den eintretenden jungen Mann an, blieb dennoch gemäß einer nur Insidern vertrauten Hierarchie sitzen, «und ein lebendiger Beweis, dass die katholische Kirche ein offenes Ohr für die Nöte ihrer Zeit hat.»

«Und eine offene Helz, Gott zum Gluße, die Hellen», bemerkte dieser mit einer Fröhlichkeit, die sich aus geheimnisvollen und für Ernest Herz als unerreichbar geltenden Reserven zu speisen schien und ihn augenblicklich in eine gereizte, an trübsinnigen Neid grenzende Stimmung versetzte. Innerlich über den Ordensnamen des Asiaten lachend, streckte er seine Hand aus. «Herz, der neue Bibliothekar.» «Sehl elfleut, dass Sie nun die Fackel übelnehmen. Hell Mlozek, Gott habe ihn selig», er bekreuzigte sich, «hat sich sehl um die Flagen del Integlation bemüht.» Ernest Herz beteuerte, dass er, was die

Integration angehe, nichts versprechen könne, aber in puncto bibliothekarischer Beratung werde er sein Bestes geben. «Wenn Sie sich mal einen Ritterroman oder die erquickenden Lehren des Katechismus zu Gemüte ...»

«Bedauerlicherweise», unterbrach ihn Herr Schmalbacher, den Schlüsselbund Giordanos Hand mit koketter Bewegung entreißend, «sinkt die Zahl der Priesterweihen Jahr für Jahr wie unser Testosteronspiegel. Die Einheimischen», er wies zur nebelverhangenen Hügelkette im Fenster, «lassen sich nicht mehr so willig wie zu Großvaters Zeiten zum Priester weihen, also sollen ausländische Geistliche ran, bevor unseren Gemeinden die Seelsorger ausgehen.» Er gackerte auf, ohne dass seine Augen mitlachten. «Es ist Ironie der Geschichte – einst streuten unsere braven Missionare die Samen des Glaubens kreuz und quer in die Welt, nun kehrt die Saat in prallen Säcken zurück.»

Herrn Giordano glänzten Schweißperlen auf der Oberlippe, er leckte verstohlen darüber und schien entweder nicht zuzuhören oder kaum etwas vom Gesagten verstanden zu haben. «Aufregend», murmelte Ernest Herz, dem schwindlig war von der Luft in Herrn Schmalbachers Kabinett.

«Folgen Sie mir», sagte dieser plötzlich harsch, und weniger streng zu Giordano: «Herzlichen Dank und bis spätestens morgen.»

V

Nach einem wortlosen Gang durch mehrere Flügeltüren, von denen jede umständlich aufgesperrt werden musste, gelangten sie schließlich auf einen lang gestreckten Flur, der, durch herabgelassene orangefarbene Rollos in ein vollkommenes, sedatives Sepia getaucht, vor ihnen lag. Einen Augenblick lang kam es Ernest Herz vor, als hätte er die Schale der Wirklichkeit durchbrochen und wäre in der Eindimensionalität einer Postkarte gelandet. Dass dem nicht so war, bewies der Zersetzungsgeruch von Industriepapier und saurer Leimung, die Duftmarke junger Bücherleichen. Sie schritten am Regalspalier entlang den Wänden vorbei. «Die Nachlässe unserer verstorbenen Gottesmänner», kommentierte Herr Schmalbacher. «Daraus speist sich die Bibliothek.»

«Noch nicht katalogisiert, wenn mich der Eindruck nicht täuscht», bemerkte Ernest Herz, die Buchrücken aus purer Höflichkeit betrachtend.

«So ist es», antwortete Herr Schmalbacher. «Viel Arbeit, aber Sie schaffen das. In vier, fünf Jahren sind Sie durch.»

«Dass die so viel profane Literatur lesen, Ihre Buben, man glaubt es nicht. Da sind ja Kochbücher dabei.»

«Freilich, das eine schließt das andere nicht aus. Vacuus venter non studet libenter. Als Lateiner verstehen Sie sicher die alte heidnische Weisheit.»

«Ein leerer Bauch studiert nicht gern», murmelte Ernest Herz, um der alten Oberlehrerseele eine Freude zu machen. Aber Herr Schmalbacher schien dies nicht zu hören. Mit einem Grinsen hantierte er an einem Regal, und es sah nicht so aus, als suche er nach einem Buch.

«Hereinspaziert!» Er stemmte sich mit seiner Schulter gegen den gedrechselten Regalpfosten. Das Regal gab geräuschlos nach. «Bitte schön, ein WC und ein Kaffeevollautomat. Beides werden Sie brauchen.»

«Sehr praktisch», lobte Ernest Herz, ohne jedoch einen Blick hineinzuwerfen. Mit einem Geheimregal konnte man ihn nicht mehr überraschen, zu viele hatte er schon berufsbedingt gesehen, dahinter kein einziges Skelett in Ritterrüstung, nur WC- und Kochnischen, Garderoben und Abstellkammern.

«Kommen Sie», forderte Herr Schmalbacher, dessen Stimme mit einem Mal an Fülle gewonnen hatte, als würde er nicht auf einer Kloschüssel sitzen, sondern im Chorgestühl der Kathedrale von Saint-Denis. «Treten Sie doch ein, oder wollen Sie für immer auf der Fußmatte der Geschichte warten?»

«Ein Geheimgang?» Ernest Herz ließ sich nicht lange bitten. «Mich trifft der Schlag», stieß er auf der anderen Seite aus.

«He-he», Herr Schmalbacher rieb sich die Hände, «außen unspektakulär, innen zum Niederknien – das Geheimnis barocker Baukunst ist der Kontrast irdischer Imperfektion und göttlicher Pracht. Weinen Sie?», fragte Herr Schmalbacher entsetzt, als er sah, dass der neue Bibliothekar seine Augenklappe abgenommen hatte und, den Kopf etwas in den Nacken geworfen, die Augenhöhle mit einem Tuch abwischte.

«Nein, ich schwitze.»

«Leider dürfen wir hier nicht lüften.»

«Wegen der Schädlinge?»

«Sie sind gut informiert.»

«In den meisten Klosterbibliotheken ist es so. Ein Bibliothekar, der seine Räume lüftet, ist auch in der Lage, inmitten der Bücher eine Zigarette zu rauchen. Eine absolute Fehl...»

«Kommen Sie», fiel ihm Herr Schmalbacher ins Wort, «legen Sie sich hin!», er zeigte auf das Fischgrätparkett, das wie ein Haufen von in Bernstein eingeschlossenen Ölsardinen schimmerte, «legen Sie sich zu mir», forderte er bereits im Liegen mit ausgestrecktem Arm. «Da, die Gottesmutter», sein Arm beschrieb einen zärtlichen Kreis, «gepriesen von allen vier Weltteilen. Von hier aus kann man sie am besten bestaunen.» Ernest Herz blickte zur Decke. «Ach so, ich verstehe. Natürlich.»

Lächelnd streckte er sich auf dem Parkett aus.

«So ein Deckenfresko ist die Sahnehaube jedes Repräsentationsraums», sagte Herr Schmalbacher.

«Wie der Buchschmuck – wer es sich leisten konnte, ließ ihn so prächtig wie nur möglich anfertigen», ergänzte Ernest Herz, den der Anblick genauso wenig berührte wie die Formensprache der Barockepoche, Mozarts *Zauberflöte* inbegriffen. Viel zu fest war in ihm die Überzeugung verankert, dass alles Allegorische nicht so sehr auf das Überirdische hindeutete, sondern vom Irdischen abzulenken versuchte.

«Sehen Sie den entzückenden Engel mit wutverzerrtem Gesicht?», fragte der Personalchef. «Sehen Sie, wie er Steine schleudert?» Ernest Herz sah ihn. «Das sind Steine gegen die Wollust. Schließlich sind wir in den heiligen Mauern eines Klosters, Generationen von Männern, das muss man so sagen, hatten hier schwer unter ihrer Enthaltsamkeit zu leiden. Per carnis desideria multos diabolus tentat*, sozusagen. Schauen Sie da unten im Medaillon. Rührend, wie die Bauerngruppe, winzig klein mit ihren Spaten und Gabeln, die Himmelskönigin um Gnade anfleht. Wie das Erdenrund ihnen unter den ungepflegten Füßen wegzugleiten scheint.»

«Tja, carnis voluptates sind mir auch nicht fremd», seufzte Ernest Herz. Bei sich dachte er aber, der Mann ist verrückt. «Sie sind vom geistlichen Stand?»

---

* Der Teufel versucht viele durch die Begierden des Fleisches

«Ich? Ich bin ein einfacher Verwalter», sagte Herr Schmalbacher bitter.

«Ein Ordnungspriester so wie ich», scherzte Ernest Herz, «verwalten, ordnen. Und dennoch suchen wir doch alle unser Leben lang nach einem ...», er staunte, dass ihm das Wort über die Zunge gekommen war, «nach einem ... Geschichtsstrang?»

Herr Schmalbacher stützte sich auf dem Ellbogen auf. «Wie meinen Sie das?»

«Na ja, nicht gezielt, natürlich, das bringt ja bekanntlich wenig. Vielmehr versuchen wir einen Raum zu schaffen, in dem die Geschichte möglich ist. Von wem sie weitererzählt wird, ist im Endeffekt wursch. Finden Sie nicht?»

«Nein, tut mir leid, aber ich kann Ihnen überhaupt nicht folgen.» Der zierliche Mann klopfte sich den Hosenboden ab. «Das wäre also das Herz der Bibliothek. Links die Naturwissenschaften, rechts die Patristika, Kirchenväter und kirchlichen Schriftsteller, den Blaseus sehe ich von hier aus ohne Brille. Ephrem, der Syrer, Ambrosius und seine Zeitgenossen Hieronymus und Augustinus, opera omnia, alle Werke, aber wem sage ich das.»

Sie näherten sich einem Regal, das, flankiert von den leicht bekleideten Tugenden (er tippte auf Keuschheit und Mäßigung), mehrere Reihen von goldgeprägten Buchrücken zur Schau trug.

«Unsere Schätze, die Handschriften, werden natürlich in den Nebenräumen aufbewahrt. Das Alter liegt auf Schaumstoff hinter Glas, die Jugend steht in Reih und Glied. Da stimmen auch die Temperatur, die Luftfeuchtigkeit, das Licht. Oh!», stieß Herr Schmalbacher aus, «der Joannes, mein Liebling. Über den habe ich promoviert.»

Ernest Herz folgte dem Finger, der blutleer und bleistiftdünn auf den Buchrücken mit der Überschrift «Joannes Damascenus» tippte.

«Sie haben also Theologie studiert?»

«Pastoraltheologie an der Gregoriana in Rom», antwortete Herr Schmalbacher, «und Musikwissenschaft», fügte er hinzu, die Augen zum Kuppelfresko richtend, als versuchte er Tränen zurückzudrängen.

«Sind Sie sicher, dass Sie kein Priester sind?»

«War ich mal», lachte Herr Schmalbacher, «exkommuniziert. Fragen Sie mich bitte nicht, warum. Man sieht sich», er drückte den Schlüsselbund in Ernest Herz' Hand. «Und jetzt führen Sie mich Tür für Tür raus. Repetitio est mater studiorum.»

VI

Nachdem Ernest Herz die Tür hinter sich geschlossen hatte, blickte er, dem Drang konnte er nicht widerstehen, durch die floral geprägte, messingbeschlagene Türluke. Je länger er hindurchstarrte und den kränkelnden Ficusbaum an der Wand gegenüber betrachtete, desto einsamer fühlte er sich, ähnlich wie in seinen ersten Schuljahren, als jede Rotznase auf dem Schulhof versucht hatte, ihm ein Bein zu stellen. Hatte er das Pech hinzufallen, wurde ihm unter schadenfrohem Geheul die Piratenbinde vom Gesicht gerissen und in die Bäume geworfen, wo sie gewöhnlich auch an einem Ast hängen blieb.

Was für komische Leute! – dieser Duzelovic, die Studenten mit ihren Masterarbeiten, der Schmalbacher. Alle verrückt, oder bildete er es sich bloß ein? Er ging zwischen den aufgestapelten Kisten zur Standuhr, die er, um Kraft zu schöpfen, aufzog. Bewusst stellte er sie drei Minuten vor. (Die Kirche durfte nicht die Oberhand gewinnen.) Vielleicht gar nicht erst auspacken und gleich wieder zurückkreisen, schoss es ihm durch den Kopf. Die Souterrainwohnung in seinem sonst gänzlich vermieteten Geburtshaus könnte er jederzeit wieder beziehen. Der ganze Ort stünde Kopf vor Freude. Der Dorfgescheite, der Ernest, ist zurück, doch warum so schnell eigentlich? Nur seine alten Eltern würden seine Rückkehr kommentarlos hinnehmen, denn die beiden saßen bzw. lagen, der Vater dementer als die Mutter, Bett an Bett im Zimmer 108 der Seniorenresidenz *Zur barmherzigen Dreieinigkeit*. «Wer sind Sie?» – so, wie sie ihn verabschiedet hatten, würden sie ihn auch wieder begrüßen. Die drei Studiosi von heute Mittag haben recht, dachte er, alle Türen stehen mir offen, St. Gallen nähme mich mit Kusshand auf. Zur Not könnte ich zurück nach Prag an die Lobkowicz-Bibliothek. Nein, so ein Unsinn, es gab kein Zurück.

Ein Zurück gab es für Ernest Herz, den frischgebackenen Leiter der zweitgrößten Klosterbibliothek des Abendlandes, unter keinen Umständen. Hinter ihm brannte die Erde, es brannten die Brücken, die selbst gebauten Podeste, seine Liebespaläste, unwürdige Liebesnester, es stürzten brennende Ruinen ein, deren Fundamente von Anfang an nach einem Inferno gelechzt hatten. Er stand, das hatte er schon beim Schreiben seiner Bewerbung für den Posten des Stiftsbibliothekars gespürt, an einer Gabelung seines Lebensweges. Allmählich war in ihm die Überzeugung gewachsen, dass die Klöster mit ihren kostbaren Bibliotheken nicht mehr bloß Orte waren, an denen er arbeiten und forschen durfte, sondern überhaupt sein Schicksal, und dass es in seiner Hand lag, ob er sein Herz zu Gott erheben oder im Profanen belassen würde.

Als Sohn atheistischer Eltern, die zu sehr mit sich selbst beschäftigt gewesen waren, um sich die Mühe zu machen, dem Kind wenigstens die Gebote einzuschärfen, war er in einer ländlichen Gegend einäugig, einsam und mit der Sehnsucht nach dem Sakralen aufgewachsen. Als Wissenschaftler lernte er später viele prächtige Klosteranlagen mit ihren großen, das Universum abbildenden Bibliotheken kennen, aber auch den Frieden, den man im Kloster erlangen konnte. Und eines Tages suchte er ihn heim – der Gedanke, dass er ein Klostermensch war, kein Mönch, kein Priester, keiner, der dem Volk Gottes dienen könnte, nein, vielmehr eine Art von monastischem Inventar. Wenn nicht geistig, so gehörte er physisch an die Stätten des Heiligen. Lisa, die kleine Tierärztin, hatte Tränen gelacht, als er sich ihr an ihrem letzten Abend offenbart hatte. Mit ihrem heiseren Bellen hatte sie ihm einen Stich versetzt, der auch jetzt, Monate später, noch in seiner Magengrube schmerzte. «Du und das Kloster! Eher richtet sich ein Knickohr bei einem Schäferhund auf, als dass du zum Asketen wirst.» Und er, der Trottel, hatte sich noch gerechtfertigt und etwas vom heiligen Antonius, von den Dämonen in der Wüste und vom Kampf gegen die Leidenschaften gestottert.

Über sich selbst beschämt, trat er ans Fenster, öffnete es, beugte sich hinaus und blickte zur hell erleuchteten Stiftskirche hinüber. Die Baldachinfiguren über dem Seitenportal hielten dem himmlischen Vater reiche Gaben entgegen. Der eine hob seine Krone, der andere eine Miniaturbasilika. Eine junge Adlige mit einem seligen Lächeln, als hätte sie schon einen tiefen Schluck genommen, prostete mit einem Prunkkelch dem nächtlichen Himmel zu. Auf dem Stiftsplatz war das Fest langsam am Abklingen. Der Schatten des Imperator-Arms huschte über die beiden Kirchtürme, diesmal ohne das Kreischen der Mädchen. Irgendwo im Dunkel der Allee leierte die Orgel immer noch schläfrig einen alten Walzer. In einem fernen Winkel des Parks grölte ein einsamer Betrunkener ein Lied, und Ernest Herz spitzte die Ohren. Obwohl die Hälfte der Wörter im Jammern der Orgel unterging, konnte er einige Strophen verstehen: *Zu dir zieht's mi hin, wo i geh', wo i bin, hab' ka Rast und ka Rua, bin a trauriga Bua.*

Die alte Holzhackerhymne brachte ihn auf den Gedanken, vor dem Schlafengehen Radio zu hören, ein Ritual, an dem er, da er keine zeitgenössische Unterhaltungsliteratur mehr las, mit unbeirrbarer Treue hing. Als Bibliothekar modernen Zuschnitts las er natürlich, er las die ganze Zeit, jedoch nicht in Büchern, sondern in Objekten und Quellen. Den Konsum von schöngeistiger Literatur hatte er vor Jahren eingestellt. Sein letztes Buch war *Der Schatten des Kindes* eines gewissen Karl-Franz Sofa gewesen. Der Roman, ein Geschenk einer seiner Freundinnen, erzählte den Leidensweg eines finanziell angeschlagenen jüdischen Antiquars in einem Provinznest im Galizien des ausgehenden 19. Jahrhunderts, der einem lästigen Bettler ein Buch an den Kopf wirft. Der Einband reißt, eine Diamantenkette kommt zum Vorschein. Der Bettler ist mit dem Schmuckstück im Nu über alle Berge. Ernest Herz hatte dieses kitschige, vor historischen Ungereimtheiten strotzende Stück Literatur genossen. Eine Weile stöberte er in Buchhandlungen nach etwas vergleichbar Schlechtem, wurde nicht fündig und war seitdem immer mehr zu einem Radiofreund geworden.

Voller Vorfreude schaltete er sein Telefunken-Radio ein, augenblicklich leuchtete die Senderskala auf, etwas zögerlich das magische, krokodilgrüne Auge der Anzeigeröhre. *Haben Sie Sehnsucht nach Erlösung von der vergänglichen Welt?*, säuselte der Sopran der Moderatorin, *versuchen Sie seit Jahren verzweifelt und erfolglos, Ihr Leben nach dem himmlischen Ziel auszurichten? Sind Sie gestresst, erschöpft oder gar dem Burn-out nahe? Wir sagen willkommen. Willkommen im Club Stylitto. Wir bieten Auszeitprogramme für Vertreter jeglichen Glaubens an. Wählen Sie selbst, in welchem unserer Partnerklöster Ihre Seele Frieden finden soll. Rufen Sie an. 01740 …* Schmarrn, dachte er, und Frieden finden geht schon mal gar nicht. Ein Burn-out-Opfer, das noch etwas vorhat, schreckt das nur ab. Er drehte am Senderknopf.

… jeden Geschmack garantiert etwas dabei. Ob eine biblische Wanderung per pedes oder per Bistro-Bus, ein Speed-Entschlackungsprogramm für Vollzeitmütter oder Tanzmeditation mit Schwester Helga-Magdalena … «Was zur Hölle!», fluchte Ernest Herz, «gibt es heute Abend nichts anderes zu hören?» Er drehte weiter:

… um gute Priester und Seelsorger, die den Anforderungen der heutigen Zeit gewachsen sind und den jungen Menschen den Glauben näherbringen, und um ein gutes Miteinander in den Pfarren, wir bitten um christliche Politiker, die die Nöte und Ängste der Menschen erkennen und für sie da sind, wir beten für unsere Verstorbenen Hedwig, Ingeborg, Alois und Hans-Heribert und für alle, die sich das Leben genommen haben. Nimm sie auf in Deinem Reich, in Ewigkeit, Am…

«Das gibt es doch nicht!» Drei von Herzen kommende Schläge fielen auf den Bakelitknopf, der ein rasselndes Dröhnen von sich gab und nach einer wohltuenden Stille mit altem Elan weitersprach:

Liebe Hörerinnen und Hörer, der Rosenkranz ist eine besondere Art von Gebet, das hauptsächlich von älteren Menschen geschätzt wird. In der Wiederholung glauben sie Halt und Ruhe zu finden. Wer fünfzig Mal hintereinander bis zum völligen Auslöschen des Ichs dieser me…

Noch ein Schlag, das Radio stockte, fiepte einige Male und hüllte sich, erzürnt über so viel Frechheit von außen, endlich in ein Durcheinander unverständlicher Töne aus dem Äther. «Na bitte», sagte Ernest Herz, «die Sprache der Fäuste versteht jeder». Plötzlich erklang ein Hüsteln mitten in diesem Rauschen. *Mehehe.* Eindeutig eine alte Damenkehle, überlegte er, eine Kropfhalsbandträgerin, die seit dem Zweiten Weltkrieg in einem Kirchenchor regelmäßig Oratorien schmettert, auf jeden Fall eine schüchterne Person vom Typ Leseratte. In der Zeit, in der er als Schüler in der öffentlichen Bücherei seines Ortes als Praktikant ausgeholfen hatte, hatte er oft die Gelegenheit gehabt, dieses *Eheehe* zwischen den Bücherregalen zu hören. Das *Ehehehe* wünschte sich immer, und leider ohne Ausnahme, Sex and Crime, es war ein wandelnder Beweis dafür, dass Quantität immer in Qualität ausartet. Im Fall der Leseratten führte die Menge konsumierter Unterhaltungsliteratur zu purer Verblödung. Jedenfalls war der junge Connoisseur nach einem Jahr Praktikum in der Bücherei anmaßend genug, Menschen in zwei Gruppen einzuteilen: die Hüstler und die Huster. Wer nichts zu sagen hatte, räusperte sich. Wer über einen gewissen Bildungshorizont verfügte, hustete kurz und entschlossen, und wenn er dann sprach, so bestätigten seine klaren, jeglicher Füllwörter baren Formulierungen, der Schwung seiner Gedankenbögen, der unverkrampfte Mund und der fokussierte Blick die Herzische Hüstler-und-Huster-These.

Das Räuspern im Radio wurde jäh unterbrochen.

Ein herzliches Grüß Gott, wen haben wir da in der Leitung?, sagte die vitale Stimme des Moderators.

Ja, der Sabbat heißt doch Samstag auf Deutsch, oder?, fragte die Hörerin mit altersschwacher Stimme.

Vollkommen richtig.

Könnten Sie etwas lauter reden, ich höre Sie so schlecht.

Ja, Sabbat bedeutet Samstag, ganz richtig, ja.

Also, ich finde den Samstag wundervoll.

Ah ja.

Also, als junge Bäuerin habe ich Samstage geliebt.

Uhum.

Ja, weil danach der Sonntag kommt, ja, und ich muss sagen, der Samstag gefällt mir besser.

Ja, natürlich, ja, das haben Sie richtig erkannt. Der Samstag ist ein bedeutender Tag.

Ja.

Er bereitet den Christen auf den Sonntag vor.

Ja.

Auf den Tag der Auferstehung. Denken wir daran, dass die Zeit in der Bibel ganz anders verstanden wird. Tag und Nacht liegen enger beieinander. Der nächste Tag beginnt immer schon am Vorabend. Am Samstagabend fängt also unser Sonntag an und am Freitag der Samstag.

Ja, ja.

Der Mensch muss sich darauf einstellen. So, wie man den Abend verbringt, so wird der nächste Tag.

Ja.
Denn, wie heißt es so schön: Liebe den Schlaf nicht, wache und schaffe, Christ.
Ach so. Ja.
Wenn Sie am Abend in die Disco gehen und dort, was weiß ich, dann wird Ihr Sonntag, na ja, nichts Besonderes.
Nein, nein.
Das ist das Geheimnis der Heil...
Also hhm.
...igen Schrift.
Ja, ja.

Fluchend zog er den Stecker. Den Sabbat, den die Alte im Radio in ihrer Herzenseinfalt so eifrig bejaht hatte, konnte er nicht leiden, denn samstags waren seine Eltern immer zum Tanzen ausgegangen. Sie mieteten einen rechteckigen, fensterlosen Spiegelsaal im Athletenclub am Waldrand für ihr wahres, ihr einziges Kind, den Tanzverein. Die Vorstellung, zum Anlaufpunkt für all jene in der Provinz zu werden, die sich zu fein waren, im Wald zu joggen, und zu hässlich, um in der Hofburg über das Parkett zu schweben, erwies sich als keineswegs verkehrt. Die ersten Tänzer, Freunde und Freunde von Freunden, tauchten auf. Es sprach sich herum, dass die Herzens im Athletenclub etwas auf die Beine gestellt hatten, das man gesehen haben musste. Ein Medaillon in Gestalt eines Autoreifens, in dem die Worte «Fort» und «Schritt» einander bedrohlich nahekamen, war das Aushängeschild, das der Vater eines Tages mit nach Hause brachte. «Wer da nicht mittanzt, ist selber schuld», rief er feierlich. «Fort-Schritt, was soll das sein?», wunderte sich der Grundschüler. Fortschritt sei ein Tänzer, dem man am besten aus dem Wege gehen solle, lautete die Antwort, sonst rolle er über einen hinweg. Von nun an verteilte Ernest Herz fleißig die Prospekte vor der Schule. Natürlich nicht an die Kinder, sondern an die Mütter. Und selbstverständlich griffen sie zu («Süß, der kleine Pirat. Kannst du denn auch tanzen?»). Die parfümierten Brüste tauchten vor seinem Gesicht auf. «Sicher, gnädige Frau, kommen Sie und überzeugen Sie sich selbst.» Die Eltern hatten ihm das eingeschärft. «Merk es dir, wenn dich jemand fragt, ob du auch tanzen kannst, was sagst du?» «Ich habe Tango im Blut, Madame.» «Oder», heischte ihn die Mutter an. «Kommen Sie und überzeugen sich selbst.» Erst im Morgengrauen pflegten sie zurückzukehren. Die Mutter, gereizt, mit spitzem Mund und verschmiertem Eyeliner. Der Vater, einen Gestank verströmend, als hätte er sich auf dem Heimweg in Feldhasenexkrementen gewälzt. Während ihr Schnarchen aus dem Schlafzimmer drang und die Glocken zur Messe läuteten, stellte sich Ernest Herz vor, wie es wohl wäre, einmal mit ihnen in der Kirche zu erscheinen und all den geheimnisvollen liturgischen Kram zu machen, der ihn von den glücklichen Menschen trennte. Von den reinlichen Bäckerinnen mit strammem Dutt, die mit hellen Stimmen einen gesegneten Sonntag wünschen konnten, von den an ihren Traktoren herumschraubenden Winzern, die zufrieden zum Frühstück ihren Veltliner zischten. Sie alle hatten ein Okay von oben, ein Recht auf das satte Rot der Wangen, auf den Stierblick, auf jene Zähigkeit des Gangs, die sie mit jedem sinnlosen Jahr auf Erden immer fester an diese band. Die Eltern konnten nichts dafür, dass sie tanzten. Es war ihr Leben, aber mussten sie ihn immer allein lassen, ihren Sohn, der im Dunkeln Todesqualen litt? «Nehmt mich doch mit», flehte er sie an, woraufhin sein Herr Papa den behaarten Finger auf die Standuhr richtete und sagte: «Zwanzig Uhr, bist du deppert. Liesl, wir müssen los!» Samstag für Samstag lag Ernest Herz im Bett, den Blick auf die Kornblumentapete gerichtet, wo die Schatten der Baumzweige ihm bildlich und ohne Unterlass demonstrierten, was sie mit ihm machen würden, wenn sie ihn erwischten. An einem solchen Samstagabend, draußen rauschte der Regen, saß der Schlaflose senkrecht im Bett. Tränen schnürten ihm die Kehle zu, es dämmerte ihm, dass die beiden gewiss nicht seine Eltern waren. Nichts passte zusammen. Sie waren zu alt, er war zu jung. Der «Vater» hatte gar keine Haare, Ernest war blond. Die «Mutter» wechselte ständig die Haarfarbe im Versuch, das Offensichtliche zu vertuschen, doch Ernest Herz wusste Bescheid. Aus der Vermutung wurde eine Überzeugung, und eine Zeit lang mimte er den ergebenen Sohn, staunend, dass die beiden Gauner so einfach hinters Licht zu führen waren. Dann wurde er immer professioneller und zuckte nicht mit der Wimper, wenn er der «Mutter» beim Gutenachtkuss unter der Decke den Stinkefinger präsentierte. Der Stinkefinger war der rettende Strohhalm im Strudel des Wahnsinns. Nein, ein Freund von Wochenenden war er nicht gewesen, am liebsten hätte er sie aus dem Kalender gestrichen, sie weckten in ihm nur schmerzvolle Erinnerungen.

Was tun?, dachte er. Von Bettreife konnte keine Rede sein. Zum Kistenauspacken fühlte er sich nicht frisch genug. Vielleicht eine Wanderung durch den nächtlichen Klostergarten? Beim Gedanken an die Betrunkenen, die halb im Gebüsch, halb auf dem Gehweg lagen, verzog er das Gesicht. Vor allem der Möchtegern-Zigeunerin wollte er nicht noch einmal begegnen. Zu groß war die Gefahr, dass er sie, lächelte sie ihn wieder mit ihren schiefen Hasenzähnen an, mit einer bösen Bemerkung zum Weinen bringen würde. Nein, seine ersten Tage im Stift W. wollte er ungetrübt in Erinnerung behalten. «Außerdem ist morgen heiliger Sonntag», redete er sich zu, «benehmen Sie sich, Ernesto. Sie befinden sich schließlich an einem Ort, der den Anspruch hat, dem Himmel ganz nah zu sein. Die Klostermauern verpflichten. Gehen Sie schlafen und seien Sie beschwingt. Amen.»

Radio reparieren lassen!, schrieb er auf eine freie Ecke

des Prospekts *Ein Gast im Himmel*, den er beim Portier im Erker mitgenommen hatte. Die verstaubte Glühbirne über seinem Bettgestell erlosch, und Ernest Herz schloss sein einziges Auge.

VII

Ernest Herz bekleidete erst seit ein paar Tagen den Bibliothekarsposten im Stift W., doch schien ihm, als hätte sich ein Großteil seines Lebens zwischen diesen kalten Mauern abgespielt. Seinen ersten Kaffee am Morgen pflegte er am Küchenfenster mit dem Blick auf die Portalfiguren zu trinken. Seinen zweiten Kaffee kochte Herz schon im geheimen WC-Raum, aus dem er dann ins Licht der Kristalllüster trat. Im unbeheizten Barocksaal der Bibliothek hielt er sich in der Regel kurz auf. Die Kaffeetasse in der einen und den Schlüsselbund in der anderen Hand, steuerte er auf eine unscheinbare Tür von strohgelbem Furnier zu, die zur Atlantenkammer führte. Hier war Sebastian Zeisinger damit beschäftigt, eine Kartensammlung aus dem 18. Jahrhundert durchzusaugen. Als Ernest Herz den Raum betrat, pustete Sebastian gerade in die Mündung des Staubsauger-Bürstenaufsatzes. Mehrere Karten lagen vor ihm. Die meisten waren eingerollt und hatten verbeulte Ecken, die wenigsten waren gefaltet und keine von ihnen bibliothekarisch erfasst, eine Aufgabe, die, wie der Gesichtsausdruck des jungen Mannes signalisierte, ihm offenbar nicht zuzumuten war.

«Wenn Sie Schuberts *Forellenquintett* auf dem Staubsauger zum Besten geben wollen», sagte Ernest Herz, «so bin ich nicht das richtige Publikum.» «Tut mir leid», sagte Sebastian, «ich habe da etwas Aufgeklebtes eingesaugt. Einen Kontinent oder eine Insel.» Aus der Handschriftenkammer drang ein kreischendes Lachen, jemand hustete und schrie: «Hagel, ich sterbe, Ha-gel. Das ist kein Hagel, das ist Manna, das vom Himmel fällt!» «Machen Sie weiter», sagte Ernest Herz, «weniger Saugleistung und mehr Gefühl, und nehmen Sie die Bleischlangen von Gabi Kleindorfer, eine rechts, die andere links, dann rollt sich die Karte nicht auf. Ich schaue mal, was da los ist.» Was für ein Trottel, dachte Ernest Herz, saugt einen Kontinent auf. Gestern hat er die Globenachsen geölt. Warum in aller Welt? Wenn ein Schild: «Bitte nicht drehen» davor steht? War ich in dem Alter auch so durch den Wind?

«Hagel», wiederholte Eddi, und «ich werde verrückt.» Bevor er die Handschriftenkammer betrat, hustete Ernest Herz kräftig. Eddi, eine Vergrößerungsfolie in der Hand, fuhr hoch, als hätte er einen Stromschlag abbekommen. Vor ihm lag eine Handschrift, die aufgeschlagenen Seiten zierten eine stattliche Initiale und eine ganzseitige, bläulich schimmernde Miniatur, die von Weitem nach Grisaillemalerei aussah. «Vom konservatorischen Aspekt aus ist es natürlich löblich», sagte Ernest Herz, «dass der Codex auf den Buchkeilen liegt und nicht mit dem nackten Hintern auf dem Tisch, aber müssen Sie,

Herr Eduard, Ihren schmierigen Kugelschreiber unbedingt auf das gute Stück Welterbe legen?» In diesem Moment zog Krzysiek unter dem Tisch weiße Baumwollhandschuhe an, die gerade in diesem Raum, ein entsprechendes dreieckiges Hinweisschild an der Tür war eindeutig, obligatorisch waren. «Was ist das überhaupt für ein Text?» Er betrachtete die figürliche M-Initiale, in deren Körper zwei Fischreiher zwei Fische hielten, wobei der dritte Fisch, auf seiner Schwanzflosse stehend, die Gruppe stützte. «Reisen des Ritters Mandeville ins Heilige Land. Ach, Mandeville, ein weitverbreiteter und viel kopierter Text, und wo soll es Manna hageln?» «Hier in der Ecke», Krzysieks Finger, nun im weißen Baumwollhandschuh, klopfte auf einen Punkt in der Miniatur auf der gegenüberliegenden Seite. «Nicht anfassen!», bellte Ernest Herz. «Sorry, war ein Reflex», murmelte Krzysiek und zog die Hand zurück. Plötzlich lachte Ernest Herz und sagte, die Jugend von heute sei zwar genauso angeberisch wie zu seiner Studentenzeit, allerdings mit dem kleinen Unterschied, dass sie weder den Blick noch den Maßstab für die Dinge habe, dafür aber eine dicke Lippe riskiere. Die Silberstiftzeichnungen, die den Himmel der Miniatur zierten, seien kein Manna, sondern Gestirne. «Wir sind in der Gotik, wacht auf», fügte er hinzu. Kopfschüttelnd beugte er sich noch einmal über die Miniatur. «Wie kommt man bei diesen riesigen ultrarealistischen Wasserläufern, bei diesen Schatten, die die

Bäume im Mondlicht werfen, auf Manna? Die Pilger, die da gestikulieren und Richtung Osten schauen, da geht die Sonne auf, da werden Tatsachen geschaffen, wie kommt ihr darauf, die Szene biblisch zu deuten?»

«Sie sind aber schlecht drauf», sagte Eddi.

«Stimmt. Ich ärgere mich über mein Radio. Es spinnt hier auf dem Gelände», antwortete Herz.

«Sie hören Radio, wie uncool!», sagte Krzysiek und schaute den Bibliothekar voller Bewunderung an. «Vielleicht ist der Drehknopf kaputt?»

«Ich müsste einfach einen Spezialisten kommen lassen.»

Vom Fenster aus sah er eine Touristengruppe in seltsamen grauen Säcken über den Stiftsplatz schlendern. Im hinteren Teil des Zuges versuchte man im Gehen eine Standarte aufzurichten. Das Wappen mit einer hellblauen Träne in einem Zahnrad umkränzte der Spruch: «Demut in Freuden, Geduld im Leiden». Franziskaner, schoss es Ernest Herz durch den Kopf. Von der anderen Seite näherte sich den Mönchen eine Gruppe von Männern und Frauen mit kurz geschorenen grauen Haaren, grimmigem Gesichtsausdruck und Smartphones, die sie auf die Franziskanerprozession richteten, ein schmerzlicher Anblick. «Wenn Sie durch den Tunnel ins Dorf laufen ...», begann Eddi. «Das tue ich sicher nicht», warf Ernest Herz ein. «Nicht einmal zum Einkaufen?» «Was soll ich einkaufen, alles Lebensnotwendige gibt es im

Klosterladen, Tee, Honig, Kerzen, Seife. Den Rest bestelle ich per Post.» «Wie uncool», kommentierte Krzysiek entsetzt. «Wenn man durch den Tunnel läuft und vor dem Weinkeller nach rechts abbiegt, sitzt er dort, der Herr Plochinger, der Mann, der Ihnen das Radio reparieren kann», sagte Eddi und fügte mit erhobenem Finger hinzu: «Gehen Sie am besten am frühen Vormittag, da ist er noch nüchtern.»

VIII

Nichts außer einer Tafel verriet, dass der Klosterkomplex viel großzügiger geplant gewesen war:

*Kopf in den Wolken Großes im Sinn,
wie schnell war den Mönchen
der Gulden dahin!*

So hieß es wohl in den Fünfzigerjahren auf einem an eine alte Trauerweide im Stiftshof genagelten Brett. Der Spruch war in Sütterlin von Hand geschrieben und hatte das Verbot der Schrift durch die Nazis 1941 sowie den Zweiten Weltkrieg überstanden. Die Verwaltung möge die Tafel nicht und lasse die Äste besonders lang wachsen, erfuhr Herz von einem der zwanzig Gärtner, die das Kloster beschäftigte, dem gesprächigsten von allen. Obwohl dieser ein echter Dorftrottel zu sein schien, der mit seiner Gartenschere planlos herumlief, vor der Pestsäule gelegentlich mit heruntergelassener Hose einen Regentanz aufführte, bewirkten seine Einfalt und auch die Langeweile, dass er seine Nase überall reinsteckte und daher, auch wenn er nicht einmal eine Hecke gerade schneiden konnte, ein umfangreiches Wissen der klösterlichen Abläufe erlangt hatte. Auf irgendein Stichwort hin sprudelte der Gärtner Max in seinem gurgelnden Singsang los, nahm Herz bei der Hand und führte ihn in einen Winkel des Gartens, wo entweder etwas herunterhing, hinaufragte oder vermoderte.

«Wie alt sind Sie?», fragte Herz Max, als dieser ihm wieder einmal über den Weg lief, «darf man das fragen? Wegen Ihres jugendlichen Aussehens sind Sie so schwer zu schätzen.» Eine Hand am Besenstiel, die andere in der Tasche, riss Max plötzlich die Augen auf, heftete den Blick in die Wolken und stimmte ein Lied an, wobei er den Tonus rectus eines Geistlichen nachzuahmen versuchte. «Der Kaffee ist fertig, klingt das nicht unheimlich zärtlich», hatte er gerade noch heruntergeleiert, als Ernest Herz ihm den Besen aus der Hand nahm. Ohne diese Stütze schien seine Sprachbox nicht zu funktionieren, die wulstige Unterlippe rollte sich beleidigt auf, während sich die niedrige Stirn in Falten legte. «Sagen Sie, Max, Sie kennen hier doch jeden Winkel.» «Schooon», bestätigte Max etwas eingeschnappt. «Der Tunnel, der zum Dorf führt, kennen Sie den?» «Schooon», wiederholte Max etwas freundlicher. «Führen Sie mich dorthin, bitte?» «Schon», sagte der Gärtner zum dritten Mal, riss den Besen an sich, setzte sich darauf und ritt jauchzend über den Hof auf ein offenes Bogentor zu, das unterhalb einer Reihe von Blendfenstern klaffte. Das sieht ja aus wie der Höllenschlund, in dem der Antichrist verschwindet, dachte Herz. Nie hätte er hier einen unterirdischen Gang vermutet. Die Reihe vergitterter Glühbirnen, die bis ans Ende des Tunnels führte, warf trübe Lichtkegel auf den Boden. «Da faaahr i Schlittn», verkündete Max, auf die abschüssige Tunnelöffnung deutend. «Ohne Schnee?» «Aufm Faaassdeckl.» «Und breeemsn tu i mit dem Kopf.» «Haha», platzte Ernest Herz heraus, «manchem kann das nicht schaden.» In diesem Augenblick torkelte ein zerzauster Mann im farbverschmierten Arbeitskittel aus einem Loch in der Wand, stieß gegen die gegenüberliegende Wand, änderte die Richtung und steuerte auf die beiden Männer zu.

«Ehrwürgen», grüßte der Betrunkene. Und dann etwas liebenswürdiger an Ernest Herz vorbei: «Na, Maxi.» Max lachte meckernd, rannte aus dem Tunnel und knallte das Tor hinter Ernest Herz zu. Ein schweres, metallisches Dröhnen hallte im Tunnel wider. Der Betrunkene rührte sich nicht von der Stelle, schwankte aber wie ein Pendel. «Sie sind Herr Plochinger?»

«Höchstpersönlich.»

«Ich suche einen Fachmann, mein Radio ist kaputt», erklärte Ernest Herz, den die Alkoholfahne seines Gegenübers hungrig stimmte, obwohl er in der Kantine gerade eine beachtliche Portion Bœuf Stroganoff verspeist hatte, «es kann derzeit nur einen Sender empfangen, Radio Gabriel, vermutlich wurde es beim Umzug beschädigt.» Der Betrunkene machte ein besorgtes Gesicht, in dem sein nüchternes Ich kurz aufleuchtete, und sagte mit einer lässigen Geste, die ihn beinahe zum Fallen brachte: «Bringens. Ich reparier 's.» «Sind Sie sicher», fragte Ernest Herz, «sollte ich nicht morgen früh vorbeischauen?» «Morgen, morgen, nur ned heut. Des hätt da Jesus a gern ghabt, was, die Kreizigung verschiebn?» Nach diesen Worten schwankte der Mann hinaus. Mechanisch folgte ihm Ernest Herz bis zur Gartenpforte. Dort pfiff der Fachmann Max herbei, und als dieser sich dem Gittertor näherte, sagte er plötzlich ganz nüchtern auf Hochdeutsch: «Na, Maxi, willst du dich nützlich machen und uns eine leere Schubkarre holen?»

Das eine Auge halb geschlossen, schaute Herz später durchs Fenster dem kleinen Mann im Arbeitskittel zu, wie dieser das Radio in einer Schubkarre wegschob. Er fuhr über einen mit großen Steinplatten ausgelegten Streifen inmitten eines taubengrauen Kopfsteinpflastermeeres, darauf bedacht, dass der alte Telefunken-Apparat möglichst wenig Stöße abbekam, und das rührte Ernest Herz so sehr, dass er ein Kribbeln im Hals spürte. Es wurde stärker und stärker, sodass er sich, sein Auge schließend, vom Fenster abwandte.

Irgendwann riss ihn ein Klingeln aus dem Traum. Eben noch hatte er in einer schwarzen Röhre geschwebt, umgeben von Inschriften, die wie Neonlichter aufflammten und seltsame, aber in diesem Moment höchst wissenschaftlich wirkende Artikelüberschriften boten wie:

Vom Kettenhemd zum Kettenhund, eine kleine Exkursion ins Herz der gotischen Studienbibliothek des 12. Jahrhunderts oder *Platzverschwendung in königlichen Urkunden ab der Mitte des 13. Jahrhunderts als ein Zeichen der Repräsentation,* aber auch solche Fragestellungen wie: *Ist die Elongata-Schrift der Ursprung des Strichcodes?*

«Herz», rief er verärgert zur Tür hin. Das Klingeln brach nicht ab und wurde durch ein leises Pochen bestärkt, das immer frecher wurde, bis eine Stimme durch das Schüsselloch hauchte: «Herr Bibliothekar».

«I hab nur zwei Büchln, muss i sagn», sagte Herkulan Plochinger nicht ohne Stolz, nachdem er das Radio an seinen Platz unterhalb der Fensterbank gestellt hatte. «Das Alte und das Neue Testament?», fragte Ernest Herz. «Des große Buch mit de Busn und den Ewigen Brunn, mehr brauch i ned.» «Sehr vernünftig», lobte Ernest Herz, «im berühmten Brief an einen Bibliothekar von Ochs von Bifius steht ein denkwürdiger Satz, an den ich gerade denken muss: Mit den Büchern verhält es sich wie mit den Frauen. Hat man zu viele gehabt, geht die Ehrfurcht verloren.» Diese Erkenntnis schien Herkulan Plochingers Horizont zu übersteigen. Verständnislos lächelnd streckte er Herz seine knochige Bimssteinhand entgegen. «Hab i d' Ehre, Herr Doktor. Und vü Spaß mit ihrm

Telefunken. Da war nua Dreck drin. A Röhrn is durch und müsst a irgendwann austauscht werdn. Ansonst wird so a Brockn a am Mond empfangen.»

IX

Wann ist ein Buch tot?, so lautete der Titel seines ersten Artikels, der in der anthroposophischen Jahresschrift *Mensch und Materie* erschienen war und ihm mehrere Folgeaufträge, aber auch eine Flut von ergreifenden Briefen pensionierter Lehrer und Bibliothekare eingebracht hatte. «Bücher sterben mehrere Tode», heißt es gleich am Anfang. «Das Buch starb vor langer Zeit als Repräsentationsbuch in Königshäusern in staubigen Schatzkammern an Nutzlosigkeit, es starb an Vandalismus in den Kriegswirren, wurde als Kriegsbeute verschleppt, es wurde verheizt, zerlegt oder starb an Langeweile hinter Plexiglas in Museen, pornografisch aufgeschlagen auf der Doppelseite mit den ansprechendsten Miniaturen und Initialen. Es starb unter den Händen der Restauratoren, die es gut mit ihm meinten, während sie seine Verwachsungen geradebogen, seine Falten glätteten, ihm mit ganz viel Makeup zu Leibe rückten oder es sezierten und Blatt für Blatt hinter Acrylplatten montierten. Zu welchem Zeitpunkt ist ein Buch endgültig tot? Mit Sicherheit kann ein Mystiker, der solch eine Frage stellt, annehmen, dass das Buch erst dann unwiderruflich das Zeitliche gesegnet hat, wenn ihm seine Beseeler ausgehen, wenn ihm keine

Fragen mehr gestellt und länger als zwei oder drei Generationen lang Sinn und Würde abgesprochen werden. De facto ist es für immer verblichen, wenn der Inhalt an die Stelle der Form getreten ist.»

Ernest Herz schaltete das Deckenlicht ein. Der mit dem Exlibris eines Melchior Sperböck versehene Papiercodex, den er gerade digitalisiert hatte, ließ sich, wie er befürchtet hatte, nicht mehr schließen. Der durch Tintenfraß bewirkte Buchstabenausfall ließ den Staub zwischen den Seiten nach innen rutschen, sodass der Deckel für immer halb offen stehen blieb, als wäre das Buch mitten in der Frage *Pourquoi?* verendet. Neben Staubflecken, Schimmelbefall und mechanischen Verletzungen gehörte Tintenfraß zu den körperlichen Gebrechen eines Manuskripts und war vergleichbar mit dem Zahnausfall beim Menschen. Eine sich selbst zerfressende Schrift hatte er als Student zum ersten Mal in einem italienischen Codex mit kosmografischem Inhalt gesehen. Nach diesem Anblick hatte er für immer akzeptiert, dass er in einer Welt von vergänglichen Dingen und Wahrheiten lebte und auch selbst ihr Schicksal teilte.

Nie war ihm bei der Digitalisierung von Bücherinvaliden wohl gewesen, denn ihm war bewusst: digitalisierend entmaterialisierte er sie. Obwohl der Inhalt gerettet wurde, wurde der zugrunde gelegte Sinn der Handschrift ohne ihre Haptik unbegreiflich, die Seele – entflogen.

Aber auch die wenigen luxuriösen und einwandfrei erhaltenen Manuskripte hoher weltlicher und geistlicher Auftraggeber, die er in die Buchwippe des Digitalisierungsgeräts legen durfte, stimmten ihn nicht fröhlich. Er wusste, ein Digitalisat oder bestenfalls ein Faksimile wären alles, was sie der wissenschaftlichen Elite der Zukunft hinterlassen würden. Die Preziosen selbst würde man schonen, indem man sie in die wohltemperierte, lichtlose Gruft eines Depots verbannte, bis sie auch dort zu Staub zerfielen. Eher würde sie womöglich eine Generation von Banausen als mediale Fossilien entsorgen. Was wären das für Menschen? Vielleicht Analphabeten oder auch Roboter oder Hybriden, taub für das Magische, taub für das Sakrale, taub für das Ästhetische. In seinem Artikel «Wann das Heilige uns für immer verlässt» hatte er dieses Szenario entworfen, und auch daraufhin hatte die Redaktion der Kulturzeitschrift «Spiritus» Dutzende Briefe an seinen Namen zugeschickt bekommen. Diesmal empörten sich die Rentner über das fehlende Gottvertrauen des Autors und seine düsteren Prognosen.

«Was zum Teufel!», rief er plötzlich aus, «sie feiern schon wieder?» Er trat ans Fenster und riss es auf. Der Geruch von angebrannten Maronen stach ihm in die Nase. Irgendwo spielte die Orgel, ein scheppernndes Hämmern antwortete ihr in nicht nachvollziehbaren Abständen, als würde ein verrückt gewordener Handwerker Nägel einschlagen. Eine Gruppe von Rollstuhlfahrern folgte ihrer Anführerin im barocken Polyesterkostüm zwischen die Stände, die über Nacht aufgebaut worden waren, und blieb im Halbkreis vor der Pestsäule stehen. Obwohl der Polyester-Langhandschuh zur Spitze der Säule zeigte, schauten die Behinderten nach links, denn dort hatte sich im Schatten der Stiftskirche eine feine Gesellschaft versammelt. Eine Schwangere mit dünnen, in den Knien etwas gebeugten Beinen befestigte am ergrauten Haupt einer anderen Dame, vermutlich ihrer Mutter, einen nachtblauen Fascinator in Form einer mit Sternen bestreuten Brezel. Beide, mit einem norddeutschen Pferdegebiss gesegnet, trugen einen Pony. Hier wird offenbar jedes Wochenende gefeiert, dachte Ernest Herz, Martini, Huberti und wie sie alle heißen, Hauptsache feiern. Wie schaut es mit Lesen aus?

Rasch und zuverlässig
für mehr Sauberkeit im Ort

Der Spruch in einer eisig klaren Antiqua auf der Flanke des vorbeifahrenden Müllwagens heiterte ihn auf. Als Schriftenexperte versäumte er es nie, Schilder, Werbeplakate, Speisekarten, Tattoo-Botschaften auf jeder haarigen Wade und jedem grazilen Rücken zu lesen und stellte immer wieder mit großer Zufriedenheit fest, dass für das Überleben alter Schriften gesorgt war. Nicht der Akademiker, nicht der Bildungsbürger, nicht der echte Adel oder der Geldadel, nicht einmal die römische Kirche trugen dazu bei, sondern der Prolet, der Nazi, der Gangsta-Rapper, der türkische Schneider, das Lesbenpaar mit ihrem Nostalgie-Café an der Ecke, kurzum das einfache Volk. Sie alle hielten die figürliche Initiale in Ehren, aber auch unabdingbare Gestaltungselemente der gotischen Buchmalerei wie die Drolerie.

Unten auf dem Stiftsplatz drohte der Wind ein Kinderzauberzelt wegzufegen. Der Zauberer, ein hagerer und vom Leben gezeichneter Mann, hatte sich, die Hände in den Taschen der rot-weiß gestreiften Puffhose, davor gestellt und beäugte mit hängenden Schultern und eingezogenen Lippen seine aufgeblasene Magiestätte. Einige Gaffer standen abseits und fotografierten. Ein kleinwüchsiger Mann mit bleistiftdünnem Schnurrbart und Lederschürze trat an den Zauberer heran und begann ihm etwas zu erzählen. Offenbar versuchte er den Kollegen zu trösten, doch seine in die Hüften gestemmten Hände wirkten aggressiv und sein Lächeln gequält. Als etwas im Inneren des Zeltes barst und es nach rechts abdriftend gleich zwei Stände unter sich begrub, schrien die Gaffer auf, und der Zwerg mit einer Das-war-doch-klar-Miene schlenderte zu seiner Arbeitsnische. Sie bestand aus einer Esse, einem Amboss, einem Flügelaltar aus Pappe, an dem unterschiedliche Hämmer, Zangen, Kessel und

Pfannen hingen. Sofort begann er wie wild an einem Hufeisen zu hämmern. Dabei funkelten seine Augen böse. Kam ein Kind vorbei, so streckte er ihm kumpelhaft seinen Schmiedehammer entgegen. Ernest Herz schaute zu, wie ein dicker Junge, angespornt durch seine ebenso dicke Mama, ein paarmal unbeholfen danebenschlug. Der Zauberer stand immer noch reglos da, während aus den beiden unter dem Zelt begrabenen Buden mehrere zerzauste Dirndlträgerinnen kichernd hervorkrochen. Und das Zelt robbte inzwischen ruckartig Richtung Wehrmauer. Diese Hürde brachte es schließlich zum Stillstand. Plötzlich fiel Herz ein bei der Kirchenpforte kauernder Bettler auf. Zitternd und widernatürlich die Glieder ausgebreitet, streckte er den Menschen einen Pappbecher entgegen. Seine kokett entblößte Schulter, glänzend wie eine Kastanie, machte ihn jedoch unglaubwürdig. Einfach zu viel, dachte Ernest Herz, wie die Wenzelsbibel mit dem erdrückenden Rankenwerk, hier ein Schleifchen, da ein Eisvogel. Ach, der Mensch hat sich nicht nur von der Schöpfung entfernt, er hat auch jegliches Maß verloren. Er überlegte, wie das eine mit dem anderen zusammenhing, während der Militärkapellmeister sich von seiner Gesprächspartnerin entfernte und zum Kircheneingang schlurfte. Unterwegs warf er dem Bettler eine Münze in den Becher. Was der Krüppelkörper im Anschluss vollführte, verstörte Ernest Herz. Erst beim zweiten Obolus sah er, dass es sich um eine einstudierte Nummer handelte. Ging ein potenzieller Spender vorbei, kam devotes Blinzeln ins Spiel. Also Augenkontakt, den Becher nah am Körper. Schaute der Gönner länger als zwei Sekunden zurück, kam Bewegung in den Körper des Krüppels. Er zitterte, schließlich war es Spätherbst, auch der niedrige Blutdruck eines notorisch Unterernährten trug dazu bei. Ab und zu griff er aus reiner Verlegenheit oder Ungeduld zur Krücke. Der Gönner kam näher, der Krüppel belebte sich, der Gönner erklomm die vier Portalstufen, der Bettler ermutigte ihn mit heftigem Nicken, selbst erstaunt über die wundersame Erscheinung, doch dies war kein Traum, der Gönner ließ etwas in den Becher fallen. Hu-hu, der Bettler konnte es nicht fassen und steckte seine Nase in den Becher: Jesus, Maria, eine milde Gabe. Ja, ja, ist schon gut, kauf da a Bier, sagten die Augen des Spenders. Der Bettler, der das Pech hatte, auch noch stumm und leicht debil zu sein, strahlte und vollführte, nachdem er sich überzeugt hatte, dass die Münze wirklich in den Becher gefallen war, ein Ritual: Er klopfte sich mit dem Fingerbündel auf die Schulterkugel, blickte nach oben, auf die beiden Kirchtürme anspielend, und zeigte mit dem gekrümmten Finger zu Ihm, zum himmlischen Vater, der ja alles sah. Vergelt's Gott, die Herrschaften. Immer wieder fielen Münzen in seinen Becher, jedoch nicht so häufig, dass er geleert werden musste. Nur, wenn ein Geistlicher an der Kirche vorbeiging, brummte sein Geschäft, und er passte sich den Umständen in seiner Motorik hervorragend an. Kein einziges Mal vergaß er ein Element seines Dankesrituals: schauen, zittern, Krücke halten, nicken, Nase in den Becher, dreimal auf die Schulter klopfen, Augen rollen, Finger in die Höhe. Nicht das schauspielerische Talent, nicht die Choreografie mit ihrem symbolischen Charakter beeindruckten Ernest Herz, sondern die Tatsache, wie einfach es dem alten Gauner gelang, Menschen glücklich zu machen. Schließlich beschenkte er sie, indem er ihnen erlaubte, mildtätig zu sein.

X

Am Abend, als er den Kachelofen anmachen wollte, blickte er mechanisch in den Aschekasten. Ein Gegenstand lag darin. Er griff danach und ertastete einen Stapel Hefte. Mrozeks Tagebücher, schoss es ihm durch den Kopf. Er holte das Bündel heraus, befreite es vom Zeitungspapier und sah, dass es ein aus mehreren gehefteten Lagen bestehendes Manuskript ohne Einband war. Beim Durchblättern der Seiten brach ihm kalter Schweiß aus.

Monachus: Puellam vero ignis non tetigit, neque contristavit, nec aliquid molestiae intulit. Nec aliter sensit flammarum ardorem, quam ventum roris flantem.
Novicius: Stupenda sunt ista.*

Monachus und *Novicius* waren ihm bekannt. Mit den packenden, belehrenden, teils düsteren, teils erbaulichen Exempelgeschichten aus dem «Dialogus miraculorum» von Caesarius von Heisterbach hatte er im ersten Studi-

---

* Der Mönch sagte: Das Feuer aber hat das Mädchen nicht berührt und auch nicht geängstigt und ihm keinerlei Ungemach bereitet. Und die Hitze der Flammen hat es einzig gespürt wie einen Wind, der über Tau weht.
Der Novize antwortete: Erstaunlich!

enjahr an der Uni in einem autodidaktischen Crashkurs sein Latinum aufpoliert. Er erinnerte sich, dass ein Universitätsprofessor von dem «Lieblingsbuch» des Mittelalters gesprochen hatte – vom «Dialogus» existierte eine Menge Abschriften. Und nun hielt er eine davon in seinen Händen, nicht bloß ein Fragment, sondern eine von prächtigen Miniaturen wimmelnde und, wie er sich später überzeugen konnte, vollständige Abschrift. Er konnte es nicht fassen, dass sein Vorgänger diesen mittelalterlichen Schatz aus der Bibliothek entwendet und in einen dreckigen Kachelofen geschoben hatte. Mrozek musste verrückt gewesen sein. Er blätterte weiter:

Post haec verba daemon nasum mungens, contra eam ipsam immunditiam ad parietem lecti tam fortiter proiecit, ut pars aliqua resiliens, vestimento eius adhaereret.*

Ein Kolumnenbild stellte einen zerzausten, von Flammen umrahmten Teufel dar.

Ernest Herz, dessen Geschmack durch jahrelangen Kontakt mit Beispielen raffiniertester Miniaturmalerei, bei der jede Träne im Gesicht der trauernden Mutter

---

* Nach diesen Worten schnäuzte sich der Dämon und schleuderte den Unflat so heftig gegen die Wand ihres Bettes, dass ein Teil davon, zurückspritzend, an ihrem Kleid kleben blieb.

Gottes wie echtes Blei glänzte, verdorben war, erkannte den Wert des Manuskripts sofort. Es war eine Perle, nach der sich sämtliche Museen und Antiquare der letzten hundertzwanzig Jahre die Finger geleckt hätten, auf einer Nachkriegsauktion in New York wären für diese Pergamentseiten Hunderttausende von Dollar geflossen. Vielleicht gar eine Million, verbunden mit Beifall für den Ästheten, dem der schnöde Mammon nichts bedeutet. Fantastisch!, dachte er und blätterte andächtig weiter:

Tunc amplius territus sacerdos ait: «Quis ergo es?» Respondit ille: «Daemon ego sum, unus ex his qui cum Lucifero ciderunt.» *

Das sperrige, durch zartblaue Lombarden aufgefrischte Schriftbild – eine Textualis aus der ersten Hälfte des 13. Jahrhunderts –, die pfirsichfarbenen, verästelten Adern der Rubriken, die Bordüren- und Rankenpracht, die Initialen und Miniaturen versetzten ihn geradezu in eine Genießerstarre. Dann stieß er einen Seufzer aus, ihm fiel ein, dass die Handschrift nicht sein Eigentum war. Auf der Suche nach einem Bibliotheksstempel blätterte er zurück und entdeckte nur zwei bräunliche Wunden im Perga-

---

* Daraufhin fragte der erschrockene Priester: «Wer also bist du?» Jener antwortete: «Ich bin ein Dämon, einer von denen, die zusammen mit Luzifer gefallen sind.»

ment der Titelseite. Die Stempel waren weggeschabt worden. «Gestohlen!», stieß er aus. Ernest Herz war nahe daran, sich anzukleiden und mit dem Manuskript zur Polizei zu gehen. Doch dann besann er sich und ging stattdessen in die Bibliothek, um in den alten Handschriftenkatalogen nach dem Manuskript zu suchen. Es erstaunte ihn weniger, dass Mrozek die Frechheit besessen hatte, solch ein Glanzstück zu entwenden und die Besitzeinträge zu entfernen, vielmehr irritierte ihn, dass das Kloster überhaupt eine Handschrift dieser Größenordnung besitzen konnte. Man hätte es wissen müssen! Da er in den Katalogen keine Erwähnung des «Dialogus» finden konnte, war er ratlos. In seiner Vorstellung vervielfältigte sich Mrozeks Gaunernatur ins Absurde. Der Alte hat also außer Haus gewildert, dachte er. Schließlich beschloss er, den Leiter der Handschriftensammlung der Nationalbibliothek in Wien anzurufen, er war sich sicher, dass der «Dialogus» nur zum Besitz der Nationalbibliothek gehören konnte. Bevor er zum Hörer griff, betrachtete er die weggeschabten Stellen genauer. Wie ein Kind hegte er die Hoffnung, dass die Katze doch nur schliefe und nicht tot wäre, doch er sah keine Buchstaben im Pergament durchschimmern. Die Messerklinge hatte die Besitzeinträge verschwinden lassen, und über den Wunden war sogar etwas Wildfleisch gewachsen. Es war ausgeschlossen, dass diese Rasur Mrozeks Hand entstammte. Sie war Jahrhunderte früher angebracht worden. Wenn er die

Handschrift behielte, würde das niemand erfahren. Nein, zur Polizei würde er nicht gehen. Auch nicht zum Prälaten, den die Handschrift in jedem Fall in Erklärungsnot bringen würde. Herz wusste: Mit der Bekanntmachung des Fundes könnte er zwar wissenschaftlichen Ruhm ernten, aber auch den Ruf des Klosters ruinieren. Er blätterte nochmals ausgiebig in der Handschrift. Er roch daran. Ihr Geruch betörte, beflügelte ihn, ein abgestürzter Alien könnte so riechen, dachte er. Vanille! Er war erregt. Die goldleuchtende, farbenflirrende, spröde und lustige Frische des Mittelalters hauchte ihn von den Seiten an, unverdorben durch die aufdringliche Anwesenheit irgendwelcher reichen Auftraggeber, es gab sie nicht, sie wurden nicht überliefert, keine Auftraggeber, keine Vorbesitzer und keine Besitzer, alle außerhalb seiner Vorstellungskraft. Ja, er würde seinen Fund behalten, und erst, als ihm noch einmal ins Bewusstsein drang, dass er es mit Raubgut zu tun hatte, mit uraltem dazu, riss ihn eine noch nie gekannte, beinahe symphonische Gier mit und schleppte ihn in ihre Höhle, die letzten Bastionen von Anstand und Vorsicht hinwegfegend.

XI

Wenige Tage später schaute Herr Schmalbacher bei Ernest Herz in der Bibliothek vorbei. Die Hände in den Taschen, lehnte er am Türrahmen und schaute dem Bibliothekar aus feucht glänzenden Mausaugen eine Weile zu, der, ein Heft auf dem Schoß, im Sessel am Fenster eingenickt war. Dann klopfte er und sagte nicht laut, aber dem Schlafenden kam die Stimme wie Donnergrollen vor: «Herr Prälat würde Sie gerne kennenlernen.» «Warum?», fragte Ernest Herz heiser. «Nicht warum, sondern wann», korrigierte ihn Herr Schmalbacher, «heute um 16 Uhr im Besprechungszimmer der Prälatur.» Ernest Herz versuchte, sich vom Sessel zu erheben, und sank jammernd zurück – sein rechtes Bein war taub. «Habe ich lange geschlafen?» «Das wissen nur der liebe Gott und der Portier vielleicht», erwiderte Herr Schmalbacher und winkte in die Überwachungskamera. «Duzelovic lässt niemanden, nicht einmal eine verirrte Küchenschabe auf dem Korridor, aus dem Blick», ergänzte er und stapfte übertrieben stelzend zwischen den Papier- und Buchstapeln auf Ernest Herz zu. «Ordo est anima rerum, um es mit den Worten der ehrwürdigen Römer zu sagen.» «Ordnung ist die Seele der Dinge», murmelte Ernest Herz, als er nach einer längeren Pause verstanden hatte, dass Herr Schmalbacher auf eine Übersetzung wartete. «Bene!», rief dieser aus und legte plötzlich Ernest Herz seine nach Kernseife riechenden Hände auf die Schultern. «Eines gleich vorweg: Dass Sie gewissenhaft darum bemüht sind, Ordnung zu schaffen, spricht für Ihre Verwalterqualitäten, aber glauben Sie mir, in diesem Chaos hier werden Sie trotz Ihres guten Willens nicht vom Fleck kommen, lieber Herr Herz. Wenn Ihr Vorgänger Mrozek, der Himmel sei ihm leicht, selbst keinen Überblick hatte, wie wollen Sie hier etwas verstehen?» «Ich lese mich einfach durch die Unterlagen durch, etwas anderes bleibt mir nicht übrig.» «Passen Sie auf, Herr Herz», sagte Herr Schmalbacher, nachdem er ein paarmal mit den Fingern auf der Kopflehne des Sessels getrommelt hatte, «dass Sie sich Ihr Auge nicht verderben, Ihr Auge ist schließlich Ihr Instrument, Ihr Dirigierstab beim Konzert des Lebens. Glauben Sie mir, das, wodurch Sie sich da durchlesen wollen, ist Müll.» «Es ist mir wichtig, an meinen Vorgänger anzudocken», sagte Ernest Herz. «Dazu muss ich verstehen, wie er die Bibliothek geleitet hat. Wenn er Mitarbeiter oder Praktikanten gehabt hätte, wäre alles einfacher. Die Studenten, die bei uns forschen, haben auch wenig Ahnung von den Abläufen hier, obwohl sie seine letzten Wochen mit Mrozek verbracht haben sollen.» «Unser Mrozek hat in dieser Zeit seine amourösen Eskapaden ausgelebt, ich weiß nicht, ob Sie bereits Wind von der

Schande bekommen haben, die uns widerfahren ist?» Ernest Herz schüttelte den Kopf und dachte, dass das schnurrbärtige Männlein ein großer Manipulator war. Vielleicht hat er mir die Handschrift absichtlich in den Ofen gesteckt, um mich zu testen? Passen Sie auf, Ernesto! «Ob dieser Mrozek ein schlimmer Finger oder ein frommes Lamm war, geht mich nichts an, das Wort Müll finde ich aber schon mal ziemlich unangebracht», sagte er. Herr Schmalbacher umspielte diese Bemerkung mit einem theatralischen Lacher und erklärte, dass der hochwürdigste Herr Prälat gerne mit Ernest Herz über den Verstorbenen und andere Angelegenheiten reden würde. «Ach ja, hier ist übrigens eine Kleinigkeit für Sie», sagte er, zog eine Broschüre aus der Jackentasche und stellte sie wie eine Menükarte auf. Ernest Herz, das eingeschlafene Bein reibend, warf dem Personalchef einen Blick zu, der diesen noch mehr zu amüsieren schien. «Sie haben wirklich keinen Grund, sich zu fürchten. Herr Prälat ist der liebenswürdigste ältere Herr, den man sich vorstellen kann. Mögen Sie Tiere? Nein? Er hat einen Hund.» «Ach so», Ernest Herz stand auf, hinkte zum Fenster und deutete zur Kirchturmuhr, «natürlich, dann ist es also der Hund, der gegen das Glockengeläut anbellt. Ich höre ihn immer und wundere mich die ganze Zeit.» Der Schnurrbart von Herrn Schmalbacher zuckte, offenbar missfiel ihm diese Euphorie. «Kommen Sie gegen vier Uhr zur Portiersloge. Und lesen Sie vorher das Büchlein.»

Kaum war der Personalchef aus der Tür, als Ernest Herz die schmale Broschüre «Klosteretikette für Gäste und Mitarbeiter» zur Hand nahm, in der Mitte aufschlug und, ohne wirklich etwas zu sehen, zu lesen begann. Die Zeilen reihten sich endlos aneinander, kollidierten. Nein, was erlaubt er sich überhaupt, mich zu bevormunden, es reicht schon, dass ich überwacht werde, dachte Ernest Herz. Er versuchte sich zu konzentrieren, las immer wieder dasselbe: *Kollar – weißer Kragen unter dem Talar*. Immer wieder und wieder, bis mit einem Mal ein Funke in seinem Kopf sprühte und die Buchstabenreihenfolge in ein sinnstiftendes Licht tauchte. Talar ist ein Kollar, hörte er sich selbst laut sagen, Kollar, Talar, Kollar, ein weißer Kragen unter dem Talar. Und dann weiter: *Komplet – das Nachtgebet*. Das Büchlein erklärte ihm unter anderem, wie man verschiedene Geistliche schriftlich und mündlich zu betiteln habe, wie eine Hostie bei der Mundkommunion zu empfangen sei, nämlich mit einem entspannten, jedoch nicht genussvollen Mund und devotem Blick durch den Priesterkörper hindurch zum Herrn. Die Anmerkung in Klammern machte den zöliakiekranken Katholiken klar, dass der Vatikan glutenfreie Hostien für das heilige Sakrament für ungeeignet befinde, sie verbiete und darum rate, wenn die Krankheit so ausgeprägt sei, dass geringe Mengen von Gluten in der eucharistischen Materie tatsächlich eine Gefahr für die Gesundheit darstellten, nur den Wein zu trinken.

Gegen vier Uhr kam Ernest Herz frisch rasiert und mit Krawatte zum Portierserker. Duzelovic verfolgte gerade die feierliche Übertragung des Papstessens für fünfhundert Bedürftige zu Ehren des Welttages für Arme. Zerstreut nickend reichte er ihm einen Schlüssel und flüsterte mit einer Ehrfurcht, die nicht Ernest Herz, sondern dem Suppe löffelnden, kleinen Papst auf dem Bildschirm galt: «Geradeaus durch das Tor, über den Hof, dann gleich nach links, die Prälatur ist im ersten Stock.»

«Gratias», flüsterte Ernest Herz zurück, und während er zum besagten Tor ging, hörte er, wie der Moderator aufforderte, den Armen die Hand zu reichen, sie zu umarmen und den Teufelskreis der Einsamkeit zu zerbrechen.

Nun stand er vor dem doppelflügligen Portaltor, das er oft von Weitem bewundert hatte. Im oberen Drittel war es milchig verglast und unten mit biblisch anmutenden, postneugotischen Schnitzereien aus den Achtziger- oder Neunzigerjahren veredelt. Rechts, wo die Schnitzereien in die Höhe wucherten und er in den Flammen des brennenden Dornbuschs eine winzige Maria zu erkennen glaubte, war eine niedrige rundbogige Schlupftür eingelassen. In das Türschloss, ein brennendes Herz aus Eisenblech, steckte er den Schlüssel. Der Schlüssel piepte gnädig, Ernest Herz duckte sich, obwohl es nicht nötig war, und überschritt die Grenze, die die Welt von der Klausur trennte. Diese Grenze war gleichzeitig auch eine

Geruchsgrenze, denn bereits im Innenhof wehten ihm raffinierte, komplexe Düfte um die Nase, wobei er ein Wildgericht mit Bratapfel am deutlichsten herauszuschnuppern glaubte. Im Erdgeschoss des Prälatenflügels drängte sich ihm zusätzlich ein Hauch Weihrauch auf. Hinter einer Biegung des Korridors sah er ihn auch leibhaftig, den Weihrauch, einen Augenblick lang, dann zuckte das blasse Gebilde zusammen, fuhr zur Decke hoch und verschwand. Er ging den Korridor entlang, dann einen weiteren und noch einen. Eine Treppe, von der Duzelovic gesprochen hatte, war nicht in Sicht. Mit federnden und breiten Schritten kam ihm ein junger Chorherr entgegen, in raschelnder Soutane und mit einem löchrigen Strohhut in der Hand, an dessen Band er einen Buchsbaumzweig befestigt hatte. Statt eines *Grüß Gott* nickte Ernest Herz, so, wie der Klosterknigge es auch empfahl. Der Chorherr nickte auch, lächelte aber und fragte, ob er helfen könne. Ernest Herz erklärte, dass er einen Termin in der Prälatur habe und sich verlaufen haben müsse. «Geradeaus, rechts und wieder rechts und dann die Treppe hoch», sagte der junge Geistliche mit einer Heiterkeit, als zähle er die Wonnen des himmlischen Reiches auf. Eine Treppe habe er nicht gesehen, beteuerte Ernest Herz. «Habe ich wirklich nicht gesehen», wiederholte er, als der Chorherr mit ihm den Weg zurücklief und auf eine braun lackierte Treppe mit einem weinroten Läufer gedeutet hatte. «Eine negative Halluzination, gehen Sie mehr an der frischen Luft spazieren.» «Danke, werde ich sicher nicht tun.» «Gott mit Ihnen», sagte der junge Mann, schaute ihn einen Moment prüfend, jedoch nicht unfreundlich an, nickte und ging. «Danke», stammelte ihm Ernest Herz hinterher. Auf der Treppe überlegte er noch, wie der Chorherr es gemeint hatte. Gottes schützende Hand schwebe über Ihnen, oder in Gottes Namen, mach, was du willst?

Und so geschah es, dass er dem Prälaten statt, wie geplant, *ein herzliches Grüß Gott, ein herzliches Gott mit Ihnen* entgegenschmetterte. «Gottes Segen auf Ihr Haupt, Herr Herz», erwiderte der Prälat unbeeindruckt, «freut mich, Sie endlich kennenzulernen.» Es war ein reines, gediegenes Hochdeutsch, das er sprach, etwas sperrig, und obwohl er sich dafür offenbar vor langer Zeit entschieden hatte, schien es seinem Wesen zu widerstreben. Der Prälat selbst war ein vollkommen ergrauter Herr von stattlicher Erscheinung, mit aufmerksamen, durch seine Brille stark vergrößerten Augen und einem breiten Mund voller unverwüstlicher Sinnlichkeit, der unterhalb einer leicht eingedrückten Nase saß, ungefähr wie bei einem Ritter, der sein Leben lang ein viel zu enges Visier getragen hat. Mit einer geschickten Bewegung drehte Ernest Herz die ihm entgegengestreckte Hand um und presste, einem Reflex folgend, seine Lippen darauf. Bereits bei der Berührung begriff er, was er da tat, doch es war zu spät. Im Blick des Prälaten tanzten blankes Entsetzen und schamhafte Freude. «Sie sind hervorragend erzogen, das muss aber wirklich nicht sein. Nehmen Sie Platz.» Er zeigte auf ein karamellbraunes Kanapee aus Wildleder, wo ein zierlicher Pudel von einem dunkleren Braun lag, der den Fremden aus trüben Augen besonnen beobachtete. «Jule ist die einzige Frau im Kloster, abgesehen von der Köchin und unserer philippinischen Reinigungskraft», fügte er hinzu. Ernest Herz, immer noch starr vor Scham, wartete ab, bis der Prälat eine Glaskaraffe und zwei Gläser von einer Konsole geholt und sich gesetzt hatte, erst dann folgte er seinem Beispiel. Kaum saßen sie, stand der Hund auf, gähnte zitternd, sprang sehr ungeschickt vom Kanapee und tapste auf wackligen Beinen zur Balkontür, vor der er sich zu kratzen begann.

«Erzählen Sie mal, wie haben Sie sich bei uns eingelebt?», begann der Prälat.

«Gut, Euer Gnaden.»

«Hervorragend erzogen», brummte der Prälat, «*Euer Gnaden* habe ich lange nicht mehr gehört. Und aus dem Mund eines so jungen Menschen klingt das Wörtchen recht charmant. Ja, es klingt so liebevoll, wie ich es in meinem Novizenjahr wahrgenommen habe.»

Ernest Herz schaute ihn düster an. Innerlich verfluchte er Herrn Schmalbacher mit seiner Broschüre, in der anscheinend einiges obsolet war.

«Seit wann sind Sie denn bei uns?»

«Seit ungefähr einem Monat, Herr Prälat.»

«Euer Gnaden», verbesserte der Prälat, sein rundes Gesicht zu einem verschmitzten Lächeln verziehend. «Macht Ihnen das etwas aus?»

«Ist mir eine Ehre, Euer Gnaden. Einer muss es doch machen.»

«Führen Sie diese Bitte nicht auf meinen Stolz zurück, den habe ich als Nachfolger Christi selbstverständlich abgelegt. Es ist etwas anderes, etwas ...» Auf der Suche nach Worten richtete er den Blick zur Decke. «Verschwundene Wörter, versunkene Gärten», fuhr er fort. «Man hört sie einfach gern. Bei Ihnen klingt es weniger aufgesetzt als, sagen wir, in einem historischen Roman. Allerdings ist in einem Roman ja alles aufgesetzt.»

Dazu fiel dem Bibliothekar nichts ein, und er zupfte nur an seiner Krawatte. Die Person, die ihm gegenübersaß, die Hände auf den Knien, wie eine ägyptische Sarkophagfigur, schien alles andere zu verkörpern als einen Pater spiritualis.

«Ich nehme an, Sie sind nicht verheiratet?», fragte der Prälat, sich vertraulich vorbeugend. Dabei machte er ein Gesicht wie ein Arzt, der die Diagnose bereits gestellt hat.

«Nein.»

«Sie sind noch relativ jung.»

«Ich habe es nicht vor, also Frauen, das ist vorbei. Es gibt andere Dinge, die mich mehr begeistern.»

«Bücher?»

«Die Geschichten hinter den Büchern. Die Geschichte selbst.» Mann, ich klinge vollkommen unüberzeugend, dachte Ernest Herz und senkte den Blick zu Boden.

«Haben Sie gewusst, dass man bis vor Kurzem noch eine geistliche Empfehlung für Ihren Posten brauchte?»

«Höre ich zum ersten Mal!»

«Meinen Sie, dass Sie diese Empfehlung bekommen hätten?»

«Wage ich zu bezweifeln.»

Schwanzwedelnd kam der Pudel zurück, schnupperte an ihm und setzte sich, nachdem er sich ein paarmal auf der Stelle gedreht hatte, auf den polierten Prälatenschuh.

«Herr Herz», sagte der Prälat, an einem der dreiunddreißig Knöpfe seiner Soutane nestelnd, «wir sind alle sündige Seelen. Wenn Sie an einer aufrichtigen Umkehr interessiert sind, helfen wir Ihnen mit Freude.»

«Ich bin ein hoffnungsloser Fall», erwiderte Herz.

«Das glaube ich nicht», meinte der Prälat, «und ich bin zuversichtlich, dass wir Sie bekehren werden. Wenn es schon bei meinem Hund geklappt hat, wird es bei Ihnen auch klappen.» Ernest Herz, der am Anfang des Gesprächs noch gezögert hatte, ob er nicht doch über seinen Ofenfund erzählen sollte, wurde misstrauisch.

«Reden wir über die Bibliothek. Sie haben große Pläne, habe ich gehört?»

«Bisher noch nicht», erwiderte Ernest Herz erstaunt.

«Herr Schmalbacher hat mir berichtet, Ihnen schwebe etwas vor.»

«Wie soll mir etwas vorschweben, wenn ich keinen Durchblick habe?», entgegnete Ernest Herz, «mit dem alten Zettelkatalog und dem Bandkatalog kann ich nicht viel anfangen. In unseren Tagen werden Daten elektronisch verarbeitet. Ich bin etwas verwirrt, da ich Mrozeks Digitalisierungsgerät und einen Computerbildschirm in der Bibliothek gefunden habe, jedoch keinen Rechner. Den muss es gegeben haben. Alles andere ergibt gar keinen Sinn.»

«Den Rechner gibt es», begann der Prälat. «Die Polizei hat ihn zur Spurensicherung noch im August beschlagnahmt. Es ist Ihnen sicher bekannt, dass Ihr Kollege selbst die Stunde seiner Vollendung bestimmt hat.»

Ernest Herz nickte, verzaubert durch den letzten Satz.

«Ich wundere mich, was einen Mann Gottes dazu veranlasst haben konnte, sich selbst so etwas anzutun.»

«Herr Mrozek hat ein brennendes Gewissen gehabt», erwiderte der Prälat, «er war ein Mann, der einerseits sehr wohl wusste, welche Kraft das aufrichtige Bekenntnis hat, andererseits war er von seiner Scham dermaßen überwältigt, dass er nicht beichten konnte. Es war unmöglich, ihn zu bewegen, an den heiligen Sakramenten teilzunehmen, und so mussten wir ihn leider außerhalb des Friedhofs beerdigen lassen. In campo,* könnte man

---

* Auf dem Acker

sagen. Hoffen wir aber, dass die Feuerbuße, die er sich selbst für seine schweren Verfehlungen aufgelegt hat, ihn vor dem Höllenfeuer erretten kann.»

Ernest Herz schluckte beim Wort «Verfehlungen». Entfernt erinnerten ihn die Bruchstücke, die er nun von diesem Mrozek wusste, an sich selbst, denn auch er hatte viele fleischliche und geistige Sünden begangen, die ihn allerdings weniger beschämt als vielmehr mit Selbstekel erfüllt und vielleicht sogar letztendlich ins Kloster geführt hatten.

«Wann bekommen wir den Rechner zurück?», fragte er.

«Herr Schmalbacher kümmert sich darum», bemerkte der Prälat zerstreut, «er ist meine rechte Hand.» Das Gespräch schien ihn zu ermüden. Tränenflüssigkeit sammelte sich in den Winkeln seiner Riesenaugen. «Verzeihung», sagte er plötzlich, bedeckte sein Gesicht mit beiden Händen und hauchte ein zartes Hatschi. «Und nun, Gott befohlen», sagte er anschließend, erhob sich und schritt zur Tür. Der Pudel stürzte ihm nach. Auch Ernest Herz folgte ihm, wenn auch unwillig. «Ich wüsste gerne, aus welchem Fenster der selige Herr Mrozek den Schritt in die Ewigkeit getan hat», sagte er mit einem Fuß in der Tür, «ich möchte des Toten bei Gelegenheit am Ort des Schreckens gedenken.» Der Prälat strahlte. Sein mit silbrigen Stoppeln bedeckter Rundschädel wirkte noch runder und erinnerte an ein trauriges, in einer Zeitmaschine auf Hochflamme durchgebratenes Kind, und es fühlte sich schlichtweg unangebracht an, ihm in die Augen zu schauen. Selbst der Hund hatte aufgehört, sich zu kratzen, und spitzte die Ohren. Zu allem Überfluss ging der Prälat mit erhobenen Armen auf Ernest Herz zu, klopfte ihm herzlich, aber auch in geziemendem Abstand auf die Schultern und gab zu, dass er auf diese Frage gewartet habe. «Daran erkennt man, dass Sie nicht nur Form, sondern auch Gefühl sind, mein Sohn», sagte er, und seine Nase zuckte. «Erziehung ist das eine, Reflexion das andere. Per Dei gratiam* wirkt beides im Menschen, sodass es eine Freude ist. Dass Sie mich nach diesem unsäglichen Fenster fragen, ist für mich ein ganz besonderer Gnadenmoment. Herr Mrozek war ein sehr neugieriger Zeitgenosse. Und dass sein Posten offenkundig durch einen Seelenverwandten besetzt wird, freut ihn auf seiner Wolke sicherlich auch.»

Ernest Herz lächelte sauer. Sein Gefühl sagte ihm, dass der Prälat genauso wie Herr Schmalbacher etwas verschwieg.

«Mich leitet keine Neugierde, sondern die reinste menschliche Anteilnahme, Euer Gnaden, eine Kerze hätte ich schon gern für den Kollegen angezündet, natürlich nicht in dem Raum, ein Teelicht ... später in der Stiftskirche.» «Es sieht so aus, als lebten Sie mit der vor-

---

* Mit Gottes Hilfe

aufklärerischen Vorstellung von Neugierde, als würde etwas Schlechtes an ihr kleben», bemerkte der Prälat verschmitzt, und plötzlich verzerrte sich sein Gesicht. Alles Traurig-Kindliche verflog, und wie eine arabische Familienmutter im Menschengedränge der Kärntnerstraße brüllte er, das ansetzende Glockengeläut übertönend, zum Pudel gewandt: «La ferme!» Nach einem sekundenlangen Blickduell setzte der Pudel fort, was er gedanklich bereits angestimmt hatte. Er gab sich einem hemmungslosen, jaulenden Gebell hin, das, und das war das Erstaunliche, immer in den kurzen Pausen zu hören war, in denen die Glocken am Kirchturm gleichsam Atem holten. Schließlich durfte Herz im dritten Stockwerk des Refektoriums die violett gestreiften und verwegen gelockten Usambaraveilchen auf der leicht verkohlten Fensterbank gießen, von der sein Vorgänger brennend in den Klostergarten gestürzt war. Draußen plätscherte der Kunstteich in ungetrübtem Gleichmut. Wenn man sich aus dem Fenster lehnte, sah man zwischen den schaumigen Kräuseln karottenfarbene Koikarpfen umhergleiten, während ein herber Duft vom Bambushain daneben herüberwehte. Die Stimme des Prälaten hinter ihm säuselte etwas vom oberen Paradetor, das in die Weinberge führte, und dem unteren Gartentor, durch das man zum Bach gelange und, dessen Verlauf folgend, zum Bahnhof. Ernest Herz entging auch nicht, dass ein Buchsbäumchen unterhalb der Klostermauer eingedrückt war. Später dachte er an den Gang durch die Räume der Prälatur, an die schwarze Soutane vor ihm, die einen leichten pudrigen Duft nach Weichspüler verströmte, an das knarrende Parkett unter den dicken pastellfarbenen Läufern, an die viel zu niedrigen Rokoko-Sitzmöbel, die sich hier und da um einen klassizistischen Tisch (ein Affront) gruppierten, an die mit apokalyptischen Szenen bestickten Paravents, an die blau-weißen Ming-Spuckvasen, die wie ein Stück Wolkenhimmel aus den Kaminen hervorschimmerten, sodass man den Schritt verlangsamte und den Blick gerne auf dieser Illusion ruhen ließ, und schwebend über all diesen Eindrücken erhob sich in ihm die Frage, warum der Selbstmörder sich nicht gemütlich, wie es sich für einen Büchermenschen gehörte, aus dem Fenster seines Zimmer gestürzt, sondern sich zu diesem Zweck ins Refektorium begeben hatte, wo doch die Gefahr bestand, durch eine Servierkraft oder eine andere geistliche Person gestört zu werden.

XII

Von seinem Sessel aus verfolgte er den stotternden Flug einer fetten Fliege. Es war erstaunlich, dass sie um diese Jahreszeit noch unter den Lebenden weilte. Wie sie durch das offene Fenster hereingeflogen war, flog sie auch wieder hinaus, in den sonntäglichen Abendglockenklang. Ab ins Verderben, dachte er, erfriere zu Tode, falle steif wie eine Flunder zu Boden. Wenn ich an der Lobkowicz-Bibliothek im malerischen Nelahozeves geblieben wäre, hätte ich nur aufhören müssen, am Wochenende nach Prag zu fahren, und die Eremitenidylle wäre perfekt gewesen. Aber nein, eine größere, bedeutendere Bibliothek musste her. Jetzt hast du den Salat, wandelst in den Fußstapfen eines Verrückten, hältst eine gestohlene Handschrift im Ofen versteckt, ermittelst auf eigene Faust, doch das führt zu nichts Gutem, neugierig bist du, daran gehst du sicher zugrunde. Die Unterlagen, die er aus der Bibliothek zum Lesen mitgenommen hatte, lagen neben ihm, er hätte nur den Arm ausstrecken müssen, doch was nützte der Arm, wenn der Kopf nicht wollte. Ernest Herz stand auf, schritt auf sein geliebtes Telefunken zu und drückte auf den Empfangsknopf.

«... Gott schuf also den Menschen als sein Abbild. Als Mann und Frau schuf er sie.»

«Ach, du dickes Ei», rief er aus, «was tun?» Die Angst, dass der Albtraum von vorn beginnen würde, sobald er am Senderknopf drehte, ließ seine Hand steif wie eine chinesische Hühnerkralle in der Luft schweben. Der ältliche Samtbariton dozierte weiter: *«Die Erschaffung des Menschen als Mann und Frau war ein Glanzpunkt der Schöpfungsgeschichte. Gott hat sich bewusst für uns Menschen entschieden. Er gab uns grünes Licht.»*

Vielleicht ist das noch die alte Einstellung, schoss ihm durch den Kopf, und so ließ er den Zeiger einige Millimeter auf der Senderskala nach rechts gleiten. Hier läuteten die Glocken eine schmerzlich vertraute Melodie, die Ernest Herz wie eine Mischung aus *O du lieber Augustin* und *An der schönen blauen Donau* vorkam. Der Moderator meldete sich jetzt dumpf und gedankenschwer mit einer Frage zu Wort: *«Wie groß ist der Unterschied zwischen analogem und digitalem Läuten?»* Sein Gesprächspartner trank hörbar einen Schluck Wasser und sagte mit tiefer Stimme: *«Früher hat es in einigen Kirchtürmen Lautsprecher gegeben, über die man das Glockengeläut abgespielt hat. Den Leuten hat diese Neuerung jedoch nicht gefallen. Sie haben den Unterschied gemerkt, und man hat nach einigen Protestaktionen dann die Lautsprecher wieder durch echte Glocken ersetzt.»* Der Moderator meldete sich mit der Erkenntnis, der Mensch bestehe doch zu großen Teilen aus Wasser, das heißt, Schwingungen wirkten auch auf den Körper. «*Sie haben recht*», erwiderte sein Gesprächspartner schläfrig, «*und wir in unserer Glockengießerei freuen uns schon sehr auf die vielen leisen Elektroautos in unseren Städten. Dann hört man das Glockenläuten endlich wieder mal deutlich.*» Toll, dachte Ernest Herz, darauf freue ich mich auch. Wieder ertönte einige Minuten lang ein haarsträubendes Brummen, der Glockengießer stellte es als die große Marusja vor, die er für die Hauskapelle eines der ersten Oligarchen Russlands gegossen hatte. «*Leider hat dem Kunden Eisen mehr imponiert als die herkömmliche Bronze*», sagte er; «*der Kunde ist König*», warf der Moderator kichernd ein. «*Was haben Sie sonst noch für Auftraggeber, Herr Holzfeind?*» Ernest Herz murmelte und drehte am Senderknopf.

«*... im Lutherjahr einen kuriosen Roboter vor, er segnet Menschen und heißt blessu-2*», erzählte aufgeregt eine jugendliche Moderatorin. «*Darum haben wir unseren Reporter Daniel auf die Straßen von Wittenberg geschickt, der sich umgehört hat, was die Wittenberger vom blechernen Segenswort einer Maschine ...*»

«Nein!», rief Ernest Herz, «verdammt noch mal, nein!» Er zog den Stecker, stöpselte ihn wieder ein und drehte wütend am Senderknopf. Einmal nach links und dann wieder nach rechts. Vorsichtig ließ er den Knopf los. Sekunden der Stille. Dann hörte er: «*Und dazu segne euch auf die Fürsprache der unbefleckten Jungfrau und Gottes-*

mutter Maria, aller Engel und Heiligen der dreifaltige Gott der Vater und der Sohn und der Heilige Geist.»

Ernest Herz schrie und tobte, einem von Flöhen gemarterten Kater gleich drehte er mehrere Runden durchs Zimmer, öffnete das Fenster, lehnte sich hinaus. Ein schmächtiger Japaner drehte sich, die Kamera auf die Kirchtürme gerichtet, gähnend zu ihm um. Eine Weile hielten sie Blickkontakt. Dann schaute der Mann (das Sechs-Uhr-Glockenläuten musste jede Sekunde erklingen) auf seine Armbanduhr. Volltrottel, dachte Ernest Herz, die Turmuhr ist doch keine Attrappe. Er rätselte, was mit seinem Telefunken los war. Vor seinem inneren Auge sah er einen Kraken, der auf den Harfensaiten der Frequenzen seine Fühler ausbreitet und, die Gesetze der Physik missachtend, aus dem Äther spricht. Vielleicht nur zu ihm allein. Er schüttelte den Kopf. Nein, an der Physik führte kein Weg vorbei. Vielleicht war er dabei, verrückt zu werden? Wieder beugte er sich über das Radio. Der Zeiger, ein gelber Mäusezahn auf der Senderskala, harrte der Befehle. Den restlichen Abend verbrachte Ernest Herz vor dem Radio. Elektrisiert schaltete er wieder und wieder um, lauschte unerquicklichen Hörergesprächen, den Vorträgen und den Live-Schaltungen, Gottesdiensten oder Gospelkonzerten. Eine Bäuerin mit Namen Notburga Prollross redete auf Alemannisch entweder über ihre Lieblingsmehlspeise Fülluslända oder von einem Kinderspiel aus ihrer Nachkriegskindheit im

Stil von Reise nach Jerusalem. Ein Pater Alfons räsonierte über die Gender-Ideologie und den Selbstoptimierungswahn des modernen Menschen. *«Da wir uns Gott überlegen fühlen, fristen wir unsere Tage in einer gottlosen Nacht»*, konstatierte der Pater, *«wir sind uns selbst die Nächsten. Wir haben Gott aus uns verdrängt, darum, liebe Hörerfamilie, kommen wir uns so leer und verlassen vor.»* Das Wort Hörerfamilie fiel häufig, abwechselnd mit den Spendenaufrufen: *«Halten Sie Kontakt, wenn Sie den Herrn in Ihrem Herzen empfangen wollen. Bleiben Sie dran, wenn Sie das Gefühl haben, vom Glauben abzukommen. Und danke für Ihren konkreten Beitrag. Gott liebt einen fröhlichen Spender.»* Immer wieder riefen eine Walpurgisa-Edeltraut oder ein Günter-Leopold an und versicherten, wie viel Kraft sie aus der Beichte schöpften. Lange lauschte Ernest Herz diesen fadendünnen Stimmen, und je dunkler es draußen wurde, desto stärker bemächtigte sich seiner der Wunsch, das Unbegreifliche anzunehmen und sich ihm zu fügen. Die Stimme der Kirche hatte ihm etwas zu sagen, er musste ihr sein Gehör schenken. Kurz vor dem Entgleiten in seinen Traum erschien ihm die weitere Suche nach einem üblichen Musiksender als absurd und die Vorstellung, nicht weiter kommen zu können als kirchlich erlaubt, als völlig richtig. Er murmelte noch etwas von den Grenzen im Kopf und von Kant, der Königsberg nie verlassen habe, als er von einem Windhauch mitgerissen wurde. Immer höher stieg sein

Körper auf, der nackt bis auf die Augenbinde war, immer mehr Lichter tauchten um ihn herum auf. Anfänglich hielt er sie für die Lichter des Tals, dann für Sternbilder; während er sie betrachtete, begannen die Punkte sich durch feine Linien zu verbinden und Buchstaben zu bilden.

Er las und staunte: *Die diplomatische Minuskel und Benjamin Franklins Erfindung des Blitzableiters.* An die Stelle dieser Inschrift trat eine neue, langsam füllten sich die unsichtbaren Blutbahnen mit Licht: *Wie das Buch seinen ideellen Wert im Massendruckzeitalter zurückerobern kann. Ein Fünfjahresplan.* Kaum hatte er diese Zeile bewältigt, erschien eine neue: *Mit dem Totenoffizium durch das Jahr. Wie die Pest das religiöse Empfinden formt.* Dazwischen schwirrte ein Irrlicht, nach dem er wie ein Hund nach einer Mücke schnappte. Es wurde größer und größer und entpuppte sich als eine Neonreklame, die Wörter entsetzten ihn, stimmten ihn aber auch, ohne dass er wusste, warum, froh: *Gott schuf den Menschen nach seinem Ebenbild. Als Mann und Frau schuf er ihn.*

XIII

Wer sind die Personen, überlegte er, die von der Existenz dieser Handschrift gewusst haben könnten? Würde ich an Mrozeks Stelle jemandem erzählen, dass ich so ein Buch besitze? Vielleicht, um diese Person zu beeindrucken, wie mit einer Briefmarkensammlung. In diesem Fall käme der Portier als Mitwisser infrage. Und Ernest Herz, entschlossen, Duzelovic nach Mrozek zu befragen, ging in den Portierserker. Wie er bereits wusste, betrieb der gelernte Friseur, wenn er nicht gerade auf die Monitore starrte, hier ein Theologie-Fernstudium und träumte von Rom. «Was wollen Sie eigentlich in Rom?», fragte Ernest Herz, als er ein Italienisch-Lehrbuch vor Duzelovic liegen sah. Er wolle bei einem Monsignore oder Kardinal arbeiten, erwiderte Duzelovic würdevoll. «Bei wem denn genau?», fragte Ernest Herz. «Egal. Hauptsache für einen aus dem Vatikan.» «Sie wollen wieder Haare schneiden?» Duzelovic lachte: «Genau, Tonsuren.» «Tonsuren, ist das diese Mönchsglatze?» «Merken Sie sich», sagte Duzelovic, «ein Insiderwissen, mit dem Sie vielleicht eines Tages angeben können: ‹Ist der Kopf vorne kahl, so handelt es sich um die Tonsur des Apostels Paulus, ein Kornkreis in der Feldmitte – dann ist das die Petrus-Tonsur.» Er lachte wieder, und unter seinem Pony blitzten zwei Glutaugen auf. «Natürlich will ich in Rom keine Haare schneiden», fuhr er im Flüsterton fort. Und noch leiser: «Mir schwebt eine Stelle als Haushälterin vor.» «Als Haushälterin», wiederholte Ernest Herz. «Ich bin schwul, Sie etwa nicht?», raunte Duzelovic mit geweiteten Augen, in denen sich Entsetzen, Neugier und noch etwas anderes mischten. «Nein, ich sicher nicht», antwortete Ernest Herz, «sehe ich so aus?»

«Dass Sie mich danach fragen, ist schon schwul.»
«Ach ja?»
«Ja. Sonst lassen Sie sich schwer einordnen. Es ist Ihr Auge. Es ist so ...», er suchte nach Worten, «soooo irritierend. Wie ein Asteroid zwischen dem Satelliten und der Erde, es stört den Empfang irgendwie. Aber dass Sie keine Frauen mögen, das spürt man schon.»

Ernest Herz zuckte die Schultern und erzählte, dass er eine kalte und dominante Mutter habe, dass ihm Frauen am Anfang Angst gemacht hätten, bis er entdeckt habe, dass er mit seiner Augenklappe einen seltsamen erotischen Reiz auf sie ausübe. Dann habe er sich selbst überwunden und angefangen, seinen Charme schamlos auszunutzen. Frauenmäßig habe er etwas über die Stränge geschlagen und mochte jetzt einfach nur Bibliothekar sein. «Ich brauche Ruhe. Ewige Ruhe», fügte er hinzu und horchte in sich hinein. «Nein», rief er plötzlich, «keine Ruhe, sondern einen Neuanfang.»

«Also kein Stand-by, sondern ein Restart», kommentierte Duzelovic, indem er mitleidsvoll den Kopf neigte.

«Zeigen Sie mir den Knopf, und ich drücke darauf, ohne zurückzuschauen.»

«Oh, Sie sind mir einer, ein Wilder, Rabiater! Und Ihr Auge? War das ein Unfall?» «Silvester 1985, Böller trifft Kind.» «Misero!» Duzelovic seufzte und fuhr sich wie eine flirtende Frau durchs Haar. «Männer lassen Sie auch kalt?» «Eisig kalt», sagte Ernest Herz. «Menschliche Wesen, künstliche Intelligenz, Aliens?» «Ich habe mich dem alten Buch verschrieben.» «Hahaha», Duzelovic klopfte mit flacher Hand auf die Tischplatte, sodass es in einem Monitor zu schneien begann. «Sie glauben tatsächlich, dass die Welt Ihnen hier nichts anhaben kann? Diese romantische Vorstellung haben die meisten Novizen. Rein in die Klausur, und schon ist man in Sicherheit. Da sage ich den Jungs immer, und Herr Prälat wird es sicher auch tun: ‹Meine Herren, wenn Sie hier bei uns Ihrem Egoismus weiter frönen wollen, dann haben Sie das Grummeln im Bauch für den Ruf des Herrn gehalten. Dies ist keine Filmkulisse, wo man sich träumend im Kräutergärtchen ergeht.›» «Sondern?», fragte Ernest Herz, «ich dachte, das ist das Normalste auf der Welt für einen Geistlichen.» «Genau, und dass er sich hin und wieder mal in einen von Teelichtern umstellten Sarg legt», spottete Duzelovic. «Schauen Sie mal hierher», er kratzte mit seinem Nagel an einem der Bildschirme, «hier zum Beispiel läuft Herr Koloman mit einem Ledermäppchen unter dem Arm den Gang entlang. Sicher auf dem Weg in die Klinik. Krankenbesuch. Seelsorge ist harte Arbeit. Es ist hart, Menschen zu lieben. Mich kostet das immer mehr Überwindung. Wenn ich mir die Touristen bei uns anschaue, heilige Mutter Gottes, sage ich nur. Lieben ist harte Arbeit. Beten ist harte Arbeit. Übrigens hier», er kratzte an einem anderen Bildschirm, «hier kniet Herr Ildefons im Sacellum, er betet. Hhm, eigentlich sollten wir ihn uns nicht anschauen, schauen Sie weg!» Er fuchtelte vor Ernest Herz' Auge. «Ja, ist ja gut», knurrte dieser, «auf Ihren Minibildschirmen sieht man eh kaum etwas. Sie wollen also nach Rom?», sagte er nach einer Weile. «Sì», antwortete Duzelovic. Mit der Zeit verstand Ernest Herz, dass der Portier wie der gesamte etwas auf sich haltende Stiftsstaat die Angewohnheit hatte, gelegentlich ein italienisches Wort einzuflechten. Nicht so altväterlich und schulmeisterlich wie Latein, schlug diese Sprache augenblicklich eine Brücke zum Heiligen Stuhl, wo ja die Musik spielte. Von dort wehten der Wind und das Parfüm der Monsignores. Die Einzigen im Stift, die an der ersten offiziellen Kirchensprache hingen, waren der Prälat und Herr Schmalbacher, der Letztere sicher wegen der traumatischen Erfahrung seiner Exkommunikation. Zwar fühlte sich Ernest Herz seit seinem Erasmus-Jahr an der Università degli Studi Roma Tre auch als eine Art Rom-Opfer, doch um sich italienischer oder lateinischer Brocken im Alltag zu bedienen, glaubte er, mit seiner Augenbinde und dem blonden Haar nicht der richtige Typ zu sein. «Wenn ich Italienisch spreche, fühle ich mich wie ein Kinderschänder auf dem Spielplatz», sagte er. «Esatto!», stieß Duzelovic fröhlich hervor. Sie lachten, dann stand der Portier von seinem Drehstuhl auf und ging zu einem an der Wand angebrachten Eichenschränkchen. Mit groben Schnitzereien verziert, die wie Axteinkerbungen eines betrunkenen Holzfällers wirkten, verlieh dieses Möbelstück dem Erker eine wohnliche, gar alpine Note. Ernest Herz, der inzwischen wusste, dass Duzelovic *a Tiroler Bua* war, hatte den Klotz immer für einen Schnapsschrank gehalten. Staunend erhob er sich von seinem Platz, im Inneren des Schranks befand sich nichts außer einer pilzförmigen Campinglampe. «Und jetzt transferieren wir zu mir in die Loge», sagte Duzelovic und schaltete die Lampe ein. «Ich möchte Ihnen meine Schätze zeigen.» Ein Exemplar der Zeitschrift «Sì signor» lag auf dem Drehstuhl des Portiers. Im Vorübergehen las Ernest Herz unterhalb des Titelfotos, das eine lachende Nonne mit Gitarre zeigte, zwei Überschriften: *Heilkräuter für alle – vital und frisch statt träge und trist. So geht's* und *33 Wege Ihr Kind auf das Jüngste Gericht vorzubereiten*. In Duzelovics Loge ging es durch einen Kleiderschrank, vorbei an einem einsamen schwarzen Anzug und mehreren taubengrauen Kleidungsstücken in Klarsichtfolie, ob dies Kutten oder Arbeitskittel waren, war schwer zu sagen. Dahinter befand sich ein vollkommen runder, fensterloser Raum, der doppelt so groß wie die Portiersloge selbst war. Angesichts der Höhe stieß Ernest Herz einen anerkennenden Pfiff aus, der sich sofort auf das Gruseligste multiplizierte. «Sind wir in einem Schacht?» «Schön, nicht? Der reicht bis ins Dachgeschoss. Im ganzen Kloster gibt es kein einziges Zimmer, das meine Schlafhöhle übertreffen könnte.» Duzelovic prahlte weiter, bemerkte, indem er sich eine Zigarette anzündete: «Keine Kathedrale der Welt ist so hoch, dass sich ihre Decke den Blicken entzieht. Und rauchen kann ich hier auch, ohne dass das jemand mitbekommt. Nicht einmal ich, so schnell verfliegt der Rauch. Darum rauche ich ausschließlich im Liegen unter dem Schirm da.» Er stellte die Lampe auf ein Nachtkästchen und ließ sich mit der Zigarette im Mund auf das Bett fallen, eine braun angemalte Stahlrohrkonstruktion, an deren Kopf ein aufgeklappter Gartenschirm angebracht war. «Manchmal bröselt etwas vom Gewölbe runter», fügte er hinzu, einen Arm hinter dem Kopf verschränkend. «Es muss herrlich sein, hier von Italien zu träumen», sagte Ernest Herz voller Neid. Darauf entgegnete Duzelovic augenzwinkernd, dass Träume Schäume seien, und stimmte, indem er sich aufgerichtet und den Kopf in den Nacken gelegt hatte, das *De Profundis* an.

«Aus der Tiefe rufe ich, Herr, zu dir. Schön, nicht? *Herr, höre meine Stimme, wende dein Ohr mir zu,* wie das hallt! *Achte auf mein lautes Fle-heen.»*

«Was wollten Sie mir zeigen?», unterbrach ihn Ernest Herz, der langsam die Hoffnung aufgab, das Gespräch auf Mrozek lenken zu können. «Meinen calendario romano. Drehen Sie sich um.» Ernest Herz drehte sich um und lachte verzückt. An der Innenseite der Tür, durch die sie ins Zimmer gelangt waren, hing ein Kalender, aufgeschlagen war der Monat Mai mit dem schwarz-weißen Foto eines bildhübschen jungen Geistlichen. Duzelovic gestattete Herz, im Kalender zu blättern, und gestand, er schwärme für Pater Mai. Wie man sieht, dachte Ernest Herz, und das im November. Wegen des seelenvollen Blicks, ergänzte Duzelovic. Pater Mai hatte ein schlichtes, osteuropäisches Gesicht mit offenem, leicht wehmütigem Blick, den er, und das war vielleicht das Geheimnis seiner Anziehung, ohne einen Hauch von Sinneslust in die Kamera richtete. Die Schönlinge in Soutanen, die die übrigen elf Monate darstellten, gefielen ihm weniger, vielleicht wegen der süßlichen Kulisse. Manche lehnten an einem Springbrunnen und an blumenüberwachsenen Mauern, tauchten in den Kreuzgängen und Torbögen mit wehendem Habit und Katze auf dem Arm auf. Einer hatte mit der Hand etwas Wasser aus einer Vogeltränke geschöpft und ließ es nachdenklich durch die Pianistenfinger rinnen. «Schöne Schätze», lobte Ernest Herz, «und so etwas gibt es in Rom?» «Ein Souvenir, den Kalender kann man an jedem Kiosk kaufen. Warten Sie. Ich habe noch etwas anderes aus Rom.» Duzelovic öffnete die Schublade des

Nachtkästchens und zog ein gewöhnliches Opferlicht im roten Glaskelch hervor. Eine Weile starrte Duzelovic das Teelicht wortlos an. Dann verkündete er, dass er es zu seinem Arbeitsantritt auf diesem Posten vor fünfzehn Jahren geschenkt bekommen habe. Das zweite Mal werde er es auf seinem Grab anzünden lassen. Beim ersten Mal habe es beim Frohnleichnamsgottesdienst am 5. Juni 1980 gebrannt, dem Jahr seiner Geburt, und sei von Papst Johannes Paul persönlich angezündet worden. Ernest Herz, der es nicht mochte, wenn Menschen ihn in intime Details einweihten, bemühte sich, sich sein Unbehagen nicht anmerken zu lassen. Behutsam nahm er die kleine Glasschale, in deren Inneren ein Klacks Wachs wie ein staubiges Rührei kauerte. Der Freund, der ihm die Reliquie geschenkt habe, habe sich gegen mehrere gierige Fratres und Patres verteidigen müssen, erklärte Duzelovic, während er das Licht wieder in der Schublade seines Nachtkästchens verstaute. Jeder habe es haben wollen. Doch er sei schneller gewesen. «Ein Geistlicher?», fragte Ernest Herz mit trockenem Mund. Duzelovic nickte. Ein Weltlicher komme nie im Leben an den Papst heran, wenn der in so einer Intimität wie einer Andacht stecke. Nur als Leibwächter vielleicht. Der alte Bibliothekar habe es ihm geschenkt, Herr Mrozek. Ernest Herz lief es kalt den Rücken herunter. «War er Ihr Freund?»

«Wir waren wirklich befreundet. Na ja, ich war nicht sein Typ. Mrozek hatte ein Faible für jüngere, hm, wie soll man das sagen, für jüngere Personen. Der Herr sei seiner Seele gnädig.»

«Ein Faible, wie meinen Sie das?»

«Prego, signore, das können Sie sich selbst denken.»

Ernest Herz schluckte. Jüngere Personen? Dieser Mrozek, dachte er, muss nicht nur ein Dieb, sondern auch ein Pädophiler gewesen sein, irgendwann ist er aufgeflogen, seine furchtbare Schuld wurde ihm plötzlich bewusst, und deswegen wird er sich umgebracht haben. Aber warum auf diese grausame Art und Weise? Einfach aus dem Fenster zu springen hätte doch auch gereicht. Möglichst gelassen sagte er: «Von dem Drama habe ich in der Zeitung gelesen. Ein schlimmes Ende. Und vor allem so skurril.»

«Mrozek ist in seinen letzten Jahren sehr komisch geworden. Verwirrt ist er im Kreuzgang herumgeirrt, die Lippen bewegend. Ich habe ihn auf den Monitoren gesehen.»

«Wie hat er denn ausgeschaut, wenn ich fragen darf?»

«Wie Pater Mai, nur in Alt, ein alter Herr, ein Pole, buschige Augenbrauen. Die färbte er übrigens bis zum Schluss, das Haar ließ er in Ruhe. Bucklig, ihm ist ein Buckel innerhalb von wenigen Jahren gewachsen. Wenn er zur Uhr in der Sakristei geschaut hat, musste er in die Knie gehen. Lustig und traurig zugleich war es, ihn so auf dem Monitor zu sehen. Und dann das.»

«Vielleicht hat er ein Buch gesehen, das ihn auf den

dummen Gedanken gebracht hat, ein Bibliothekar, der sich anzündet und vor allem die Gardinen vorher abnimmt, das ist ja nicht normal.»

«Welches Buch?», fauchte Duzelovic.

«Na ja, *Donna Rosa* von Hubertus Eck, zum Beispiel, da zündet sich auch ein Mönch an. Wenn auch aus Versehen. Jedenfalls geht die ganze Bibliothek mit den wertvollen Codices in Flammen auf. Alles futsch. Kann es sein, dass der Verstorbene dieses Buch ...»

«Pardon», rief Duzelovic wie aus einem Albtraum hochfahrend, «es ist der Chef», raunte er und begann sich hektisch abzutasten. Ernest Herz horchte auf, irgendwo in dieser Höhle klingelte es. Der Klingelton war ein einziges verzerrtes Dröhnen, dennoch erkannte er John Lennons blasphemische Schnulze «Imagine there is no heaven». Mit den Worten «ich komme, ich komme» tapste Duzelovic plötzlich wieder zum Bett und schnappte sich sein Diensttelefon, drückte auf den blinkenden Knopf und sagte ins Leere lächelnd: «Deo gratias, Herr Prälat.»

XIV

Im Stift kannte er nun inzwischen jeden, vom Küchenchef der traditionsreichen Armenspeisung bis zum Prälaten. Manche grüßte er mit Namen, andere per Handschlag, einigen nickte er zu. Die wenigen geistlichen Herren, denen er auf dem Stiftsgelände begegnete, schwieg er mit der wissenden Miene eines Eingeweihten an. Er wechselte jedoch unverzüglich zu einem *Grüß Gott* über, nachdem ihn der Novizenmeister zur Seite genommen und mit erdäpfelsalatgetränktem Atem erklärt hatte, das Schweigen sei das Privileg der Geistlichen und eine Praxis, die sie zur inneren Versammlung vor dem Morgengebet betrieben. Er habe es nur gut gemeint, versicherte Ernest Herz. Einige der Chorherren hatte er nach Mrozek befragt und angedeutet bekommen, dass ihr Mitbruder in fide dubitavit*. In der Bibliothek fror er nun allein – Sebastian, Eddi und Krzysiek hatten Ferien.

Wie er von Duzelovic hörte, fuhr nur die Klosterjugend über Weihnachten nach Hause, die Älteren mit der ewigen Profess oder Priesterweihe hingegen empfingen Be-

---

* im Glauben zweifelte

such. Die Gäste der Chorherren strömten im Gänsemarsch, mit Geschenken beladen, um die Mittagszeit zum *Stiftscafé*. Emeritierte Geschichtsprofessoren seien es, klärte der allwissende Duzelovic auf, Organisten und Theologen, verwitwet, rheumatisch, manche mit Parkinson. Sie kommen jedes Jahr um die Zeit, setzen sich an die gleichen Tische und warten hinter den gleichen Zeitungen. Ernest Herz rührte es zu erfahren, dass der zerzauste Greis, den er einige Male durchs Kaffeehausfenster in Kellneruniform mit dem Rollstuhl zwischen den Tischen herumfahren gesehen hatte, der ehemalige Chefkellner war. Den alten und seltenen Gästen zuliebe werde er reaktiviert und schlüpfe in der Weihnachtszeit in seine alte Rolle, wobei er aus technischen Gründen nicht mehr in der Lage sei, eine Melange auf dem Tablett zu balancieren, und nur noch Bestellungen aufnehme, Trinkgeld kassiere und die Gäste bei Laune halte, selbstverständlich ehrenamtlich. Auf die Bemerkung, dass der alte Saalsohn einen Beitrag zu seiner Pension sicherlich nicht verschmähen würde, meinte Duzelovic nur, nach dem Porzellanorden für den Kellner des Jahres wäre etwas anderes als ewige Uneigennützigkeit unverständlich gewesen. Während dieser Tage hatte Ernest Herz oft Gelegenheit, die aus ganz Europa anreisenden Männer zu sehen, für deren Versorgung der alte Chefkellner unentgeltlich einsprang. Von der Wehrmauer aus sah er sie als schwarze Punkte unten den Bahnhofsplatz überqueren, kurz vor dem Eingang zum Lusttempel *Teufelinnen heiß wie Feuer, 24 h* verweilen und dann den Weg einschlagen, den er selbst vor Kurzem so hoffnungsvoll genommen hatte. Auf der schulterhohen Klostermauer ritten die grauen Köpfe entlang, bevor die gebeugten Körper im unteren Gartentor erschienen. Nun begann der Aufstieg. Wie ramponierte Ameisen krochen die Pensionäre den ungnädigen, mit rutschigem Kiesel bestreuten Hügel hinauf, manche drei- oder vierbeinig mit Stock oder Krücken. Ernest Herz litt mit ihnen. Einmal erlaubte er sich, einem solchen Solitär ins Café zu folgen und sich ihm schräg gegenüber zu setzen. Nicht lange durfte er dem wohlbeleibten, altersfleckigen Herrn beim halbherzigen Zeitungsblättern zuschauen, denn bald schon erhob der sich mit einem Ruck und breitete, als wollte er die Steintafeln mit den Zehn Geboten empfangen, die Arme aus. An der Art, wie mancher Chorherr seinen Gast umarmte, glaubte Ernest Herz zu erahnen, was sie einander bedeuteten – nämlich Gemeinschaft, jene lebendige geistige Einheit, welche treu verdient war. Überhaupt keinen Besuch empfing ein rotwangiger, in seinen Gesten matronenhaft wirkender Mittfünfziger, Agaphon mit Namen, der sich gern auf eine Parkbank zu setzen, kurzsichtig blinzelnd eine Zigarette zu drehen pflegte und mit sich und der Welt so zufrieden wirkte, wie es nur bekiffte oder unkreative Menschen vermögen. Ernest Herz hatte den russischstämmigen Novizen oft von seinem Beobachtungsposten aus auf einer flohbraunen Vespa flatternden Rocks davonsausen gesehen und darüber missbilligend den Kopf schütteln müssen, wobei er zu sich selber zu sagen pflegte: *coole Socke*. Auch Duzelovic sprach nicht ohne Anerkennung von dem Spätberufenen, der weder Kontakte suchte noch welche pflegte und mit seiner authentisch asketischen Art eine bessere Figur machte als mancher Mönch.

Sein Gegenteil, davon konnte Ernest Herz sich mehrfach überzeugen, war Herr Haribert, der vor seiner Berufung als Tenor primus an der Oper in Bratislava brilliert hatte und sich nicht nur durch außerordentliche Leibesfülle auszeichnete, sondern auch durch einen fantastischen Freundeskreis. Manchmal sah Ernest Herz an Weihnachten, wie stark geschminkte Damen auf Pfennigabsätzen und solariumgebräunte Weißzahn-Beaus zum ehemaligen Kollegen pilgerten. Bereits beim Passieren der Pestsäule stimmten sie, apart gestikulierend, Opernklassiker an. Mal war es das *Abendstern*-Lied aus Wagners *Tannhäuser*, mal Puccinis herzerweichende *O mio babbino caro*-Arie. Ins Lesen von Mrozeks Rechnungsbücher vertieft, blickte Ernest Herz jedes Mal verärgert auf. Den Auftritt, so effektvoll er in der barocken Kulisse auch wirken mochte, fand er billig. Nach den ersten markerschütternden Tönen öffnete sich das Fenster im ersten Stock, wobei der ehemalige Tenor jedes Mal mit dem klemmenden Fensterriegel zu kämpfen hatte. Herz blickte auf die unten Versammelten. Dass der Tenor den störrischen Fensterriegel bezwungen hatte, verrieten ihre Mienen. Unter *Maestro-bravo-bello*-Rufen schleuderten sie ihm einen in purpurnes Papier eingewickelten Blumenstrauß ins Fenster. Das Geschoss raschelte im Flug, klatschte weich auf, und tatsächlich schien Herr Haribert ihn aufgefangen zu haben, denn seine Gäste winkten jubelnd, einer schwenkte sogar den Hut, den er einer der Damen vom Kopf gerissen hatte.

Da er nichts mehr verabscheute als den Dauergrinser, den Gutgelaunten aus Überzeugung, den ernährungsbewussten Wellness-Optimisten, der den Rat des Therapeuten, die Seele mit der gelifteten Visage in Einklang zu bringen, ernst genommen hatte, fühlte er beim Betrachten all dieser Albernheiten vor seinem Fenster den unbändigen Drang, etwas herunterzuwerfen, das Soldatenstandbild vom Schwarzenbergplatz, zum Beispiel, damit es rollend und im Inneren schauderhaft dröhnend die Sänger eine Weile über den Stiftsplatz treibe, bevor sie platt gewalzt würden.

Schreiendes Gelächter schallte von draußen herüber. Schon wieder flanierte der erste Tenor mit irgendwelchen Leuten über den Stiftsplatz. Weit bauschte sich die Soutane des Geistlichen, der einer Kannenwärmerpuppe auf dem Samowar nicht unähnlich sah. Schließlich wandten sie sich, die Schritte beschleunigend, als hätte es zu regnen begonnen, zur Hostienbäckerei. Tatsächlich trommelten die ersten Tropfen auf das Blech des Fenstervorsprungs. Immer, wenn es regnete, fiel ihm das selbst erfundene Shakespeare-Zitat ein, mit dem er sich bei seinen Damen beim ersten oder spätestens zweiten Date interessant zu machen pflegte: *Sie wundern sich, warum ich gern allein bin, liebe Valerie, Dragana, Helga-Sigrid? Ich kann nur den Klassiker zitieren: Bedenke, Mensch, bevor du deinesgleichen suchst: dort, wo die Menge herrscht, hört Schicksal auf und es beginnt,* hier machte er immer eine Pause, fixierte das Gegenüber und hauchte: *Geschichte.*

Dieser Blödsinn wirkte hypnotisch auf die meisten Frauen, der Trick bestand darin, den Spruch nicht einfach so vor sich hin zu plappern, sondern ihn so verinnerlicht zu haben, dass diese Verse aufrichtig, groß und heilig wie ein Robin-Hood-Schwur unter einer tausendjährigen Eiche aus dem Mund klangen.

Er griff zum Hörer:
Seniorenresidenz Zur barmherzigen Dreieinigkeit, mein Name ist Sophie Habacht-Deck, was kann ich für Sie tun?, leierte eine rauchige Frauenstimme.
Er lächelte, bevor er sprach, der Tipp eines Callcenter-Girls hatte ihm später beim Telefonieren mit aus-

sichtslos scheinenden Flirtfällen immer wieder zum Erfolg verholfen.

Einen gesegneten ersten Advent, Frau, wie war noch einmal Ihr reizender Name?

Habacht-Deck.

Frau Habacht-Deck, sehr erfreut, Sie würden mir helfen, wenn Sie mich mit meinen Eltern verbinden könnten, Leopold und Elisa Herz, Zimmer 108, wenn Sie so freundlich wären.

Sehr gerne, nur fürchte ich, dass eine Begegnung hier bei uns im Haus besser wäre. Telefongespräche bringen manchen unserer Gäste ab einem gewissen Schweregrad der Demenz wenig, um nicht zu sagen, gar nichts. Sie wissen ja, Ihre Eltern ...

... sind hinüber, ich weiß aber auch, dass wir jetzt 16 Uhr haben und ein junger Mann bei den beiden sein müsste. Ein Student, den ich als Vorleser engagiert habe. Angemeldet habe ich ihn auch. Herr Prassl. Verbinden Sie mich bitte mit ihm.

Ein Herr Prassl ist vor ungefähr zehn Minuten nach oben gefahren. Ich verbinde.

Ernest Herz, meldete sich zaghaft die Stimme des Herrn Prassl.

Hallo, Herr Herz, einen gesegneten ersten Advent.

Ach, Sie sind es.

Merken die beiden etwas?

Alles gut, Ihre, meine Eltern sitzen mir gerade gegenüber. Frau, Ihre, meine Mutter trägt eine wunderschöne schneeweiße Bluse.

Germanistensocke, dachte Ernest Herz, *noch etwas anderes?*

Eine breitschultrige Jacke aus grüner Wolle mit zwei goldenen Knopfreihen.

Einen Zweireiher von Oscar de la Renta, übersetzte Ernest Herz, *und eine Brosche auch?*

Genau, eine Christbaumbrosche, allerdings verkehrt rum. Soll ich korrigieren?

Passt schon, ein Baum ist ein Baum. Parfüm?

Kann sein, es riecht auf jeden Fall nach abgestandenem Blumenwasser, dabei sehe ich hier im Zimmer gar keine Schnittblumen. Sonst würde ich natürlich das Wasser austauschen.

Darauf sagte Ernest Herz nichts, insgeheim freute er sich, dass die Mutter ihren Lieblingsduft Paloma Picasso für den vermeintlichen Sohn aufgetragen hatte. So schlecht konnte es ihr also nicht gehen. *Und der Vater,* fragte er, *rasiert und mit getrimmtem Nasenhaar, hoffe ich?*

Ganz im Gegenteil. Er hat sich einen weißen Bart umgehängt. Gerade hat er sich den Zipfel in den Mund gestopft. Soll ich ...

Das passt schon. Mein Vater ist ein erwachsener Mann, den Bart hat ihm der Gründer des Partnertanzvereins aus

Moskau geschenkt. In Russland soll ihn das Christkind tragen.

Natürlich, jetzt fällt es mir wieder ein. Frostkind heißt es dort.

Jehooo!

Was war denn das?

Ihr Vater, mein Vater plärrt.

Was für eine Weihnachtsgeschichte lesen Sie gerade vor?

Noch gar keine. Es gibt hier Meinungsverschiedenheiten. Mutter will Sex. Sie sagt das immer wieder. Sex. Ich will einen Schluck Sex.

Sie meint Sekt. Lassen Sie einen Sekt aufs Zimmer kommen. Schreiben Sie es auf die Rechnung. Und der Vater?

Ja. ich weiß nicht, wie ich das sagen soll.

So, wie es ist!

Er will zurück.

Ernest Herz schluckte. Es tat ihm leid, dass er die beiden nicht etwas mehr lieben konnte und dass sie nun keine besseren Eltern mehr werden würden.

Lesen Sie den beiden Das Geschenk der Weisen *von O. Henry vor. Die erste Geschichte im Heft, das ich Ihnen zugeschickt habe. Mit der haben sie mich als Kind immer um die Zeit gequält. Und noch ein allgemeiner Tipp. Lächeln Sie ab und zu am Telefon, zeigen Sie Ihre Zähne, bevor Sie einen Satz beginnen, wenn Sie Menschen für sich gewinnen wollen.*

Herr Prassl schnaubte und gelobte Besserung.

Frohe Weihnachten, Herr äh, wie heißen Sie noch einmal?

Gerassimow.

Herr Gerassimow, wiederholte der Student laut und deutlich, ein sanftes Kräuseln der Luft am anderen Ende der Leitung verriet, dass er nun tatsächlich lächelte.

Wünschen Sie mir eine schöne Ballsaison in Moskau.

Und eine wundervolle Ballsaison in Moskau.

Wieder hörte er im Hintergrund seinen Vater mit belegter Stimme *Jehoo* rufen. *Jehoo, Kaviar!*

Bevor er auflegte, versprach Ernest Herz, sich am zweiten Advent wieder um die gleiche Uhrzeit zu melden, und bat, an den Sekt für Frau Herz zu denken. *Brut. Zur Not Champagner. Kein Prosecco,* sagte er.

Noch ein letztes *Jehoo* des Vaters, danach tutete es in der Leitung.

Beim Gedanken, dass er trotz der Entfernung und angesichts der fortgeschrittenen Demenz des alten Mannes diesem eine Freude bereiten konnte, musste er lächeln. Jemanden mit dem Namen des längst verstorbenen russischen Freundes hatte er in der Hoffnung ausgesucht, auf ein Echo am Boden des stillen Ozeans zu stoßen. Womöglich waren der Name Gerassimow und das Wort Ballsaison in den Sedimenten des väterlichen Bewusstseins eher zu finden als die Erinnerung an seinen Sohn –

die Umstände ließen es jedoch nicht zu, so etwas wie Kränkung zu empfinden.

Mit Anatolij Gerassimow und seiner verrückten Frau verband Ernest Herz die lebhaftesten Erinnerungen. Der Besuch des russischen Ehepaares war in einen Winter der frühen Neunzigerjahre gefallen und hatte ihm den schlohweißen Falschbart beschert, der seitdem viele Jahre lang sein Markenzeichen in der Weihnachtszeit gewesen und der nun zu Vaters Lieblingsaccessoire geworden war. Die Erwachsenen, gerührt über den Anblick des einäugigen Väterchen Frost mit dem Knabengesicht, hoben zu einem zweisprachigen Jubelgeschrei an. Entzückt drehte sich der kleine Ernest mit dem Bartteil vor der Spiegelkommode, auf der sich ein elterlicher Tanzpokal an den anderen reihte. Obwohl er sich kaum wiedererkannte, war er zum ersten Mal in seinem Leben mit sich selbst zufrieden. Schon damals muss er sich mit der Rolle des alterslosen Schwerenöters Dedmoroz angefreundet haben. «Dedmoroz bringt euch Kindern Geschenke», erklärte mit starkem Akzent Frau Gerassimowa. Der Duft, den sie verströmte, stach angenehm in der Nase und ließ an brennende, harzige Wälder denken. Er habe eine Enkeltochter, sie sei genauso blond und süß wie du, die Gerassimowa pikste Ernest Herz in die Pausbacke unterhalb des heilen Auges. Die arme Kleine schleppe den Sack mit Puppen, Spielzeugautos und Chiquita-Bananen durch den tiefen Schnee, mache sich für den Alten kaputt, und was sei der Lohn? «Nix ist der Lohn», kommentierte sie selbst. Und wenn sie alt und hässlich werde, tausche der Großvater sie gegen ein neues Enkeltöchterchen aus. «So ist es doch, Tolja», böse funkelte sie Herrn Gerassimow an. Dieser, im Sessel rauchend, paffte nur einen Kringel in die Luft und grinste goldzahnig. «So ist es», antwortete sie für ihn. Großzügig mit Ketten und Ringen behangen, klimperte die Gründerin der Moskauer Tanzschule «Harmonia» durch das Herzische Haus ins Gästezimmer, aus dem nach einer Weile ein klägliches Reißverschluss-Surren ertönte. Irgendwann erschien die Moskauerin mit einem Stapel Konserven in der Tür und verkündete mit einer steifen Feierlichkeit, die Konserven bergen Beluga-Kaviar, schwarz wie die Seele Iwans des Schrecklichen, salzig wie seine Tränen. Die Augen der Gastgeberin leuchteten auf. Sie erhob sich, hastiger, als es sich für eine Dame gehörte, wollte den Tisch decken, als die Freundin den Finger mit der lackierten Kralle hob und die Worte sagte, die Leopold Herz in die Hände klatschen ließen. «Bravo!», rief er aus, ohne die Zigarre aus dem Mund zu nehmen. «Kaviar mit dem Löffel fressen, das wollte ich schon immer!» «Brauchen wir wirklich kein Brot?», erkundigte sich die Dame des Hauses ängstlich. «Brot macht tot», erklärte Frau Gerassimowa. «Kaviar isst man auf Kaviar mit Kaviar. Du darfst auch mitessen», sie wandte sich an den Knaben. «Aber nur, wenn du den Bart anbehältst.» Wieder lachten die Erwachsenen auf. Man schob ihm eine Dessertschale mit Kaviar vor. Die Kerzen wurden angezündet. Im Nebenraum begann sich eine Schallplatte zu drehen, und die aufregend unschuldige Stimme der Carpenters-Sängerin erklang: *We've only just begun*, während Ernest Herz durch die schmale Öffnung des Kunststoffbarts mit einer noch nie gekannten Gier glitschige Körner in sich hineinstopfte.

Mit diesem künstlichen Bart muss das Unheil seinen Lauf genommen haben, dachte er, doch irgendwie muss jeder seine Wunden heilen. «Aus den Augen, aus dem Sinn», murmelte er. Als würde jemand mit den Fingerknöcheln an die Tür klopfen, trommelten die Tropfen aus dem Duschkopf in die Zinkbadewanne, die viel zu kurz war, mehr zum devoten Kauern als zum entspannten Liegen gedacht. Während er noch überlegte, ob er nicht im Bad nachschauen sollte, klopfte es tatsächlich an der Tür. «Hell Amblosius?», fragte eine weibliche Stimme. Ernest Herz ordnete sie der dicklichen Putzfrau von den Philippinen zu, die er bei seiner Ankunft in W. im Fenster gesehen hatte. Außer ihr, einer einheimischen Caritas-Pflegerin und der polnischen Köchin verschlug es keine anderen weiblichen Mitarbeiter in diesen Teil der Klosteranlage. «Eine Etage höher», rief Ernest Herz durch die Tür. «Oh solly», entschuldigte sich die Asiatin, «flohe Weihnachten.» Komisch, dachte er, spioniert sie mir etwa nach? Rasch zog er die Schuhe aus und war mit einem Satz bei der Tür. Den Riegel an der Gucklochöffnung zu betätigen, traute er sich nicht. Also horchte er. Im Flur raschelte der kranke Ficus. Die Putzfrau schien seine Blätter zu polieren, eine Beschäftigung, der sie immer dann nachzugehen pflegte, wenn sie das Stiegenhaus gewischt hatte. Er schüttelte den Kopf über sich selbst und löste sich von der Tür. In diesem Moment hörte er eine zweite, tiefere Stimme. «Ja, so wie imma», antwortete die Asiatin, «sitzt und ledet mit sich selbst. Hat telefonilt. Mit einem andelen Mann.» Die Schritte entfernten sich. Ernest Herz stand lange mit offenem Mund auf der Fußmatte. Erst als ihm die Zehen in den Ringelsocken zu frieren begannen, ging er langsam ins Zimmer zurück.

XV

Der Tag nach dem Rascheln im Ficus brachte eine Überraschung. Herr Schmalbacher lieferte den von der Polizei beschlagnahmten Rechner Mrozeks in der Bibliothek ab. Mit reglosem Gesichtsausdruck versicherte er, wie sehr er sich auf seinen Weihnachtsurlaub freue.

«Sie fahren weg?»

«Nach Sizilien. Da bin ich jedes Jahr bei einem befreundeten Ehepaar. Und Sie?»

«Ich bleibe hier.»

«Sind Ihre Eltern ...»

«Nicht tot, bloß dement», kam ihm Ernest Herz zu Hilfe. «Es ist wirklich erstaunlich, dass beide an der gleichen Krankheit leiden. Sie sind in einem Seniorenstift.»

«Sie bleiben also hier, während Ihre Eltern ... hm, die Jugend von heute verwirrt mich.»

Ernest Herz sagte, er habe nie an seinen Eltern gehangen und sie auch nicht an ihm, außerdem seien sie nicht seine Erzeuger. Er wisse das, habe sie aber nie darauf angesprochen, fügte er hinzu.

«Aber das ist doch, verzeihen Sie, dass ich moralisiere, so etwas von unchristlich! Auch als Adoptivkind darf man seine Pflichten nicht vernachlässigen.»

«Sagt die Kirche.»

«Sagt die Stimme der Vernunft.»

Pikiert blickte der Personalchef ihn an. Um den dünnen, faltigen Hals hatte er sich ein durch Bartstoppeln abgewetztes Halstuch in einem satten Frühlingsgrün umgebunden, auf dem fein gestickte Marienkäfer krabbelten. «Undankbarkeit, Egoismus, das sind die Übel der modernen Welt», sagte er und lockerte mit einem Finger die Halsbinde.

«Goethe ist der Beerdigung des Kollegen Schiller und der guten Vulpius auch ferngeblieben», antwortete Ernest Herz, «dem Verfall wollte er keinen Platz in seinem Leben einräumen. Im Namen der Liebe und der holden Kunst.»

«Aber sagten Sie eben nicht, dass Sie Ihre Eltern nicht lieben?»

«Ich sagte, ich hänge nicht an meinen Eltern, lieben tue ich sie schon, auf meine Art, allerdings nicht so sehr, dass ich sie sehen müsste.»

«Unbegreiflich.»

«Dennoch glaube ich, ein guter Sohn zu sein. So habe ich jetzt an Weihnachten einen jungen Mann für sie in ihre Seniorenresidenz bestellt. Der Bursche spielt meine Rolle, ohne dass die zwei Verdacht schöpfen.»

«Entsetzlich», murmelte Herr Schmalbacher, «frappierend. Sie müssen an Weihnachten bei Ihren Eltern, von mir aus Adoptiveltern, sein, dement hin oder her.»

Kopfschüttelnd sprach er diese Worte, mit einem glanzlosen Blick, der die Gefilde ahnen ließ, in denen seine Gedanken jagten.

«Ich muss gar nichts.»

«Nehmen Sie den Rechner in Empfang», sagte der Personalchef mit kraftloser Stimme, nachdem er erneut den Kopf geschüttelt hatte. «Es scheint alles da zu sein, Mrozeks elektronischer Katalog, unversehrt.»

«Was hat die Polizei herausgefunden?», fragte Ernest Herz.

«Was sie herausgefunden hat, Herr Herz, geht nur die Klosterverwaltung etwas an.» Ernest Herz spürte, wie ihm das Blut in den Schläfen pochte. «Und noch etwas», fuhr Herr Schmalbacher fort, «ich möchte Sie noch einmal warnen, ausdrücklich warnen, was Ihre Aktivitäten in der Bibliothek angeht. Wir wissen, dass Sie angefangen haben zu katalogisieren. Sicherlich wollen Sie jetzt die Früchte Ihrer Arbeit in Mrozeks kleine Datenbank einfließen lassen.» Er biss sich einige Male auf die Unterlippe und sagte: «Der elektronische Bestandskatalog soll intern bleiben.» «Intern?», schnaubte Ernest Herz, «für wen denn? Für Ihre Jungs, die nicht einmal analog lesen? Verzeihen Sie mir diese Bemerkung, aber bislang habe ich keinen Einzigen in der Bibliothek begrüßen dürfen.» «Oh, Sie werden sich wundern, wie wir Ihre Dienste nutzen werden. Digital oder in natura. Sie werden sich wundern. Und was das Digitalisieren angeht, so setzen wir

Ihrem Eifer selbstverständlich keine Grenzen. Aus konservatorischen Gründen sind wir an digitalen Sekundärformen ausgewählter Originale interessiert, keine Frage. Für den internen Gebrauch selbstverständlich.»

«Jetzt verstehe ich. Sie wollen nicht, dass der Bestand der Bibliothek in irgendeiner Form transparent wird.» Herr Schmalbacher nickte.

«Aber das ist doch das Allerletzte. So eine Datenbank legt man an, damit Forscher in aller Welt Zugriff auf sie haben. Niemand nimmt heutzutage eine lange Anreise zu einer Bibliothek auf sich ohne Garantie, dass es das gesuchte Material im Bestand auch wirklich gibt.»

«Unser Stift war zu keinem Zeitpunkt ein Selbstbedienungsladen und wird es auch nie sein, Herr Herz. Regen Sie sich bitte ab», sagte Herr Schmalbacher.

«Wie wollen Sie das vor dem Zeitgeist verantworten? Als wissenschaftliche Institution ersten Rangs.»

«Wir sind eine Privatbibliothek und müssen uns für unsere Entscheidungen vor niemandem rechtfertigen. Auch nicht vor irgendeinem Zeitgeist.»

«Aber ...»

«Quod dixi, dixi.* Hier wäre übrigens wieder mal ein Nachlass zu übernehmen. Von wegen unsere Jungs lesen nicht. Bringen Sie das Wagerl in den Tiefspeicher, wenn Sie fertig sind», sagte er und verließ den Raum.

---

* Was ich gesagt habe, habe ich gesagt.

Was wird mir hier verschwiegen?, dachte Ernest Herz. Dass die Halleluja-Brüder den buckligen Mrozek in den Wahnsinn und vielleicht sogar in den Selbstmord getrieben haben, kann ich mir inzwischen gut vorstellen, unter solchen menschenverachtenden Bedingungen kann ich auch nicht arbeiten. Was denken sie sich? Dass ich diesem Unsinn zustimme und weitermache? Nein! Ich gehe. Ja, ich gehe, sobald ich herausgefunden habe, wie der Mrozek zu seinem Schatz gekommen ist. Ernest Herz war empört, aber auch erleichtert: Herr Schmalbacher hatte den «Dialogus» bisher mit keiner Silbe erwähnt. Entweder wusste er nichts von der Handschrift oder, falls doch, kam er nicht auf den Gedanken, dass sie sich nun in den Händen des neuen Bibliothekars befand. Dass es einen Eintrag mit dem «Dialogus miraculorum» im Rechner jemals gegeben hatte, schloss Herz aber aus. Er hätte sich schon in den alten handgeschriebenen Katalogen des Klosters befinden und jeder Germanist davon wissen sollen.

Den Büchernachlass, den Herr Schmalbacher mitgeliefert hatte, stapelte er in einer für Bücher ohne Signatur vorgesehenen Wandnische auf. Viel war es nicht. Die Sammeltätigkeit des Verblichenen hatte sich auf die Sechziger- bis Achtzigerjahre konzentriert, wie Ernest Herz beim Blick auf die Buchrücken feststellen konnte. Diese Tatsache verriet auch das ungefähre Alter des Toten und ließ vermuten, dass er sich in seinen späteren Jahren der Kontemplation oder den Beständen der Stiftsbibliothek zugewandt hatte oder wirklich der geheimnisvolle Bettlägerige gewesen war, zu dem täglich die mürrisch dreinschauende Pflegerin mit dem Caritas-Auto gekommen war. Dass die Chorherren spätestens nach der Übernahme einer Pfarre mit Vorliebe weltliche Literatur lasen und nicht einmal vor solchen Perlen der Parapsychologie zurückschreckten wie *PSI in der UdSSR* oder *Okkulte Chemie*, war ein liebenswertes Kuriosum. Er nahm an, dass das Interesse der Kirchenmänner an diesem Themengebiet rein wissenschaftlich war und dem Wunsch entsprang, die gottfernen Schafe in den Schluchten ihres esoterischen Dämmerschlafes zu erreichen und der Gemeinde als echte Christen einzuverleiben.

Nach dem Mittagessen im Klostercafé ging er in seine Wohnung und legte sich, ohne sich auszuziehen, aufs Bett. Der Mittagsschlaf wurde zweimal durch Glockenläuten unterbrochen, einmal schreckte er japsend hoch und eilte zum Aschekasten des Kachelofens, in dem er in Mrozeks Manier die Handschrift aufbewahrte, und schaute nach, ob sie immer noch darin lag. Kurz vor der nächsten Attacke stand er auf, zog sich einen Pullover über. Nein, sagte er zu seinem Spiegelbild im Bad. Nicht mit so einem Gesicht. Ein bisschen besinnlicher, bitte schön. Es ist Zeit, die Herzen zu Gott zu erheben. Oder wie hat das Euer Gnaden in seiner Weihnachtskarte gemeint: *Die Höhen, zu denen der Geist sich emporzuschwingen strebt, sind eisig kalt, aber es lohnt sich.* Der «amtlich beschlagnahmt»-Aufkleber, den er vom Rechner entfernt hatte, deckte seine Augenpartie ab, wenn er sich entsprechend im Spiegel positionierte. Dann glaubte er zu wissen, wie er aussähe, wenn er zwei Augen hätte: nämlich wie ein altes Ferkel. Als hätte er es schon in seiner Jugend geahnt, als er auf ein Glasauge verzichtet hatte. Außerdem gab ihm die Augenbinde das Gefühl, das Auge im Kampf gegen einen stärkeren Feind und nicht an einen billigen chinesischen Böller verloren zu haben. Wobei ein Glasauge hin und wieder nett wäre, dachte er, indem er zum hundertsten Mal ans Fenster trat und hinausschaute, voll unruhiger Hoffnung. Auf dem Stiftsplatz stand seit einigen Tagen eine mit fußballgroßen Spiegelkugeln geschmückte Nordmanntanne. Ein ähnlicher, nur mit Strohsternen und Verkündigungsengeln dezent dekorierter Baum befand sich im Prälatenhof. Einen kurzen Blick darauf hatte er vor wenigen Tagen werfen dürfen, als das postneugotische Wundertor sich geöffnet hatte und ein Mitarbeiter des Stifts mit dem Prälatenpudel an der Leine herausgeschlurft war. Zu seinem Entzücken landete ein Eichelhäher auf einem Tannenast, betrachtete mit geneigtem Kopf seine eigene Spiegelung und pickte in die Kugel, einmal und noch einmal. Der Vogel gab keine Ruh, selbstvergessen hackte er in die verhasste Miene des angenommenen Feindes und löste dabei ganze Farbfetzen ab. Ernest Herz schaute fasziniert zu. Die Erinnerung an Herrn Schmalbacher mit seiner lüstern gekräuselten, von einem dünnen Bärtchen bekränzten Oberlippe, das völlig unweihnachtliche Marienkäfertüchlein, in dem es gerade dann zu krabbeln schien, wenn man den Blick in die unmittelbare Nähe von Herrn Schmalbachers Hals heftete, die Schweißspur in seinem butterblumengelben Gesicht, als wäre ihm eine Nacktschnecke die Wange heruntergekrochen, diese und viele andere Details schwirrten ihm durch den Kopf. Wie ein Schlag mit dem Hammer saß jedoch die Drohung: «Was ich gesagt habe, habe ich gesagt.» Und wenn ich mich nicht füge? Die Aussicht auf eine jahrelange Retro-Digitalisierung des Bestands, ohne dass das Material für den Rest der Welt recherchierbar, geschweige denn im Volltext verfügbar wäre – eine Zumutung.

In dieser Nacht rebellierte der Herzische Geist gegen die ihm aufgezwungenen Vorschriften. Ein Traum jagte den nächsten, einmal fand sich der Träumer auf einer Waldlichtung und schaute durch die Löcher im Gewölk auf eine fortlaufende Zeile, deren Buchstabenkörper heller funkelten als das kälteste Diamantenfeuer. Merkwürdigerweise empfand er es als völlig normal, dass sie ein klirrendes Geräusch von sich gaben, als rieben sie wie kleine Eisschollen gegeneinander. Für einen Fachmann wie Ernest Herz war das Spektakel eine Qual, denn die Schrift, so einladend und vertraut sie wirkte, entzog sich der Bestimmung. Wie eine Bleigießerei im Schmelzstadium veränderte sie die Länge ihrer Schäfte, verengte sich und quoll auf, spielte mit ihrer Höhe und ihrem Neigungsgrad, durchbrach bestehende Ligaturen und vereinte sie augenblicklich wieder. Verärgert nahm er einen Stein und schleuderte ihn in den Himmel. Eine Weile wartete er darauf, dass das Zeilenkarussell anhielte, doch es drehte sich munter weiter. Plötzlich sah er die Silhouette von Herrn Schmalbacher am linken Himmelsrand, einen viel zu weiten Anzug am mageren Leib, Adlernase, lächerliches Oberlippenbärtchen. Ihm folgten weitere Gestalten, einige mit Pilgerstab und Touristenrucksack. Zusammen mit ihrem Anführer schoben sie sich vor den strahlenden Buchstabensalat und verdunkelten ihn. «Sehen Sie den Engel mit wutverzerrtem Gesicht?», fragte Herr Schmalbacher die Touristengruppe. «Sehen Sie, wie er Steine schleudert? Das sind Steine gegen die Wollust.» Perplex wachte Ernest Herz auf. Irgendwo hatte er diese Szene schon einmal gesehen. Kaum regte sich dieser Gedanke in ihm, als er auch schon wieder einnickte. Auch in diesem Traum dunkelte ein ferner Waldsaum am Horizont. Zuerst glaubte er, auf einem frischen Schlachtfeld gelandet zu sein, das eingetrocknete Blut erinnerte ihn andererseits an das mit Purpur eingefärbte Pergament der imperialen Purpur-Codices der Spätantike. Er blickte zurück. Hinter ihm lag ein Textfragment von gleißender Strahlkraft, das ein Hallodri unter freiem Himmel auf das völlig ungeeignete Erdreich gesprayt hatte. Nach mehreren erfolglosen Versuchen, sich von der Stelle zu bewegen, dämmerte ihm, dass er tot war, unwiederbringlich tot, da half kein Jammern, kein Argumentieren, die für dieses Missverständnis zuständige Instanz war unerreichbar, vielleicht sogar seit Jahren geschlossen. Eine ungekannte Verzweiflung packte ihn, er raste, kam nicht vom Fleck, glaubte, implodieren zu müssen. Er begriff, dass die Erde unter ihm doch eine purpurgefärbte Pergamentseite war und er selbst ein mit Silbertinte hingetupfter Punkt, der das Ende des Textes markierte. Schreiend fuhr er aus seinem Traum auf.

XVI

Einen gesegneten zweiten Advent, werter Herr Herz, wie geht's?

Ach, Herr ... äh ... Gerassimow, schön, Ihre Stimme zu hören. Es geht uns allen wunderbar. Gerade hat Ihre Mutter uns einen herrlichen grünen Tee eingeschenkt.

Welche Mutter, Sie Tagträumer?

Meine Mutter, meine Mutter, natürlich, Herrn Prassels Mäusestimmchen überschlug sich und piepste aufgeregt weiter, *wir machen nämlich Fortschritte. Schade, dass Sie nicht da sind. Als Freund der Familie hätte es Sie sicher gefreut, zu sehen, was für ein Benehmen Ihre, äh, unsere Eltern an den Tag legen.*

Meine.

Meine Eltern und Ihre alten Freunde, Herr Prassl kicherte. *So, wie Sie es mir geraten haben, lächele ich jetzt beim Telefonieren. Ich hoffe, das ist Ihnen nicht entgangen.*

Herr Prassl, bleiben Sie bei der Sache. Ja? Von welchen Fortschritten reden Sie?

Habe ich doch eben gesagt, Mutter hat den Tisch gedeckt, Tee gekocht und ihn erfolgreich ausgeschenkt.

Und das wundert Sie?

Herr Prassl stammelte etwas Unverständliches und fuhr leiser fort:

Letzte Woche hat sie ihn auch gekocht. Allerdings kalt. Kalt aufgebrüht, sozusagen.

Nach einem Lacher erwiderte Ernest Herz: *Dass sie ihn heute heiß aufgebrüht hat, hat nichts zu bedeuten. Dieses Aufflackern des alten Know-hows und so. Das sind neuronale Verbindungen, die einander die Hand reichen, bevor sie zum Abschied winken. Tut mir leid.*

Mir auch, antwortete Herr Prassl verwundert. *Der Tee schmeckt trotzdem gut. Nicht zu stark, nicht zu schwach.*

Genießen Sie es. Ich habe ihn in bester Erinnerung. Was ist mit dem Vater? Macht er auch Fortschritte?

Auf jeden Fall hat er eine ungeheure Tanzwut, antwortete der Student. Der folgende Bericht riss eine alte Wunde in Ernest Herz auf. Sein alter Vater hatte einen wildfremden jungen Mann zum Tanzen aufgefordert und ihm Foxtrott-Schritte beigebracht! Der junge Mann goss nichtsahnend Öl ins Feuer und schwärmte, was für ein wunderbarer Mann sein Vater sei.

Mein Vater, vergessen Sie nicht, er ist mein Vater, Herr Prassl.

Ein fabelhafter Vater, und heute so extrem gut in Form. Letzte Woche hätte ich das nie im Leben gedacht, er ist nur einmal mit Mühe aufgestanden, um zur Toilette zu gehen. Oh, er winkt gerade, schöne Grüße an Sie, Herr Gerassimow. Warten Sie mal, ja? Wie bitte? Frau? An wen?

Was sagt er?

Und einen Handkuss an Ihre Blondine.

Welche Blondine?

An Frau Gerassimowa, meine Güte.

Ach, natürlich. Herr Prassl, übertreiben Sie nicht mit Ihrer Rolle, ja?

Sehen Sie in diesem Fall zu, dass Sie mit der Ihren klarkommen.

Mit entwaffnend argloser Heiterkeit kamen diese Worte dem Studenten über die Lippen, Ernest Herz konnte darauf nur mit einem Seufzer reagieren. Allmählich hatte er sich daran gewöhnt, dass er nicht mehr auf der Überholspur über die Autobahn des Lebens jagte und dass es in der Welt von schlagfertigeren Typen wimmelte. Aber er war immer noch lässiger. Der Auftragssohn plapperte währenddessen weiter:

Getanzt haben wir, Tee haben wir getrunken, einen Zitronenkuchen habe ich in Ihrem Namen wie gewünscht mitgebracht. Eine große Enttäuschung.

Die beiden wissen selbst nicht mehr, was ihnen schmeckt.

Kaviar, von Herrn Gerassimow hat man Kaviar erwartet.

Kaviar war gestern, sagte Ernest Herz. Dann bat er Herrn Prassl, den Hörer auf Laut zu stellen, er würde so gerne Mäuschen spielen. Eine Weile lauschte Herz mit einem Kloß im Hals dem Knarren der Dielen, dem Quietschen von Sprungfedern, dem Klirren einer Tasse, dem Klappern von Besteck, der meist jeglicher Logik beraubten, jedoch nicht weniger lebhaften Konversation. Irgendwann fiel Herrn Prassl ein, dass er für sein Honorar noch einige Programmpunkte abzuarbeiten hatte, und das Geräusch von schmelzenden Eiswürfeln erklang im Zimmer 108 der Seniorenresidenz *Zur barmherzigen Dreieinigkeit*. Den Korken gegen die Decke knallen zu lassen, befahl Herz in Gedanken dem Studenten, die Eltern hatten es früher so gemocht. Ein Knall, ein dumpfer Aufprall. Herr Prassl hielt sich an die Vereinbarungen. «Ein Schluckerl Sex, Maman?» Pfeife, dachte Ernest Herz, sich anzubiedern, wo es sich nicht lohnt, verdirbt den Charakter. «Gern», krächzte die Mutter, bei der das Wörtchen *Maman* noch vor nicht allzu langer Zeit für ein Heben ihrer fein gezupften Augenbraue und ein spöttisches Lachen gesorgt hätte. Um den seit Jahrzehnten trockengelegten Vater machte Herr Prassl mit seiner Sexflasche einen Bogen. «Etwas Tee gefällig?» «Scheißgermanist», murmelte Ernest Herz, dem der Neid auf die leichtfüßige Performance des Jünglings die Wangen gerötet hatte. Auf Prassls Frage antwortete der Vater mit vor Zärtlichkeit gurrender Stimme: «Schleich di.» Sicher hatte er etwas anderes im Sinn gehabt, dachte Ernest Herz. Auch Herr Prassl war wohl dieser Meinung, im nächsten Augenblick erklärte er mit dem steifen Frohsinn einer Douglas-Verkäuferin, es sei Zeit für ein kleines Konzert. «Was haben wir denn hier im Regal? *A Scottish Family Christmas* von The Lowland Band of the Scottish Division, *Christmas Dancing* mit James Last, *Christmas with the Pops*, The Carpenters, wie wäre es mit den Carpenters?» «Schleich di», wiederholte der Vater mit mehr Nachdruck. Herr Prassl stieß einige kehlige Laute aus, die seine Verwirrung, aber auch Wohlwollen verrieten. Da erklangen die ersten Takte aus dem betörendsten aller Carpenters-Songs, «Yesterday once more».

When I was young, I'd listen to the radio
waiting for my favorite songs
when they played I'd sing along, it made me smile ...
Mit feuchten Augen stützte Ernest Herz das Kinn auf die Hand, bereit, sich der Stimme von Karen Carpenter restlos auszuliefern.

Gib uns Frieden, gib uns Friiieden, leierte plötzlich eine Göre dazwischen.

Gib uns Frieeden, Frieeeeden, trötete sie, das R verwegen rollend.

Hier schloss Karen Carpenter nahtlos wieder an.

... such happy times and not so long ago
how I wondered where they'd gone,
but they're back again just like a long lost friend
all the songs I loved so well.
Every sha-la-la-la
Lass uns nicht alleeein, säuselte die freche Funkstörung, die Melodie perfekt nachahmend.

Every wo-o-wo-o, still shines
every shing-a-ling-aling, that they're starting to sing,
so fine
Für die kleinsten Freundlichkeiten
lass uns dankbar seiiiin.

Und so wechselten sich die beiden ab, bis Ernest Herz, dem Angstschweiß ausgebrochen war und dem die Finger den Dienst zu quittieren drohten, den Hörer auflegte. Vielleicht ist das alles nur ein Spaß, den sich das Kloster leistet, dachte er, dieses Radio verfolgt mich ja nur hier auf dem Gelände. Zuerst das Radio, jetzt das Telefon. Was kommt als Nächstes? Der Duschkopf? Oder die Kirche will mich so in den Wahnsinn treiben? Bin ich Opfer eines Experiments? Vielleicht sollte ich einfach mehr an die frische Luft …

XVII

Der Zufall wollte es, dass er noch am selben Abend Duzelovic begegnen sollte. Dieser ging mit einer gepackten Sporttasche über den spärlich erleuchteten Stiftsplatz zum Kiesweg hinab ins Dorf, wobei ein verträumtes, anämisches Schwanken die Schritte des Portiers beherrschte. Dennoch erkannte Ernest Herz in der Gestalt, die er bislang hauptsächlich sitzend erlebt hatte, seinen Bekannten. «Ich muss nach Hause, mir geht es miserabel», sagte Duzelovic, den Handschlag verweigernd. «Immer noch dieser Husten?» Duzelovic nickte, bedeckte den Mund mit dem Handschuh und bellte zum Beweis in einer Lautkombination, die wie Wasserhähne in billigen Hotels klang. Niemals hätte Ernest Herz gedacht, dass eine menschliche Kehle zu so einem Ton fähig wäre. «Und Sie», sagte Duzelovic, «Sie sehen auch nicht so fesch aus.» Während Ernest Herz den Portier auf dem Weg zum Ausgang begleitete, erzählte er, dass er den Verstand zu verlieren glaube. Zuerst habe er gedacht, sein Radio sei defekt, jetzt spinne jedoch sein Telefon, und so befürchte er, dass bei ihm eine Schraube locker sei. «Wie erklären Sie den Radiowahnsinn und die Störung in der Telefonleitung?», fragte er. «Einbildung vielleicht», sagte

Duzelovic, «in meiner Portiersloge können Sie außer Radio Gabriel garantiert andere Sender hören. Und es ist ausgeschlossen, dass eine Carpenters-Schallplatte solche schweren Mängel aufweist, dass plötzlich von allein katholisches Liedgut in deutscher Sprache erklingt. Sie mögen zwar selbst nicht unterscheiden können, ob diese Effekte in Ihrem Kopf erzeugt werden oder in der Wirklichkeit, aber sicherlich haben Sie die Möglichkeit in Erwägung gezogen, dass es an Ihnen liegen könnte. Sonst hätten Sie nicht eben behauptet, Sie würden den Verstand verlieren.» Ernest Herz gab dem Portier recht, ganz sicher habe sich irgendetwas in seinem Kopf gelockert. «In diesem Fall», sagte er, «muss ich mich fragen, warum ich dieses Radio Gabriel höre. Warum jetzt auch außerhalb des Radios? Was will es mir sagen, mir, der nicht religiös aufgewachsen ist und divinis consolationibus* nichts abgewinnen kann?» Obwohl er wusste, wie egoistisch er sich benahm, hielt er Duzelovic mit weiteren Überlegungen auf, dieser war längst stehen geblieben und hörte, den Blick starr auf die weißen Frotteebadepantoletten des Bibliothekars gerichtet, zu. Ernest Herz folgte diesem Blick und verstummte. Duzelovic löste sich als Erster aus der Schockstarre. «So hat es bei dem alten Mrozek auch angefangen. Einmal ist er zu mir gekommen, und was sehe ich: Er hat die Knöpfe seines Habits

---

* den göttlichen Tröstungen

falsch zugeknöpft. Kann passieren, dachte ich, bei dreiunddreißig Knöpfen. Doch dann ist er nur noch so herumgelaufen, bis zu seinem Tod. Da war er schon durchgedreht.» Herz, der sich zwar schämte, die Peinlichkeit mit den Pantoletten jedoch auf die leichte Schulter nahm, sagte: «Ich flehe Sie an, erzählen Sie mir, was wirklich mit Mrozek los war, Sie waren doch mit ihm befreundet!» Der Portier trat einen Schritt zurück. «Warum interessiert Sie das überhaupt?» «Erzählen Sie», stieß Ernest Herz hervor. «Mrozek hat Angst vor etwas gehabt, Angst und Sorgen, das hat jeder gesehen. Und es plagte ihn offenbar der Stachel der Schuld.»

«Sprechen Sie weiter», bat Herz kurzatmig vor Ungeduld. Duzelovic seufzte. «Ein kleines Sünderlein war unser Mrozek. Ein Fehltritt jagte den nächsten. Der letzte hat ihn wohl aus der Bahn geworfen. Mrozek war in seinen letzten Jahren einem blutjungen Kellner im Ort verfallen. Irgendwann hat er mehr Zeit im Wirtshaus verbracht als an seinem Arbeitsplatz. Und getrunken hat er, bis ihm rote Teufel auf der Nase tanzten. Grölend hat er dann am Tor gerüttelt, dabei habe ich es seinetwegen nicht mehr zugesperrt. Jeder, wirklich jeder wusste Bescheid, eine Schande für das Kloster, eine Ohrfeige für den geistlichen Stand. Sicher ein Drama für ihn selbst, wobei ich ihn in all den Jahren nie glücklicher erlebt habe. Mit seinem Bechterew und seinem Liebeskummer.»

«Er hat sich also aus Liebeskummer umgebracht?», fragte Ernest Herz und trat nah an den Portier heran. Duzelovic schaute ihn mit seinen Kirschaugen aufmerksam an. «Aus Liebeskummer? Bringt man sich mit Mitte siebzig aus Liebeskummer um?», antwortete Duzelovic, vor Kälte von einem Fuß auf den anderen tretend. Die Hoffnung, seinen Zug noch erreichen zu können, hatte er aufgegeben. «Dann aus Verzweiflung, mein Gott, ist doch fast dasselbe», sagte Ernest Herz und trat noch näher an Duzelovic heran. «Fast dasselbe ist nicht dasselbe, Herr Herz. Es ist, als würde ich in einer Pizzeria in Rom auf Latein nach dem Weg zum Pantheon fragen.»

«Man würde Sie dennoch verstehen.»

«Mag sein, aber auch den Vogel zeigen», erwiderte Duzelovic gereizt. «Sie wissen doch selbst, gerade der kleinste Unterschied macht manchmal den größten Unterschied.»

«Wenn Sie mir noch etwas über den Verstorbenen erzählen wollen, so tun Sie das bitte. Er hat Angst gehabt? Und Sorgen, sagen Sie? Wurde er von jemandem bedroht?» Aus den Bäumen entlang der Mauer flog ein Schwarm Krähen auf. Für einen Augenblick wimmelte es im sternlosen Nachthimmel vor lauter schwarzen Schneeflocken. Sie gingen zum Tor, begleitet von einem Schwirren über ihren Köpfen. «Karr», konstatierte eine der Krähen, und mit einem Mal hörte das Rascheln über ihnen auf. Am Tor unterbrach Duzelovic ihr Schweigen: «Der

Kellner heißt Raphael. Sie finden ihn im Wirtshaus *Zum Lamm*, es liegt etwas versteckt zwischen dem Puff und der Pilgerherberge. Waren Sie schon mal dort? Im Wirtshaus, meine ich.»

«Ich kenne nur das Kloster. Ich habe mir vorgenommen, das Gelände nicht zu verlassen», erwiderte Ernest Herz.

«Das ist ja albern», sagte Duzelovic, «warum in aller Welt?»

«Ja, mein Gott», sagte Ernest Herz und bemühte sich die Kränkung zu verbergen, «warum wollen Sie einem römischen Kardinal die Wäsche machen?»

«Aber warum soll man sich selbst zum Gefangenen machen?», entgegnete Duzelovic, «selbst im ultrakonservativen Stift K. in K. sieht man die Fratres vor ihrem Zweigelt beim Heurigen sitzen.» Plötzlich klatschte er sich an die Stirn. «Ich verstehe, Sie versuchen ein altes asketisches Ideal zu leben, es handelt sich um ein Selbstexperiment.»

«Ich bin ein Pragmatiker und kein Fanatiker», entgegnete Ernest Herz mit schwacher Stimme. Es war ihm peinlich, das ferne Rattern des vorbeifahrenden Zuges zu hören. Allerdings fühlte er auch eine große Erleichterung. Duzelovic würde nicht rennen müssen. «Schon mal was von den Säulenheiligen gehört?», sagte Duzelovic, nachdem er eine Weile gelauscht hatte. Staunend nickte Ernest Herz. Von den Styliten, die wie Störche auf einem

Säulenkapitell standen, um dem Himmel etwas näher zu sein, handelte einer der Artikel, die er noch in seiner Studentenzeit für eine längst eingestellte Zeitschrift geschrieben hatte. «Die Showmänner des Frühchristentums», sagte er, «wieso werfen Sie mich mit denen in einen Topf?»

«Das ist mir spontan eingefallen», antwortete Duzelovic mit gerunzelter Stirn. «Nein, Sie sind gewiss kein Säulenheiliger, man muss kein studierter Mann sein, um zu sehen, dass die Suche nach dem Seelenheil keine große Rolle in Ihrem Leben spielt. Ist es so?» Ernest Herz lächelte.

«Dann stecken Eitelkeit und Ruhmsucht hinter Ihrer Weltflucht, und da kann man Sie wirklich nur bemitleiden, Herr Herz. Schlafen Sie gut.»

«Warten Sie», rief Ernest Herz und packte Duzelovic an der Schulter, die wie bei einer Biedermeier-Mamsell rund und weich unter dem Jackenpolster saß. «Darf ich Sie auf ein Glas Wein einladen, den Zug haben Sie eh verpasst.» Duzelovic, der unter der Berührung zusammengezuckt war, richtete sich langsam wieder auf. «Gehen wir doch zum *Lamm*», bat Ernest Herz und wandte sich der Klosterfassade zu. Wie eine eigenwillige Gesteinsformation zeichnete sie sich auf dem Hügelplateau ab. «Da liegen sie», sagte er lachend und zeigte auf das Stift, «meine Schuhe.»

«Wollen Sie wirklich», begann Duzelovic, «mit Ihren

weißen Pantoletten das Wirtshaus betreten? Eine zweite Chance, den ersten Eindruck zu hinterlassen, hat man bekanntlich nicht.»

«Ich bin nicht eitel», sagte Ernest Herz, musste an seine erste Begegnung mit Duzelovic denken und daran, dass dieser ihn schon damals durchschaut haben musste. Er schämte sich, dass er den Mann, der Respekt verdiente, für seine Zugehörigkeit zur Zunft der Friseure und den erfundenen Magister verachtet hatte. «Gehen wir also zum *Lamm*», wiederholte er und ergänzte: «Darf ich Ihnen Ihre Tasche abnehmen?»

«Na gut», sagte Duzelovic, «können wir Du zueinander sagen? Ich glaube, ich bin der Ältere und darf das anbieten.» Er reichte Ernest Herz die Tasche, die leichter war, als sie aussah. Etwas klapperte in ihrem Inneren. «Per Du? Aber auf gar keinen Fall», Ernest Herz schüttelte den Kopf. «Nehmen Sie es mir bitte nicht übel. Ich sieze Menschen nur in zwei Fällen: entweder aus hierarchischen Gründen oder weil sie in mir einen Spieltrieb wecken, einen der edelsten Triebe im Menschen, wie mir scheint, und so war ich mit all meinen Damen bis zum bitteren Ende per Sie.» «Sie haben recht», sagte Duzelovic, während sie durch das Tor hinaustraten. «Beim Du hört der Spaß irgendwie auf.»

XVIII

Das Rauschen des Klosterbaches verfolgte sie auf dem Weg ins Dorf. Solange man an der Klostermauer entlangging, schien der Bach wie ein gutmütiger Verrückter von etwas zu plappern, das nur er selbst verstand. Aber kaum verließ man den Pfad und die Mauer und die bucklige Steinbrücke, die auf einen rechteckigen, von einer tristen Häuserreihe flankierten Platz führte, verschmolz dieses leise Selbstgespräch mit dem Surren der Gaslaternen. Unterwegs erzählte Duzelovic, dass das Wirtshaus gleichzeitig mit der Pilgerherberge gebaut worden sei. «Zu lange her», fügte er nachdenklich hinzu. «Im Mittelalter war es entweder ein Gefängnis oder ein Irrenhaus, vielleicht auch beides. Fotos aus den Zwanzigerjahren zeigen jedenfalls menschliche Schädel als Kerzenständer auf den Tafeln der Wirtsstube. Offenbar ehemalige Mitbürger, sicher auch einige Stammgäste, lauter Selbstmörder. Ein Erdrutsch hat ihre Gräber auf dem Gelände des alten Friedhofs freigelegt. Und da man glaubte, die Erde wolle die schändlichen Leichen nicht länger in ihrem Schoß dulden, hat man sich nicht getraut, die Toten wieder zu bestatten. So wurden sie der Gemeinde wieder einverleibt, bis die Moderne bei uns Einzug gehalten hat.» Als

Duzelovic sich wortlos bei ihm einhakte, winkelte Herz, obwohl ihn die Nähe des Portiers irritierte, reflexartig den Arm an. So passierten sie den Puff, ein zweistöckiges, efeubewachsenes Fachwerkhaus, das wie ein gerädertes Folteropfer in eine Reihe höherer Häuser gezwängt war. Es kostete Ernest Herz viel Überwindung, nicht hineinzuspähen, zumal er gedämpftes Klavierspiel aus dem Inneren vernehmen konnte. Einige Schritte weiter stießen sie fast mit einem schwarz gekleideten Betrunkenen zusammen, der sich aus einem Gulli erhoben zu haben schien. «Maria, Maria, Maria», sang er verwegen. Doch als keine Reaktion kam, brüllte er, als riefe er eine ungehorsame Hündin herbei, den beiden «Maria!» hinterher. Ernest Herz befürchtete einen Steinwurf und duckte sich. Plötzlich loste Duzelovic seinen Arm und schritt auf einen Hauseingang zu. Um ein Haar stieß er sich dabei den Kopf an einer vergitterten Laterne, die viel zu tief und lichtlos über der Schwelle hing. Auf den ersten Blick hatte Ernest Herz sie für einen Vogelkäfig gehalten.

In dem getäfelten Flur warf eine ähnliche, allerdings höher angebrachte Laterne ihr schwaches Licht auf ein Dutzend übereinander hängender, teilweise auf dem Boden verstreuter Mäntel und Pelze. Der Geruch, den sie verströmten, hatte die Grenze des Animalischen und Bestialischen längst überschritten und vermittelte eine völlig neue, feindliche und bösartige Dimension, sodass Ernest

Herz schneller, als es sich für einen Mann wie ihn ziemte, die Wirtsstube betrat. Noch nie hatte er Tabakqualm als so wohltuend und reinigend empfunden. Duzelovic lehnte bereits an der Bartheke, einem aus Weinfässern und Baumstümpfen gezimmerten Klotz, und hustete ausgelassen. Seinen Mantel hatte er anbehalten, allerdings bis zum Bauchnabel aufgeknöpft, zum Zeichen seines baldigen Aufbruchs. Aus Ärger und Trotz kehrte Ernest Herz sofort zur Garderobe zurück, zog seinen Mantel aus und legte ihn in eine freie Ecke auf den Boden. Die Sporttasche des Portiers, die er die ganze Zeit getragen hatte, nahm er mit. Man weiß ja nie, dachte er. Dann fielen ihm seine Pantoletten ein, und da sie von einem stechenden, in diesen Räumen überirdisch anmutenden Weiß waren, zog er sie aus und steckte sie in die Manteltasche. In Socken würde er mit dem Interieur regelrecht verschmelzen. An der Türschwelle zögerte er allerdings, kehrte um und zog seine Pantoletten wieder an. Der Dunst in der Wirtsstube schien sich in seiner Abwesenheit noch mehr verdichtet zu haben und wallte einem schmutzigen Mulltuch gleich über den Köpfen der Gäste. Manche tarockierten mit listiger Miene, andere kritzelten in einer Zeitung, lösten offenbar Kreuzworträtsel. Ein Greis mit eingefallenem Mund, dafür aber mit Hut, saß über einen Suppenteller gebeugt, als betrachte er eine Fliege darin. Dann sah Ernest Herz, dass der Greis schlief. Der Wirt, ein Mann mit Pockengesicht, in dem ein trauriges Schnurrbartdreieck saß, flanierte, die Hände in die Hüften gestemmt, mit einem Küchentuch über der Schulter zwischen den Tischen und wechselte einige leise Sätze mit seinen Gästen. Ebenso leise antwortete man ihm.

«Hier ist der Name wirklich Programm», sagte Ernest Herz, nachdem er beinahe blind durch die Rauchschwaden zur Bartheke gefunden hatte, «im *Lamm* redet man noch andächtiger als in einer Klosterbibliothek.» Duzelovic nickte, senkte den Blick und flüsterte plötzlich: «Da kommt er.» «Wer?», fragte Ernest Herz unbeeindruckt, obwohl er ahnte, wer gemeint war. Sein Herz begann zu rasen. «Mrozeks letzte Liebe», raunte Duzelovic, «schauen Sie nicht hin, er steht direkt hinter Ihnen.» Den Blick hatte er auf die Batterie Flaschen gerichtet, die, wie Herz sich später versichern konnte, Hauslikörezsö enthielten. Statt eines Etiketts zierte jede Flasche eine mit weißem Marker direkt auf dem Glas angebrachte Zeichnung von Obst, Gemüse oder irgendwelchen Pflanzen. Es war befremdlich, dass es außer diesen stümperhaften Vignetten und seinem Schuhwerk nichts Weißes in diesem Raum gab, höchstens manches, das man eine Hommage an das Weiß hätte nennen können – die Zähne eines Bauern mit dicker Brille und dünnem, grau meliertem Bärtchen, die er bleckte, wenn er ein Stück Wurst von der Gabel biss, das Küchentuch auf der Schulter des Wirtes, die Zeitungen, die Tarockkarten, die Paraffinkerzen. Als ein hochgewachsenes Mädchen vorbeiging, konnte Ernest Herz ihre Bluse halbwegs zur weißen Fraktion dazuzählen. Auch der Duftschleier, den sie hinter sich herzog, hatte etwas Strahlendes, in dem etwas Bitteres mitschwang. Noch durch den Rauch hindurch drang er zu Ernest Herz, zerrte an den Saiten eines längst zerbrochenen, in seinem Brustkorb ruhenden Streichinstruments, trieb noch weiter, über seine Körperlichkeit hinaus. Herz klammerte sich an der klebrigen Theke fest, versuchte sich zu konzentrieren. Trotz aller Bemühungen gelang es ihm nicht, den Geruch einer Duftfamilie zuzuordnen. Ich bin völlig aus der Form geraten, dachte er. «Da ist er», wiederholte Duzelovic, ohne den Blick vom Flaschenregal abzuwenden. «Kann ich mich umdrehen?», fragte Ernest Herz. Statt einer Antwort kniff Duzelovic die Augen zu und presste das Kinn an die Brust. «Da, vor Ihnen beim Kachelofen.» «Ich dachte, Sie wollten mir den Kellner zeigen.» «Tue ich doch, er steht beim Ofen, siebzehn Jahr, blondes Haar», zischte Duzelovic. Ernest Herz sah nur eine junge Dame mit weißem Hemd und schulterlangem blondem Haar, das fein gekräuselt war wie bei einem Albino, sah, wie sie sich bückte und einen fetten Kater am Schwanz kraulte. Der Anblick wirkte so weltentrückt auf ihn, dass er, völlig unerklärlich für sich selbst, auflachen musste. «Sie ist ein Er», flüsterte Duzelovic, «Mrozeks Raphael.» «Ach», stieß Ernest Herz aus. Er horchte in sich hinein, starrte zu der blonden Gestalt, die nicht mehr mit dem Kater spielte, sondern jetzt mit einem Handbesen die Bronzeplatte rund um den Ofen fegte. «Er steht mit dem Rücken zu mir», erwiderte Ernest Herz, «wieso starren Sie die ganze Zeit diese blöden Flaschen an?» Duzelovic lächelte schwach, schwieg und änderte nichts an seiner Haltung. In diesem Moment schob sich eine Hand zwischen die beiden und klopfte gegen das Thekenholz. Es war der Wirt, dessen schläfrige Augen entzündet oder verweint wirkten, was man aber sofort ausschloss, wenn er den Mund aufmachte. In der Hoffnung, dem Chef des Hauses eine Freude zu machen, verlangte Ernest Herz «eine Flasche Ihres legendären Hausweines».

«Wir habn kan», flüsterte der Wirt und stieß eine Wolke aus, die an gärende Äpfel auf einem Pferdemisthaufen erinnerte, «mir san a Likörhaus.»

«Dann eben ein Likörchen, zweimal.»

«I könnt Ihna die Gartenmirabelle empfehln, vierzig Volt, oder wenn S' was Belebendes präferieren, der Herr, nehmen S' besser die Katzenminze fürn Anfang.» Darüber musste Ernest Herz herzlich lachen. «Schttt», heischte ihn der Wirt an, «san S' net so laut.» «Hier wird Rücksicht auf das beste Pferd im Stall genommen, deswegen», erklärte Duzelovic und schaute den Wirt ängstlich an, «darf man das sagen?» Dieser nickte, holte zwei Sektschalen mit feinem Goldrand, die Ernest Herz in einem solchen Etablissement nie vermutet hätte, und füllte sie mit zittriger Hand. «Haben S' die Hausordnung draußt im Foyer glesn?» Als Ernest Herz mit den Schultern zuckte, stierte der Wirt Duzelovic mit eingezogenen Lippen an. «Mein Bruder kann nicht lesen», antwortete Duzelovic gelassen. «Ein Analphabet, wie er im Buche steht, dafür mit einem Herzen aus purem Gold.» «Frechheit», warf Ernest Herz ein, amüsiert über Duzelovics seltsamen Schachzug. Dieser fügte noch hinzu: «Hier brauchst du nicht zu flunkern, mein Guter.»

«Fühln S' Ihna wia daham», flüsterte der Wirt plötzlich: «Der do kann a net lesn, und?» «Was, und?», fragte Ernest Herz möglichst höflich und leise. «Und des is a völlig wurscht, ob d' Buchstabn für ihn an Sinn ergebn oder net. An wiffern Kopf als mein Chefkellner werden S' net finden von do bis ins Weinviertl.» Er sprach nun auch vom besten Pferd im Stall und entblößte dabei eine lückenhafte Zahnreihe von trostlosem Beige. «Laut wird do weder gsprochn no glacht, gnädiger Herr, weil da Raphael recht leutscheich is, a schreckhafte Person ebn.», fuhr er fort und nickte in Richtung Ofen, wo die junge Dame, die ein junger Mann war, wieder gedankenverloren dem Kater den Schwanz kraulte. «Wenn ana nur nießt, stolpert er schon, und schrein se zwa Gäst an, lasst er alles stehn und liegn und haut si flach aufn Bodn. Des waß die Kundschaft, jeder bemüht si a bisserl, und wer net, der fliegt aussi.» Berufsbedingt lege er einen besonderen Wert darauf, die Stimme nicht mehr zu erheben als nötig, versicherte Ernest Herz. Auf ihn komme es nicht an. Das ist also dieser Raphael, der Mrozek den letzten Funken Verstand ausgeblasen hat, dachte er. Er nahm sich vor, bei der nächsten Bestellung sein Gesicht genau zu studieren. Als hätte der Wirt seine Gedanken gelesen, sagte er, während er mit dem Küchentuch gegen die Bartheke knallte: «Regel Nummer ans: net in d' Augen schaun. Regel Nummer zwa: Bestellungen kurz und bündig aufgebn, net zu viele Fragen stellen und wann, dann eine nach der andern, schön langsam und da Reih nach. Regel Nummer drei: kane Gsichter schneidn, die versteht da Raphael genauso wenig wie die Büchln da», er deutete mit dem Kopf nach oben, als meinte er das Stift, als hätte er sagen wollen: Ich weiß, von welchen Höhen du kommst. «Kane Anspielungen, kane Schmah», zählte er weiter auf, «und was des Wichtigste is: net angreifen! Trinken S' weiter?» «Ich muss zur Bahn», sagte Duzelovic, der dem Freund die ganze Zeit besorgte Blicke zugeworfen hatte. Dieser kletterte vom Hocker, nahm die Sporttasche, doch Duzelovic zog sie resolut an sich, schulterte sie und breitete lächelnd seine Arme aus. «Komm an meine Brust, Bruderherz!» Sie umarmten sich, und es fühlte sich ähnlich gut an wie eine lang ersehnte, gute Nachricht. Duzelovic, an dem ein krautig herber Hustensaftduft heftete, flüsterte, bevor er sich aus der Umarmung löste, «machen Sie sich das Auge nicht kaputt.» «Keine Sorge», sagte Ernest Herz, «nicht mit mir.»

Im Laufe des Abends bestellte er einen Baldrianlikör, dann einen Estragonlikör, danach folgten die Kräuter des Gartens, die Schätze des Waldes und der Berge. Jede Bestellung nahm der Kellner völlig teilnahmslos und mit einem Minimum an Blickkontakt entgegen, sein Gesicht, aus der Nähe betrachtet, kam Ernest Herz empörend schön, aber auch frei von Anzeichen einer Geschlechtszugehörigkeit vor, der Ausdruck einer erstarrten Qual, gepaart mit etwas Staunen und etwas anderem, Fremdem prägten diese Züge, und je länger er in dieses rätselhafte Gesicht blickte, desto enger wurde es in seiner Brust. Wahnsinn, dachte er, ein Hermaphrodit, so etwas habe ich noch nicht gehabt. Gegen Mitternacht fand sich Ernest Herz in Tränen aufgelöst und nur mit einem Hausschuh am Fuß am unteren Gartentor vor, minutenlang zerrte er am Gitter, bis er an den Passepartout-Schlüssel dachte, den ihm der Portier noch im *Lamm* zugesteckt hatte. Überwältigt von den Bildern des Abends, schleppte er sich auf zwei Eisklötzen, die seine Füße waren, den Hügel hinauf, und die Klosterkrähen, aufgescheucht aus ihrem Schlaf, kreisten lautlos und bedrohlich über ihm wie führerlose Drohnen. Als er ins Bett fiel, starrte er noch lange ins Dunkel, während immer wieder Tränen aus seinem Auge quollen. Was er beweinte, war ihm rätselhaft, genauso, warum es in solch einer Kaschemme Sektschalen mit Goldrand gab, Ernest Herz tippte auf Murano-Glas. Ebenso konnte er sich nicht erklären, wie ein einfacher Kellner, wenn auch einer mit Botticelli-Physiognomie, zu solch einem Duft kommen konnte und warum er ihn überhaupt in dieser von Tabakqualm erfüllten Stube aufgelegt hatte? Zum Schutz? «Ein Parfüm wie ein bitteres Kristall», murmelte er schon halb im Schlaf. «Sicher ein Geschenk von diesem Mrozek. Erschreckend, was die Liebe aus einem macht.»

XIX

Den Rest der Nacht verbrachte er sinnierend im Licht der alten, noch aus Mrozeks Zeiten stammenden Glühbirne. Am schlaffen Kabelstängel baumelnd, schien sie der Wand über dem Kopfteil seines Bettes zu entwachsen. Wie in den Nächten zuvor hatte er das Licht angelassen, um seinen auf dem Kopfkissen liegenden Sensationsfund zu betrachten. Manchmal schloss er das Auge, als versuche er sich an dem vanillig-safranartigen Wohlgeruch des jahrhundertealten Pergaments satt zu riechen. Lange hatte er den Traum gehegt, ein bedeutendes Fragment, die Abschrift eines unbekannten Artusritter-Romans oder gar eine vollständige Prachthandschrift zu finden. Dass dieser Traum doch wahr werden sollte, empfand er als makaber, ebenso, dass seine große Entdeckung im Aschekasten eines Kachelofens und nicht im verstaubten Magazin eines Pfarrarchivs auf ihn gewartet hatte, wie er es sich immer vorgestellt hatte.

Er nahm die Handschrift, schlug sie auf einer willkürlichen Seite wie beim «Psalterstechen» auf, und in der Hoffnung, eine Antwort auf die Frage zu bekommen, was es mit diesem aufdringlichen Radio Gabriel auf sich hatte, begann er laut zu lesen:

Tantum bonum est confessio ut etiam eo utantur spiritus mortuorum. Saepius percepi mortuos vivis apparuisse in somnis, et ob quae peccata detinerentur in poenis, confessos fuisse, et quibus beneficiis liberari possent, veraciter indicasse. Quod postea veracibus signis probatum est. Similibus enim similia congaudent, quia corpus dormientis modicum distat a mortuo, et dum homo exterior quiescit, interior saepe efficacius vigilat. Non semper somnia sunt vana, sed nonnunquam revelationes divinae. *

Nach wenigen Zeilen verdüsterte sich aber sein Gesichtsausdruck. Er war nicht abergläubisch, aber durch das Radio könnte die Stimme des toten Mrozek zu ihm sprechen, es war Mrozek, der etwas von ihm wollte, zum ersten Mal drängte sich ihm dieser Gedanke auf. Mit starrem Blick blätterte er noch eine Weile in der Handschrift, bis ihm einfiel, sich die letzte Seite anzuschauen. In den seltensten Fällen pflegte der Schreiber den Text mit dem Kolophon zu krönen, einer Formel, der man das Datum

---

* Ein so großes Gut ist die Beichte, dass sogar die Seelen der Verstorbenen sie ablegen. Öfter habe ich vernommen, dass die Toten den Lebenden im Schlaf erschienen sind und bekannt haben, welcher Sünden wegen sie in Strafhaft gehalten würden, und dass sie wahrheitsgemäß angezeigt hätten, durch welche guten Taten sie erlöst werden könnten. Das ist später durch wahre Zeichen bestätigt worden. Zu Gleichem passt nämlich Gleiches, weil der Körper eines Schlafenden sich kaum von dem eines Toten unterscheidet. Und während ein Mensch nach außen hin ruht, wacht sein Inneres oft umso mehr. Nicht immer sind Träume leer, sondern manchmal sind sie göttliche Enthüllungen.

der Fertigstellung der Abschrift, manchmal auch den Namen des Schreibers entnehmen konnte. Ernest Herz hatte nicht viele solcher Notizen mit eigenen Augen gesehen, aber das Wissen, dass sie existierten, hatte ihn immer gerührt. Er blickte auf die letzte Zeile, sie ergab keinen Sinn. Was für ein komisches Latein! Nein, das war gar kein Latein. Und was sollte das Invocatio-Zeichen? Er starrte das Chrismon an, ein hingekritzeltes C für Christus, das er nur von Urkunden kannte, eine Art *hashtag* des Mittelalters. In dieser Handschrift hatte es allerdings nichts zu suchen. Es war ein ottonisches C mit Verzierungen in der Öffnung, ihr folgte eine Zeile, die sich von der Textualis-Schrift des Werkes unterschied. Die Schäfte waren kürzer, die Buchstaben selbst standen zu weit auseinander. Und überhaupt die Tinte, sie sah eine Spur matter und heller aus als das samtige Schwarz der Eisengallustinte davor. Das ist ja Mrozeks Besitzeintrag, dachte er, das ist ja Polnisch. Ernest Herz bedeckte das Gesicht mit den Händen und dachte krampfhaft nach. Mariola, seine erste Freundin, seine Initiation in die Frauenwelt und damit sein erster Eintrag, er musste sie anrufen und um eine Übersetzung bitten. Die geschwätzige, dicke Mariola mit ihrem verklumpten Make-up in den Augenfalten, dem pudrig-modrigen Duft ihres Dekolletés und ihren Worten bei seiner Entjungferung: «Auch ein Hammer muss geschmiedet werden.» Sie allein hatte er mit ganzem Herzen geliebt. Er hoffte, ihre Festnetznummer war noch immer aktuell.

XX

«Ernest, Ernest Herz», wiederholte er. Es war zwölf Uhr mittags, und draußen tobte ein Glockengewitter.

«Ich verstehe Sie nicht», piepte die Stimme im Hörer. Selbst durch den Lärm hindurch stach Mariolas polnischer Akzent hervor. Verärgert, weil er nicht auf die Uhr geschaut hatte, brüllte er: «Herz, Ernest Herz.»

«Ich verstehe nichts.»

Er legte auf, wartete den letzten Glockenschlag ab und rief wieder an. Mariola hob lange nicht ab, und als endlich das harte H ihres Hallo erklang, hörte er Klavierspiel im Hintergrund, Mariolas Secondhand-Plattenladen gab es also immer noch. Ach, Mariola, er erinnerte sich, wie sie ihn gefragt hatte, ob sie ihm behilflich sein könne, und wie er gestammelt hatte, er suche etwas Belebendes für seine Mutter, sie sehe neuerdings so traurig aus. «Etwas Beläbendes», hatte Mariola wiederholt, «Musik ist Läben, und übrigens, Ihr H-osenstall ist offen.»

Statt sich noch einmal mit seinem Namen vorzustellen, las er jetzt einfach den Regest-Eintrag der Karteikarte vor, die er eben aus dem Kasten gefischt hatte: «Auch ein Hammer muss geschmiedet werden.»

Nach langem Schweigen antwortete sie: «Als Amboss

bin ich nicht mehr geeignet» und lachte in den Hörer. «Lange vorbei, Herzchen.»

Sie solle ihn nicht kleiner machen, als er sei, meinte er, gerührt von Mariolas Necken. Erstaunlicherweise hatte ihn niemand außer ihr je Herzchen genannt.

«Sie sind also kein Amboss mehr?»

«Ich bin ein altes Schiff. Dieses Jahr werde ich sechzig.»

«Ich rufe nicht an, weil ich Sex will.»

«Aber auch nicht, um zu wissen, wie es mir geht. Mir oder Eva», fügte sie etwas gereizt hinzu.

Nun bestand er darauf, zu erfahren, wie es den beiden Damen und dem Laden gehe. Mariola erzählte ausführlich, wann der Untergang der Schallplatte sich angekündigt, welche ihrer Stammkunden sich verdrückt hatten, welche gerade auf dem Absprung waren und was die Schallplatte mit dem Buch gemein hatte, nämlich ihre Wertlosigkeit. Dann wechselte sie das Thema und begann zu klagen, mit welchen Widrigkeiten Frauen in der Mitte ihres Lebens zu kämpfen hätten und was für eine Versagerin sie als Großmutter sei, wie Eva unter der Scheidung von ihrem letzten Mann gelitten habe und dass sie seitdem noch dicker sei als sie selbst.

«Das kann ich mir gar nicht vorstellen», beteuerte Ernest Herz.

«Das kann man auch gar nicht», erwiderte Mariola lachend. Sie verschluckte sich und klang jetzt etwas asthmatisch. Als sie fertig war, resümierte er sein Leben der letzten zwanzig Jahre. Manches beschönigte er, anderes erwähnte er gar nicht, auch nicht, dass er noch lange die Jungfrau gemimt hatte, bis er festgestellt hatte, dass er allmählich aus dieser Rolle herausgewachsen war.

«Und dein Traum, einen bedeutenden Fund zu machen? Bist du schon in die Geschichte eingegangen?»

«Nein, nicht jeder heißt Schliemann, und Troja liegt nicht unter jedem Parkplatz.»

«Ach, Herzchen», seufzte Mariola. «Was willst du also?»

«Ihre Hilfe als Übersetzerin», sagte er. Sein Herz begann zu rasen.

«Noch einmal laut und deutlich», bat Mariola, nachdem er schon zweimal Mrozeks Kritzelei buchstabiert hatte. Mariola, die beim dritten Mal offenbar mitgeschrieben hatte, stieß plötzlich ein Ah und ein Oh aus.

«Was heißt das?», rief Ernest Herz.

«So ein Schwachsinn, passt aber zu dir.» Sie lachte und sagte: «Aniele owieczki, ozdrów slepego grzesznika! Das heißt: Lammengel, heile einen blinden Sünder!»

«Lammengel, heile einen blinden Sünder?»

«Steht wirklich Lammengel drin? Nicht Lamm Gottes etwa?»

Mariola verneinte und lachte erneut. Es war ein vorsichtiges Lachen, das sie noch weiter von ihm entfernte.

«Haben Sie vielleicht gerade Kundschaft?», fragte Ernest Herz in der Hoffnung, das Gespräch so beenden zu können. Doch Mariola skandierte MI-TA-GS-PAU-SE und schlug vor, ihm eine Carpenters-Schallplatte aufzulegen, etwas für die traurige Mutter. Ernest Herz willigte aus purem Anstand ein. Es rührte ihn, dass sich Mariola an seine erste Bestellung erinnern konnte, nie hätte er gedacht, dass er, eine einäugige Jungfrau, ihr etwas bedeutet haben könnte.

«Wohlan», sagte er, «lassen Sie Karen Carpenter zu Wort kommen.» Er stellte das Telefon auf Laut und warf sich rücklings auf das Bett.

There was a man, a lonely man
Who lost his love through his indifference

Damals im Schallplattenladen hatte Mariola auch *Solitaire* aufgelegt.

And solitaire's the only game in town
And every road that takes him, takes him down
And by himself, it's easy to pretend
He'll never love again

sang der balsamische, dunkle Alt. Irgendwo hatte er gelesen, dass Karens Stimme einem knisternden Holzscheit im Feuer gleiche.

And keeping to himself he plays the game
Without her love it always ends the same
While life goes on around him everywhere
He's playing solitaire

Er erinnerte sich an das Gesicht seiner Mutter, den nach innen gekehrten Blick, ihr Lächeln, als sie, in ihrem mit Tanzpokalen vollgestellten Boudoir, mit der Schallplattenhülle in der Hand gelauscht hatte.

A little hope, goes up in smoke
Just how it goes, goes without saying

Plötzlich schlich sich ein sägender Ton in die Melodie ein, eine Funkstörung, ein Kratzer? Jeden Moment hätte Mariola sich einmischen können. Dann krächzte eine männliche Stimme:

«*Der Ruhmsüchtige ist immer geplagt vom Imponiergehabe.*»

Verdammt, dachte Ernest Herz.

«*Wir kennen das von den Tieren, wenn sie einander beeindrucken wollen, wenn sie um die Gunst des Weibchens buhlen und alle möglichen Kniffe verwenden, um schöner und stärker zu erscheinen.*»

«Schleicht's euch!», rief er in den Hörer und lachte aus vollem Hals, nein, das durfte nicht wahr sein, das Rätsel um Radio Gabriel würde er niemals lösen.

«Der Hahn plustert sich auf», dozierte die Stimme, «so ist der Ruhmsüchtige.»

Auf den Ellbogen gestützt, starrte er auf das Telefon. «Ja, in Gottes Namen, ja, ich bin es, ich bekenne es, ich habe gesündigt in Gedanken, Worten und Werken, mea maxima culpa, und jetzt aus!» Einen Sekundenbruchteil lang schien es, als hätte er mit seinem Ausruf die Radiogeister zum Verstummen gebracht. *And solitaire's the only game in town,* jubelte Karen Carpenter,

And every road that takes him, takes him down
And by himself it's easy to pretend
He'll never love again

«Erinnern wir uns, wie es ist», unterbrach wieder die Radiostimme, *«den Klang seiner eigenen Worte zu genießen, ihre Wirkung, unsere Macht über die anderen, unseren erhobenen Zeigefinger ...»* Plötzlich zog der Sprecher geräuschvoll die Luft ein, als müsste er niesen, und bruchlos schloss sich der Sound der Carpenters an.

And keeping to himself he plays the game
Without her love it always ends the same
While life goes on around him everywhere ...

Vielleicht sollte ich auflegen? Nein, dachte er, lieber nicht ärgern. Wenn es aus der Heizung dudeln würde, bekäme ich es wirklich mit der Angst zu tun.

«*Liebe Radiofamilie, Sie haben eingeschaltet zur Sendung ‹Salve regina›.*» Die Stimme könnte der verstorbenen Miss Carpenter gehören. Ein gealterter polierter Alt, in dem entfernt ein Akzent anklang.

«Mariola?», fragte er, obwohl er wusste, dass es nicht Mariola sein konnte. Das einzig Tröstliche war das Wissen, dass alles auf dieser Welt ein Ende hatte. Schon als Kind hatte er die ärgsten Albträume ertragen, indem er sich zu sagen pflegte: Gleich ist es aus.

«*Pater Lubomir spricht in der Sendereihe ‹Leidenschaft in der Wüste› heute über die Eitelkeit und die Ruhmsucht*», erklärte die Frauenstimme im Telefon.

Wie lange Pater Lubomir redete, konnte Ernest Herz, der immer wieder einnickte, nicht ermessen. Als aus dem Hörer neben ihm ein Tuten ertönte, riss er das Auge auf. Er hatte nicht gemerkt, dass ihm die Tränen gekommen waren.

XXI

In den ersten Märztagen erblickte er Duzelovic hinter der verglasten Tür des Portierszimmers. In dünnen, wirren Strähnen fiel diesem sein Pony in das blasse Gesicht, das er über eine Zeitung gebeugt hielt. Immerhin hatte er den Oberkörper in verwaschenem rostbraunem Holzfällerhemd den Monitoren zugedreht, von denen ihn jetzt um diese Zeit nur das flirrende Grau angähnte.

«Ich bin so froh», sagte Ernest Herz, «dass Sie wieder da sind. Eben war ich im Klostergarten spazieren und habe an Sie gedacht.»

Duzelovic erhob sich von seinem Drehstuhl und faltete die Arme vor der Brust.

«Sie wirken so anders», sagte er. «Gefährlich sehen Sie aus.»

«Schmarrn.»

«Ich rieche sogar etwas Pulverdampf. Die Pistolen sind gesäubert. Ein Duell steht bevor. Kann das sein?»

Ernest Herz machte eine theatralische Gebärde und sagte nichts.

«Es gab eine polnische Schwester, eine gewisse Faustina», sprach Duzelovic wieder, «zu ihr soll Jesus einen besonderen Draht gehabt und ihr den Wortlaut eines populären Gebets eingegeben haben. Und wissen Sie, was, mich erinnert Faustinas wildes Seelenleben vor der Begegnung mit dem Heiland an Sie. Diese Augenklappe hat Ihnen das Leben bestimmt nicht ohne Grund verpasst.»

Was erlaubt sich der Mann, dachte Ernest Herz, versuchte zu lachen und meinte, dass ein Ästhet wie er kein wildes Seelenleben haben könne. «Bei uns brodelt die Leidenschaft an der Oberfläche», sagte er, «und in der Tiefe ist nichts als Sumpf. Apropos Sumpf. Haben Sie Ihren Husten auskuriert?»

«Nicht ganz. Meine Mutter hat die Rekreation zu Hause zu einer Folter gemacht.»

Durch die Fransen seines Ponys schaute ihn Duzelovic durchdringend an.

«Hatten Sie das Pech, sich auch in unsere Dorfschönheit zu verlieben?»

Ernest Herz lächelte die schwule Mamsell an, ganz Haut und Knochen, und musste sich sehr beherrschen, um Duzelovic nicht an der Schulter zu fassen. Ob sie immer noch so rund war wie an dem Abend, als er sich im *Lamm* so betrunken hatte?

«Aus dem Alter bin ich raus», sagte er schließlich, «aber es rührt mich, dass Sie sich meinetwegen solche Sorgen machen.»

Sie sprachen weiter über die Schwester Faustina und die Gnade der glücklichen Sterbestunde. Innerlich schüttelte Ernest Herz über diesen schrägen Vogel den Kopf.

So viel Begeisterung über eine Tote, mit der man nicht einmal ein Verhältnis gehabt hatte, fand er befremdlich.

Immer wieder einen Blick auf die Monitore werfend, erzählte Duzelovic von den Ergießungen des Heiligen Geistes im fernen Polen, von Faustinas Visionen und Tagebüchern, aber auch von dem Hustenblocker, den er verschrieben bekommen hatte, dass er dauernd Fieber habe und nur noch schlafen könne und dass seine Hausärztin ihn noch länger habe krankschreiben wollen und ihm sogar den Tod prophezeit habe, wenn er die Grippe verschleppe. Das habe ihn erschreckt, allerdings nicht so sehr wie die Aussicht, der Fürsorge seiner Familie noch länger ausgesetzt zu bleiben. Zwei ältere Schwestern habe er noch, beide verbittert und voller Hass auf ihren kleinen warmen Bruder und schon ewig verheiratet mit ihren Mädchenzimmern, wo Poster an Poster die Boygroups aus den Neunzigerjahren ins Leere grinsten und die Schränke aus allen Nähten platzten – vor Kleidern, die nach Vanille röchen und viel zu eng seien, genau wie die Welt seiner Schwestern.

«Waren Sie seitdem wirklich nicht mehr im *Lamm*?», flüsterte er plötzlich kaum hörbar.

Ernest Herz seufzte.

«Ich möchte Ihnen etwas zeigen. Kann ich mit Ihrer Diskretion rechnen?»

«Immer. Das habe ich Ihnen doch schon einmal versprochen.»

«Und verschwiegen?»

«Bin ich aus Überzeugung. Nichts kleidet einen Menschen so wie die Tugend der Schweigsamkeit.»

«Danke», sagte Ernest Herz trocken. Er überlegte, ob er selbst nicht auch lieber schweigen sollte, doch nun war es zu spät.

«Kommen Sie zu mir in die Wohnung, und ich zeige Ihnen meine Entdeckung.»

«Gerne. Bis Mitternacht muss ich aber auf dem Posten bleiben.»

«Kommen Sie nach zwölf», sagte Ernest Herz.

XXII

Nachdem Duzelovic die schokoladenbraunen Stufen zur Bibliothekarswohnung hinaufgestiegen war, die Füße umständlich abgetreten hatte und dem Gastgeber folgend über einen schmalen Flur ins Wohnzimmer gelangt war, ließ er sich in den angebotenen Sessel fallen und hustete sich ausgiebig aus. Aus geröteten Augen schaute er sich schließlich um, kicherte wie eine Gymnasiastin und sagte: «Willst du vollkommen sein, so gehe hin und verkaufe alles, was du hast.»

Ernest Herz stand im nachlässig über seine Tageskleidung geworfenen und über der Gürtelschnalle locker geknoteten Seidenmantel mitten im Zimmer. Es war geräumig und roch nach Anzündwürfeln und dem verbrennenden Holz eines Nadelbaumes. Ein schlichter, schmutzig gelber Kachelofen in der linken und ein zierlicher Schreibsekretär in einem öligen Kastanienbraun in der rechten Ecke sorgten für eine unruhige Atmosphäre. Eine von der Decke hängende Glühbirne warf ihr Licht auf sein Haar, schien es mit Honigreif zu überziehen. Auch kahl wäre er noch ein schöner Mann, hatte Ernest Herz immer von sich angenommen, und das signalisierten auch seine durch die Gürtelschlaufen gesteckten Daumen, sein erhobener Kopf und die Zynikerfalte über dem rechten Mundwinkel. Duzelovic, der im Sitzen die Hände in die Hüften gestemmt hatte, wartete vergeblich auf eine Reaktion. Aus welchem Evangelium dieses Zitat stammte, wusste Ernest Herz nicht mehr und machte auch keine Anstalten, sein Gedächtnis zu prüfen.

«Wurscht», sagte Duzelovic schließlich. «Den großen Antonius hat diese Aufforderung jedenfalls so beeindruckt, dass er sie in die Tat umgesetzt hat.» Und als sehe er den Wüstenvater vor sich, fuhr er fort: «Antonius, ein verwöhnter Junge aus reichem Elternhaus, stolpert über diese Stelle in der Bibel. Gehe hin und verkaufe alles, was du hast. Ein schwüler Sommerabend in Ägypten. Die Mücken summen, eine stinkende Öllampe. Ein Zimmer, das ahnlich großzügig eingerichtet ist wie Ihr Appartement hier, luxuriös ...»

«Fangen Sie nicht schon wieder an.»

«O doch, wozu brauchen Sie den fetten Leuchtglobus da in der Ecke?»

«Ich finde ihn schön.»

«Von solchem Firlefanz hat sich der Kollege Antonius erfolgreich befreit.» Duzelovic schien zu zögern und fuhr kokett fort: «Der Ruf des Herrn erreicht manchen als Flüstern, manchen als Lachen ...»

«Manchen aber auch als Schweigen», unterbrach ihn Ernest Herz. An diesem Punkt ging ein Ruck durch seinen Körper, als schüttele er die Last dieser Belehrungen ab. Er knotete den Gürtel seines Seidenmantels fester, durchquerte mit zwei Schritten den Raum und blieb vor einem der Fenster stehen. Er hob den Blick zum Zifferblatt der Turmuhr. Die Zeiger schienen zu fehlen, er sah genauer hin und bemerkte, dass sie zu einem Strich, nicht breiter als ein ausgestrecktes Spinnenbein, verschmolzen waren, das fünf nach eins zeigte. Er zog den Vorhang, einen dunkelblauen, mit Magnoliendrucken übersäten Baumwollstoff, zu. Duzelovic ließ seinen Blick von den Magnolien des Vorhangs zum Seidenmantel wandern und wieder zurück, er schien sich an etwas zu erinnern. Vielleicht dachte er auch bloß daran, dass die Knickfalten im Vorhang ein Kreuz bildeten und dass dieses Kreuz das einzige religiöse Symbol in dieser Wohnung darstellte, oder er versuchte, dieses Zimmer vor seinem geistigen Auge so auferstehen zu lassen, wie es noch zu Mrozeks Zeiten gewesen war.

«Im Aschekasten dieses hässlichen Öfchens rechts von Ihnen», begann Ernest Herz, «habe ich eine Entdeckung gemacht, die, wie Sie gleich sehen werden, atemberaubend, aber auch völlig unverständlich ist.»

Er schritt zum Sekretär, nahm einen in Zeitungspapier eingeschlagenen Gegenstand von der Schreibplatte und reichte ihn Duzelovic.

«Wie erklären Sie sich das? Sie waren doch mit Mrozek befreundet.»

Der Portier wog den Gegenstand in der Hand ab, seine Augen weiteten sich.

«Eine Kostbarkeit aus der ersten Hälfte des 14. Jahrhunderts», kommentierte Ernest Herz, «Dialogus miraculorum von Caesarius von Heisterbach. Es soll so viele Abschriften dieser Wundergeschichten geben, dass man in der heutigen Zeit von einem Bestseller sprechen könnte. Sie halten gerade eine davon in der Hand.»

Wortlos starrte Duzelovic den Seidenmantel an. Dann wanderte sein Blick zum Paket auf seinem Schoß.

«Sie sind enttäuscht?»

«Deswegen haben Sie mich mitten in der Nacht zu sich gerufen? Was soll ich Ihnen denn erklären? Mrozek war ein Bibliothekar wie Sie. Genauso wie Sie hat er immer wieder Bücher aus der Bibliothek hinausgeschmuggelt, um sie hier studieren zu können. Genauso wie Sie hat er sie selbstverständlich zurückgebracht, das verfolge ich, wie Sie wissen, auf meinen Monitoren.»

«Ach, wie spannend», stichelte Ernest Herz, «Sie führen eine Liste?»

«Ich mache Kreuzchen.»

«Brauchen Sie nicht, denn ich fülle vorschriftsmäßig Ausleihscheine aus, wenn ich etwas entlehne.»

«Mrozek hat nichts ausgefüllt. Trotzdem hat er alles, was er mit aufs Zimmer genommen hat, zurückgebracht. Bei diesem Buch wird ihn der Tod verhindert haben. Herr Mrozek war eine ehrliche Haut. Für ihn stecke ich meine Hand in Ihren Kachelofen. Warten Sie mal», rief er plötzlich, «das Buch lag im Aschekasten, sagen Sie?»

Mit zusammengezogenen Augenbrauen schien er etwas auszurechnen.

«Als ich den Ofen in Betrieb setzen wollte», begann Ernest Herz, «habe ich in den Aschekasten geschaut. Da lag es. In eine Zeitung vom 1.5.2004 gewickelt. In diesem Jahr haben Sie Ihren Portiersposten bereits bekleidet, wenn ich mich nicht irre?»

Duzelovic nickte. Seine langen Zähne bohrten sich in die Lippen, und er warf Ernest Herz einen furchtsamen Blick zu. Dieser brach in ein gurrendes Gelächter aus. Er lachte lange wie jemand, der seine Überlegenheit zelebriert.

«Was sagen Sie also dazu?»

«Er hat ein Buch aus der Klosterbibliothek geklaut und im Ofen versteckt», stellte Duzelovic fest.

«Diese Handschrift kommt von außen», sagte Ernest Herz nach einer strategischen Pause. «In unserem Handschriftenkatalog war sie nie registriert.»

«Dann hat er sie von woanders. Schauen Sie doch nach einem Bibliotheksstempel, dann wissen Sie, wo die Handschrift herkommt.»

«Der Besitzeintrag wurde entfernt. Abgeschabt mit einem Rasiermesser.»

«Mit einem Rasiermesser?», stammelte der Portier.

«Eine perfekte Rasur. Ich bin ziemlich sicher, dass diese Handschrift sich seit dem Jahr ihrer Niederschrift im Besitz einer hochadligen Familie befunden hat. Bis in unsere Tage. Dann muss etwas passiert sein, das gravierender war als die Reformation, als der Dreißigjährige Krieg, selbst als die Wirren des 20. Jahrhunderts.»

«Der Adel hat sich arm gesoffen?», fragte Duzelovic, der vor Verwunderung zu schielen schien.

«Schlimmer. Die Erben wollten wohl mit dem Bestand nichts mehr zu tun haben, die Bibliothek wurde einem Dilettanten anvertraut, der sie Stück für Stück verkauft hat. Bibliotheken, müssen Sie wissen, bleiben im Wandel der Zeit selten zusammen. Kriege, Plünderungen, Brände, aber auch Revolutionen verstreuen die Bücher in alle Himmelsrichtungen, trennen, was als Einheit und Universum gedacht war. Es kann aber auch sein, dass dieser Schatz in einer Burg eingemauert war, ein serbischer Bauarbeiter hat ihn bei der Sanierung in einer freigelegten Wandnische entdeckt, entwendet und an einen Antiquar verkauft. Armer Mann.»

«Wer?», fragte Duzelovic heiser.

«Der Antiquar, natürlich. Ohne Besitzeintrag war der «Dialogus» nur unter dem Tresen zu verkaufen, für den lächerlichen Bruchteil der Summe, die einem Codex dieses Kalibers zusteht. Oder der Codex lag in einer wohltemperierten Gruft ...»

«Was kostet denn so was?», unterbrach ihn Duzelovic, der sich inzwischen erhoben hatte und ruhelos im Zimmer auf und ab ging.

«Keine Ahnung. Als Bibliothekar weiß ich nur, dass

man mit dieser Handschrift rein gar nichts anfangen kann, ausstellen kann man sie nicht, in eine öffentliche Bibliothek einspeisen auch nicht, nur in eine private.»

Er wickelte das Buch aus der Zeitung, schlug es jedoch nicht auf.

«Kein Einband, nur geheftete Lagen, sehen Sie?»

«Sieht aus wie ein Wischmopp», kommentierte Duzelovic, der wieder im Sessel Platz genommen und seine dünnen Beine übereinandergeschlagen hatte. «Sagen Sie mir ehrlich, warum haben Sie mich überhaupt zu sich gerufen?»

Ernest Herz gab keine Antwort, sondern beugte sich über Duzelovic und öffnete die Handschrift, nicht zu weit, aber ausreichend, um ihm einen Eindruck von der großzügigen Verzierung zu vermitteln. Duzelovic schwieg und betrachtete die zweispaltigen Seiten. Eine Ranke mit Stacheln, Blättern und Blumenkelchen, aus denen nackte, langhaarige Menschen wuchsen, umwand den Schriftblock, einen lateinischen Text, in dem ihm ein Wort ins Auge sprang.

«Simplicitas?»

«Die Einfachheit des Herzens.»

Er blätterte weiter und zeigte Duzelovic einen Dämon mit grünem Gesicht und lüstern ausgestreckter Zunge in einer D-Initiale, die Ziegenbockhörner des Dämons waren kunstvoll gewunden, dazwischen loderte eine Flamme. Unterhalb des Schriftspiegels, ein paar Seiten weiter, schwang ein Engel liegend oder doch fliegend ein Rauchfässchen.

«Glauben Sie, Mrozek hat, um die letzten Spuren zu verwischen, die alten Signaturen und den Einband entfernt?»

«Auf gar keinen Fall. Als Bibliothekar beißt man sich lieber die Arme ab. Ich nehme an, er hat den «Dialogus» so bekommen. Die Frage ist nur, von wem. Haben Sie eine Idee?»

Duzelovic schüttelte langsam den Kopf und dachte nach.

«Jemand muss lange vor ihm den Einband äußerst fachmännisch entfernt haben. Und das Wappen vom Pergament, bei dieser Qualität muss es ein Wappen gegeben haben.»

«Nun», sagte Duzelovic und erhob sich erneut vom Sessel, «ich kann Ihnen nicht weiterhelfen. Das Buch sehe ich zum ersten Mal, und von Mrozek habe ich nie gehört, dass er so einen Schatz besitzen würde. Ob er die Handschrift gestohlen, gekauft oder gefunden hat, kann ich Ihnen deshalb auch nicht sagen. Sorry.»

«Das werde ich hoffentlich selbst herausfinden», antworte Ernest Herz, und sein Auge funkelte eisig.

«Ich gehe.»

In der Tür schaute Duzelovic den Bibliothekar noch einmal prüfend an und fragte, was mit dem Buch geschehen würde.

«Es bleibt hier. Dass ich es habe, kann ja niemand wissen, nicht wahr?», lautete die Antwort. Duzelovic blinzelte, senkte den Blick, hustete dumpf, dann eilte er davon.

XXIII

Ernest Herz saß auf der Bettkante und rieb lange sein Gesicht. Er war enttäuscht, dass Duzelovic ihm nichts über die Handschrift erzählen konnte, wusste aber, dass er sich auf die Verschwiegenheit des Portiers verlassen konnte, der sich sonst nur selbst in Schwierigkeiten gebracht hätte. Lammengel, heile einen blinden Sünder, dachte er. Das war sicher eine Anspielung auf die Gastwirtschaft, auf diesen Raphael, er war dieser Lammengel. Und der Sünder wäre dann der durch so viel Schönheit geblendete und um Gnade flehende Mrozek. Heile mich, Engel aus dem *Lamm*, denn ich habe in meiner Blindheit gesündigt. Das schien ihm plausibel, obwohl er dieses Chrismon-Zeichen aus dem Urkundenbereich nicht erklären konnte. Es war, als versuche der tief gesunkene Sünder Mrozek nicht nur Raphael, sondern auch Gott um Hilfe zu rufen. Doch ganz gleich, wie verzweifelt man ist – man kann sich nicht in einem Kulturgut aus dem 14. Jahrhundert verewigen. Dafür verachtete Ernest Herz den Toten zutiefst, und ein wenig beneidete er ihn auch um seine Dreistigkeit. Da er inzwischen die letzten Kisten ausgepackt hatte, überblickte er nun mit Stolz seine aufgeräumte, trotz des leichten Schimmelbefalls ansehnliche

Wohnung. So hatte er es gern. Er liebte die Schönheit, aber er liebte es auch, wenn das Schöne spröde war. Für den säbelschwenkenden Porzellanreiter, ein Geschenk der befreundeten Familie Gerassimow zu seiner Volljährigkeit, hatte er den prominentesten Platz ausgesucht, und als er ihn auf die Krone des Sekretärs stellte, glaubte er, sicher zu sein, dass dieser Hügel mit dem Kloster, dem Wald und den Weinbergen, den Herren in langen Roben und dem Glockengeläut seine neue Lebensetappe war, dass er von nun an allein durchs Leben gehen würde, dass Stille und Kontemplation sein Wesen formen würden, dass langes Sitzen ihn prägen und die Kälte der Mauern ihn eines Tages mit Rheuma segnen würden, vielleicht bekäme er sogar eine Stauballergie. Dieses Leben hatte er sich selbst ausgesucht, er hatte immer wieder *Ja* zum alten Buch gesagt.

Gut erinnerte er sich an das erste Mal, als er sich zur Welt des Geistes zugehörig gefühlt hatte. Es war gleich am Anfang seiner mediävistischen Karriere. Er war Praktikant in der Vatikanischen Bibliothek gewesen. In der Ewigen Stadt hatte es geschneit, gerade genug für eine Schneeballschlacht. Er erinnerte sich an eine Gruppe ältlicher Nonnen aus Indien oder aus einem südamerikanischen Land, die sich auf den Stufen der Rampa di San Sebastianello mit Schneebällen beworfen hatten, während ein Mitarbeiter der Stadtreinigung eine dicke, ebenmäßige Salzschicht auf den Treppenstufen verteilt hatte.

Er hatte gehofft, dass eine der Nonnen auf ihren voluminösen Hintern fallen würde. Die Sonne blitzte bereits zwischen den Wolken hervor, der Schnee wurde zu einer gräulichen Paste. Er stand an einem der getönten Rundbogenfenster der Sala Manuscritti, im Handschriftensaal der vatikanischen Bibliothek, und schaute auf die Kuppel des Petersdoms, die genauso aussah wie auf den Postkarten, die vor jedem Touristenshop auf den Drehständern angeboten wurden, mit dem entscheidenden Unterschied – dass die Perspektive eine andere war. Es erfüllte ihn mit Stolz, zu den Auserwählten «auf der anderen Seite» zu gehören, er war stolz, mit einem Ausweis an der Brust von einem dieser Fenster aus den Grünspan der zwölfeckigen Kuppel bestaunen zu dürfen. Wenn er aber die alten Herren Gelehrten in speckigen Anzügen beobachtete, die, die Brillen lässig auf der Nasenwurzel, wie auf einer Sonntagspromenade zwischen den Lesetischen, Pulten und Büchermagazinen flanierten, freute er sich darauf, so zu werden wie sie. Eben hatte der Präfekt der Bibliothek, ein wohlriechender alter Monsignore, ihm erklärt, dass man an dem Faden, an welchem das Bleisiegel des Papstes hänge, erkennen könne, ob es sich um eine Gnadensache oder einen Befehl handele. Seine Gichtfinger in weiße Handschuhe gezwängt, hatte er vor ihm ein altes päpstliches Sendschreiben ausgebreitet. Die Unterschrift *servus servorum dei* hatte dem jungen Ernest ein Lächeln entlockt.

XXIV

«Hallo?»

«Ja, kommen Sie doch rein, wir dachten, Sie wären verreist!» Sebastian Zeisinger trat zwischen den Regalen hervor. In der Hand hielt er eine Vergrößerungsfolie.

«Wo sind denn die anderen?», fragte Ernest Herz und ließ sich in seinen Chefsessel fallen. Über der Lehne hing eine fremde Jacke.

«Eddi und Krzysiek nehmen in Prag an einer Konferenz teil», erwiderte Sebastian, die Jacke vom Sessel nehmend, und nannte das Thema: «Ordensleute im Untergrund.»

Ernest Herz tat so, als sei er im Bilde, aber er konnte sich nicht einmal daran erinnern, den beiden die Reise genehmigt zu haben. Was macht der historische Weinbau? Es sei nicht einfach, alles unter einen Hut zu bringen, gab der junge Mann zur Antwort, nachts würde er für die Klausuren lernen. Abends trinke er sich durch die Prüfungsfragen. Zum Beweis, dass er tagsüber keine Däumchen drehe, deutete er auf einen Stoß von Duodez-Bänden, die er digitalisiert hatte. «Vollständige Anleitung zur gesetzmäßigen Leichenöffnung», stand auf einem der Buchrücken, «Beschreibung des neunundsiebzig

Jahre in der Gruft hieselbst unverwest erhaltenen Körpers der Frau von Steube» stand auf dem anderen. Über die «Anleitung zur praktischen Geburtshülfe» musste Ernest Herz stöhnen. Was sich die Geistlichen damals erhofft hatten von diesem Wissen, das die Grenzen ihres Terrains, der Pflanzenheilkunde, weit überschritt, war ihm immer ein Rätsel gewesen. Oft hatte ihn das ungute Gefühl beschlichen, dass es sich mit dem Lesen der sogenannten Klostermedizinliteratur unter Klerikern genauso verhielt wie mit dem Schnupfen von Tabak bei sexuell unterforderten Frauen.

Eine Weile unterhielten sie sich, Ernest Herz fühlte sich dabei wie ein Besucher und später wie ein pensionierter Mitarbeiter der Bibliothek, der kurz bei seiner früheren Arbeitsstelle vorbeischaut.

«Tja, ja», sagte Ernest Herz und schielte dezent zur Uhr an der Wand. Am Abend wollte er ins *Lamm* gehen. Die Zeit schien ihm gut gewählt, um sich Mrozeks Flamme anzunähern, es war ein ordinärer Wochentag, der Abend noch jung und das Wirtshaus hoffentlich angenehm leer.

Als es draußen auf dem Flur knarrte, erhob er sich. Sebastian stand auch auf, mit einer Erleichterung, die zu verbergen er sich nicht bemüht hatte.

«Machen Sie weiter so. Denn Sie wissen, Arbeit ist des Bürgers Zierde, Segen ist der Mühe Preis, ehrt den König seine Würde ...»

Herr Schmalbacher, der seinen schmalen Kopf durch den ebenso schmalen Türspalt geschoben hatte, unterbrach ihn mitten im Satz.

«O Männertreue, wie rar! Wie rar! Wen sehen meine müden Augen?»

«Ich gehe jetzt», murmelte Ernest Herz und nickte Sebastian zu. Dieser hatte sich schon vor dem Personalchef aufgestellt – mit dem Imponiergehabe eines Vorstadthoteliers in dritter Generation, Hände auf dem Bauch gefaltet, das Kinn ehrerbietig an die Brust gepresst. obendrein hauchte er, sich endgültig diskreditierend, dem Eintretenden «Salve praefectus» entgegen. «Servus», erwiderte dieser nach einem vernichtenden Blick. Sebastian verzog sich in den Lesesaal nach nebenan. Sklavenmentalität, dachte Ernest Herz, und so einer schafft es bis auf das Matterhorn unseres Beamtenapparats. Er sagte: «Ich wollte gerade gehen.»

«Niemand hält Sie hier fest. Nicht einmal Ihr Gewissen», erwiderte Herr Schmalbacher, die Tür blockierend, indem er seine Arme ausbreitete und einschüchternd die Finger spreizte. Ernest Herz schritt auf ihn zu. Er spürte, wie die Braue oberhalb der Augenklappe zu zucken begann – als breche ein Tragebalken unter der Last des übervollen Dachbodens zusammen. Seit seiner Jugendzeit kannte er dieses Zucken, und er hasste es genauso wie einen Schluckauf.

«Ich habe eine Verabredung. Unten im Dorf.»

Er bereute sofort, das gesagt zu haben, denn Herr Schmalbacher entblößte, sodass es den Augen wehtat, sein durch Karies zerbombtes Gebiss und verkündete, dass auch er ins Dorf gehe.

«Wir haben den gleichen Weg. Müssen Sie etwas aus Ihrer Wohnung holen?»

«Nein.»

«Dann abeamus, care frater.»

Im Flur warf er im Vorbeigehen einen Blick in den weiß gerahmten und mit bleiernen Flecken übersäten Barockspiegel und strich sich seinen Schnurrbart glatt. Stumm einigten sie sich, auf eine Fahrt im engen, ruckelnden Lift zu verzichten und stattdessen die Seitentreppe zu nehmen. Unter dem Poltern der Schritte auf den gusseisernen Stufen gestand Herr Schmalbacher, dass er, obwohl er sich selbst für einen barocken Menschen halte, im Alter zum Fan von Gusseisen geworden sei. «Gusseisen ist wie Spitze», sagte er, «es ahmt die Natur nach.» Das glaubst du, weil du exkommuniziert worden bist. Weil du die Ewige Stadt gegen diesen Scherenschnitthügel eingetauscht hast, sagte Ernest Herz. Nicht laut, sondern lediglich mit einem Blick. Mit dem Zipfel des Blicks. Auch im Erdgeschoss bestaunte Herr Schmalbacher sich selbst in einem Spiegel, der zwischen zwei weiß lackierten Rokoko-Konsolentischchen hing, holte einen Kamm heraus und fuhr sich mit gerunzelter Stirn durch seinen Schnurrbart und das schüttere Kopfhaar. Sie gingen weiter durch mehrere Korridore, in denen die Fenster bis zum Boden reichten und es nach einer Mischung aus Moder und Labdan roch, die einem in die Nase stach, und wo weiße Möbel sich wie verängstigte Gespenster an die Wände schmiegten. Überall blieb Herr Schmalbacher vor den Spiegeln stehen, um sich zu überzeugen, dass er weder jünger noch attraktiver geworden war, sondern immer noch wie Graf Orlok aus «Nosferatu, Symphonie des Grauens» aussah, allerdings mit Schnurrbart. Sie nahmen noch eine Treppe, eine gusseiserne Schnecke, die, eingezwängt in einen unverputzten, fensterlosen Turm, unter die Erde führte. Der Abstieg gab Ernest Herz ein mulmiges Gefühl, und er überlegte, ob er nicht in eine Falle getappt war. Plötzlich drehte sich Herr Schmalbacher um. «Es freut mich wirklich sehr, dass Sie sich Ihrem Alter gemäß verhalten und von diesem gebenedeiten Hügel herunterkommen», sagte er. Der Zusatz «endlich mal seit Ihrer Ankunft» zeigte, dass der Personalchef nicht alles über seine Schafe wusste oder zumindest so tat. Ernest Herz wurde jedoch hellhörig, als Herr Schmalbacher, die Stimme nun etwas sanfter, sich nach der Raumtemperatur in der Bibliothekarswohnung erkundigte und ob Ernest Herz hinter seinen dicken Wänden nicht friere.

«Ich habe es gern kühl», versicherte dieser.

«Verkühlen Sie sich nicht», sagte Herr Schmalbacher

voll Anteilnahme, als sorge er sich wie ein gütiger Vater um seinen Sohn. «Den armen Mrozek hat es sehr gefroren.»

Ernest Herz sagte nichts, fand diese Bemerkung aber angesichts von dessen Todesumständen beklemmend.

Durch eine Brandschutztür unterhalb der Treppe betraten sie den Tunnel. Im Halbdunkel zeichneten sich mehrere Gestalten ab. Sie alle trugen Arbeitskittel, stapften mit ihren Sicherheitsstiefeln voraus, als wateten sie in der Schwerelosigkeit durch den Mondstaub. Zwei Arbeiter rollten ein Weinfass, das leer klang, und unterhielten sich knurrend und doch nicht unfreundlich in einer Sprache, die Ernest Herz nicht einordnen konnte. Jemand winkte ihnen aus einer Wandnische zu, und er erkannte Herkulan Plochinger, dem er seinen Telefunken anvertraut hatte.

«Unter der Erde ticken die Uhren anders», sagte Herr Schmalbacher, als sie sich der Notausgangstür näherten. «Der Klang der Glocken dringt nicht bis hierher vor. Das Läuten macht einen träge oder ganz wild im Kopf, ist Ihnen das schon aufgefallen? Spreu vom Weizen trennt sich, wenn die Glocken läuten. Damals in den Vatikanischen Gärten ...» Erzähl mir nichts, dachte Ernest Herz und trat ins Freie. Es war Abend geworden, und ein Nieselregen fiel auf die Buchsbäume herab, ließ sie wie frisch lackiert erscheinen, auch die kleine Parkbank, auf der niemand außer einem träumenden Bronzebesucher mit

Bischofsmütze und Krummstab saß. Süß stieg die modrige Würze von Erde und Baumwurzeln auf, jemand von der Gärtnerei musste hier mit seinem Rechen am Werke gewesen sein. Hinter ihnen ragte steil der Hügel mit der Klostermauer empor. In diesen Winkel der Klosteranlage hatte es Ernest Herz noch nie verschlagen, er vermutete, im geheimen Prälatengärtchen, das nur für die Konventmitglieder zugänglich war, gelandet zu sein. Im Schatten der Klostermauer gingen die beiden Männer Seite an Seite am Bach entlang. Bald überquerten sie die bucklige Brücke, betraten das Gässchen, das in den Marktplatz mündete, und wieder stand der schwarz gekleidete Mann vor dem Puffeingang, den Kopf unnatürlich in den Nacken geworfen, als würde er in die oberen Stockwerke des Etablissements starren. Jeden Moment hätte er wieder sein altes Lied brüllen können, Ernest Herz fuhr schon vorauseilend zusammen, doch plötzlich erkannte er, dass der Mann nicht in ein Fenster spähte, sondern zur Gaslaterne hinauf, und nun erst fiel ihm die Stange auf, mit der er die Laterne angezündet hatte, das Glimmen im Glasgehäuse. Ein Laternenmann, ich glaube, ich träume, wollte er sagen, als er hinter sich ein Räuspern hörte. Er drehte sich um.

«An dieser Stelle trennen sich unsere Wege», sagte Herr Schmalbacher und räusperte sich erneut. Der Personalchef des Klosters W. stand auf der Schwelle zum Bordell, eine Flasche in der Hand, einen Rosé-Champagner, den er die ganze Zeit in seiner Manteltasche getragen haben musste. Ernest Herz konnte, weil er befürchtete, lachen zu müssen, nur knapp nicken. Im Gehen schlug er den Kragen seines Ulsters hoch. Der Laternenmann blieb stumm, während im Bordell das laute Klappern von Absätzen erklang.

XXV

Wie sah wohl die Frau aus, die der Schmalbacher sich jetzt aussuchen würde? Einer halben Portion wie dem Personalchef hätte er eine Vorliebe für vollbusige Schlachtrösser zugetraut, zu dem pingeligen Ästheten, den er nach außen hin gab, passte jedoch auch eine ältere Domina. Ernest Herz versuchte, sie sich vorzustellen, und hatte plötzlich das Bild von Frau Gerassimowa vor sich. Was Herr Schmalbacher wohl dort vorhatte? Suchte der ehemalige Priester tatsächlich professionellen Sex? Ihm fiel der Champagner ein. Aber er wusste: Dinge sind oft komplizierter, als sie scheinen, und ein scheinbar harmloser Mensch kann ungeahnte Tiefen bergen, genauso wie ein Heiligenkalender aus dem 17. Jahrhundert ein Martin-Luther-Flugblatt als Einbandmakulatur.

Im *Lamm* näherte sich ihm, den Blick zu Boden gerichtet, Raphael. «Was wünschen Sie zu trinken?»

«Empfehlen Sie mir etwas», bat Ernest Herz.

«Unseren ‹Domspatz› kann ich empfehlen, Walnüsse, Vanille, Zimt, Zucker und Weizenkorn.» Raphaels Stimme perlte leise vor sich hin, während ein bitterer, krautiger Duft ihn umwehte. Ernest Herz starrte ihn von unten an und fühlte sich in die Noli-me-tangere-Szene aus dem Johannesevangelium hineinversetzt: Der auferstandene Jesus passiert in strahlender Unberührtheit die Sünderin Maria Magdalena. Er bat Raphael, die Namen der letzten drei Liköre zu wiederholen. Noch auf dem Weg in die Gastwirtschaft hatte er sich daran erinnert, dass er hier von Duzelovic als Analphabet vorgestellt worden war und sich auch so verhalten sollte. Dementsprechend hielt er die Getränkekarte verkehrt herum. Raphael schien das wenig zu beeindrucken, wahrscheinlich, weil für ihn, einen echten Analphabeten, der Unterschied zwischen dem goldgestanzten Wort ÜNƎW und MENÜ nicht ausschlaggebend war. Das Tablett unter dem Arm, schaute er über den blonden Scheitel des Gastes hinweg, seufzte schauspielerisch und ratterte die Namen der guten Tropfen herunter, auf die das Haus seit den josephinischen Reformen stolz sei. «Fromme Träne» hieß ein Likör, «Moses im Schilf» der nächste, Ernest Herz bestellte den dritten, des Namens wegen: «Kanzleitinte.» Bevor der Kellner ging, blies er die Kerze vor Ernest Herz aus. Raphaels Lippen, voll und spröde, erweckten Begierden. Nun schlurfte der Wirt in seltsamen Holzpantoffeln vorbei, grüßte die wenigen Gäste, auch Ernest Herz, der sich für ihn von seinem Platz erhob. Da er hier des Öfteren einzukehren gedachte und auf das Wohlwollen dieses Mannes angewiesen war, erschien ihm diese Geste als angebracht. Als der Blick des Wirtes auf den rauchenden Kerzendocht fiel, schüttelte er den Kopf und zündete die Kerze an. Seine Hand zitterte dabei. «I bitt gar schön um Verzeihung, gnädger Herr», sagte er, «mei Chefkellner hat jetzt a neiche Marottn.» «Er hat meine Kerze ausgeblasen», sagte Herz, «vermutlich gefällt ihm mein Gesicht nicht.» «Ihr Gsicht intressiert ihn net, er is ja vollauf mit sich selber bschäftigt. Es is was andres», antwortete der Wirt, «der Tod von an Geistlichen ausm Stift hat ihn so mitgnommen.»

Als er die «Kanzleitinte», ein süßes, hochalkoholisches Holundergesöff, ausgetrunken und die Früchte ausgelöffelt hatte, hob er, da er sich unbeobachtet fühlte, das Glas, suchte nach einer Luftblase und fand sie im Stiel. Er wusste nicht, was an dieser Spelunke merkwürdiger war: die teuren mundgeblasenen Gläser oder die Maßregelung der Gäste. Warum sich hier niemand darüber beschwerte, dass Bier und Wein nicht im Angebot waren? Mit geschwärzten Lippen bestellte er einen «Moses im Schilf», der sich als ein klebriger Kirschlikör erwies. Es war nicht einfach, sich an die Hausregeln zu halten und dem Schützling des Wirtes nicht in die Augen zu schauen. Ernest Herz begann, die Gäste zu betrachten. Einige erkannte er wieder, wie den zahnlosen Greis mit seinem Hut und den Wurstliebhaber, die offenbar befreundet waren, Schulter an Schulter spielten sie Karten gegen zwei Burschen mit Igelfrisuren. Obwohl diese mit dem

Rücken zu ihm saßen, kamen sie ihm wie zwei Mitarbeiter des Stifts vor. Dies schien ihm durchaus möglich, schließlich war das *Lamm* die einzige Kneipe im Dorf. Das Wirtshaus hatte auf jeden Fall einen guten Draht zum Kloster, dafür sprachen die Stickbilder an den Wänden.

ATME IN MIR DU HEILIGER GEIST
DASS ICH HEILIGES DENKE

verkündete ein Bild zwischen den Likörflaschen im Regal. Ein anderes Bild über einer Ladenkasse aus geprägtem Messing mahnte zur Wachsamkeit:

LIEBE DEN SCHLAF NICHT
WACHE UND SCHAFFE CHRIST

An das Kloster erinnerte auch das Bild mit dem viel zitierten Ovid: «Der lebt gut, der verborgen lebt»:

BENE QUI LATUIT BENE VIXIT

Alle diese Nadelarbeiten waren gerahmt, wirkten jedoch ohne Passepartout kunstfern und erinnerten an Einkaufszettel, die eine zittrige Rentnerhand hingekritzelt hatte. Als der Kellner eine erneute Bestellung ablieferte, fragte Ernest Herz, wer die Bilder an den Wänden bestickt hätte. «Ein Freund», lautete die Antwort. Vor Aufregung starrte er dem Kellner wieder in die Augen. Dass ihm das unangenehm war, zeigte Raphael sehr deutlich. Er schielte. Es war aber nicht die Spielerei eines Lausbuben, sondern ein wehmütiges, in sich gekehrtes, abweisendes und dramatisches Schielen, während der Mund um ein dienstbeflissenes Lächeln rang. «Ein toter Freund?», fragte Ernest Herz mit größter Delikatesse. «Ja», erwiderte Raphael, «ein toter Freund. Auch die Namen der Liköre waren seine Idee.»

Bei der nächsten Bestellung fragte Ernest Herz, der bereits mit gewissen Artikulationsschwierigkeiten zu kämpfen hatte, ob der junge Mann wisse, wie sein Freund gestorben sei. Ja, er wisse alles, sagte Raphael seltsam gefasst. Er arbeite in der Gärtnerei oben im Stift, erklärte Ernest Herz, etwas errötend, und auch er habe Mrozek gekannt, er machte eine Pause, um den Namen Mrozek einsickern zu lassen. «Die brennende Leiche habe ich gelöscht», fuhr er fort, «bevor die Betriebsfeuerwehr am Ort des Schreckens war. Es war so schlimm. Die Bilder kriege ich nicht aus dem Kopf. Mrozek war ein Geistlicher, und ein Geistlicher, der Selbstmord begeht …» Er hob den Blick, der Kellner schielte nach wie vor. «Können Sie mir helfen?» Ohne ein Wort zu verlieren, sammelte der Junge das leere Likörglas ein, löschte die Kerze zum zweiten Mal und ging. Ratlos, welche Hausregel er jetzt gebrochen habe, schaute er Raphael hinterher. Mit gerötetem Gesicht stand plötzlich der Wirt vor ihm. Er roch nach Petersilie. «Da, lesn S'», sagte er und schlug eine Art Flyer vor ihm auf. Auf dem fingerfleckigen Butterbrotpapier stand in Schreibmaschinenschrift: *Hausordnung*.

«Sie wissen doch, dass ich des Lesens nicht mächtig bin», sagte Ernest Herz möglichst ruhig und würdevoll. «Es ist unchristlich, sich über benachteiligte Mitmenschen wie mich lustig zu machen.»

Der Wirt blickte ihn forschend an.

«Dann will i Sie an ans erinnern», und er begann, indem er jeden Punkt mit der Faust auf die Tischplatte markierte, zu dozieren.

«Dass ich Ihrem Burschen zu viele Fragen gestellt habe, gebe ich zu», unterbrach Ernest Herz und fuchtelte mit den Händen, «aber dass es mehr als drei hintereinander waren, ist ausgeschlossen.»

«I waß ja net, was Sie da mit ihm bsprochen haben, aber es hat greicht, ihn aufzuregn. Jetzt schlagt a Schaum in da Kuchl, damit er si abreagiert. Hörn S'n klappern?»

Ernest Herz hörte es.

«Den Emailletopf derfn dann Sie zahln.»

«Was hat er überhaupt, er wirkt so, wie soll man das sagen, so anders.»

«Können S' Ina was vorstelln, unter dem Wort ‹Autismus›?»

Herz überlegte, ob er dem Analphabeten, den er mimte, dieses Wissen zutrauen konnte, und nickte. Eine Augenbraue des Wirts schnellte in die Höhe.

«Und unter dem Asperger-Syndrom?»

«Noch nie gehört», log er und hätte vor Freude im Kreis springen können, dass Raphael doch kein normaler Verrückter, wie er befürchtet hatte, sondern etwas Gehobeneres war. Mehrere seiner Kollegen schwärmten von der Konzentrationsgabe und Geduld der Aspies, wie sie die Asperger-Autisten nannten, und pflegten sie regelmäßig für die Digitalisierung von Kirchenbüchern zu beschäftigen. Dem Wirt, der sich über die tückische und unheilbare Krankheit seines Lieblings ausließ, hörte er jetzt nur noch mit halbem Ohr zu. Er schielte zum Küchenfenster hinüber, hinter dem Raphael mit einer rot gepunkteten Schüssel hin und her lief.

«Verstandn?», schnaubte der Wirt plötzlich.

«Verstanden», antwortete Ernest Herz und senkte den Kopf, der sich nach all den Likören schwer und reif wie eine alte Birne anfühlte. Schlurfend steuerte der Wirt nun den Spielertisch an und verfolgte dort die Partie. «Bingo», sagte einer der jüngeren Spieler, «bingo-bongo, was zu beweisen war», und die Karten auf den Tisch streuend, stand er kichernd auf. Mit einem Mal torkelte er, suchte Halt an seiner Stuhllehne und fiel daraufhin mit dem Stuhl um. Aus der Küche ertönten ein Scheppern und dann eine Sirene. Fluchend warf der Wirt sein Geschirrtuch auf den Boden und lief zur Küchentür, wo Raphaels verzweifeltes Gesicht erschien, die Zungenspitze in seinem geöffneten Mund – wie ein Stück roter Seide. Die beiden schienen sich jetzt zu prügeln, wobei

Raphael kraftlos mit den Armen um sich schlug, ohne seinen Chef zu treffen, vielleicht, ohne ihn treffen zu wollen. Dieser hingegen duckte sich halbherzig und hielt sich mit einer Hand an der Schulter des jungen Mannes fest. Mit der anderen wühlte er in der Tasche seines karierten Vorbinders. Etwas Silbernes leuchtete in seinen Fingern auf, der Widerstand des Kellners ließ in diesem Moment nach, er senkte den Kopf, der Wirt begann, mit dem kuriosen Gegenstand auf Raphaels Stirn zu schlagen. Er schlug sanft und konzentriert, die Schläge holten den Artisten offenbar in eine vertrauenerweckende Wirklichkeit zurück. Nach wenigen Minuten verstummte er, und der Wirt ließ vorsichtig sein Instrument sinken. Es war ein gewöhnlicher Esslöffel, dessen Kopf mit dunklem Stoff umwickelt war. Etwas sagte Ernest Herz, dass es an ein Wunder grenzen würde, wenn er Zugang zu diesem Jungen bekäme.

XXVI

Ernest Herz weigerte sich zu glauben, dass er sich wieder verliebt hatte. Er verstand auch nicht, warum es ihm egal war, ob dieses Wesen im *Lamm* weiblich oder männlich war. Die Welt hatte ihn eingeholt – genau dort, wo er es am wenigsten vermutet hätte. Mit solchen Gedanken schwankte er an dem ihm bereits bekannten Laternenmann vorbei. Dieser löschte gerade die letzte Gaslaterne. «Herr Mrozek?», fragte er zaghaft. Ernest Herz blieb stehen, drehte sich aber nicht um. «Oh, pardon», hörte er in seinem Rücken, und seine Füße setzten sich wieder in Bewegung.

Nach einem Irrweg durch den Bambushain, der aus dem Fenster des Refektoriums deutlich überschaubarer gewirkt hatte, fand er den Eingang zum Stiftshof. Als er in seiner Wohnung ankam, klebten trockene Bambusblätter an seinem Mantel und die Turmuhr gegenüber zeigte zehn nach sechs. Er zog die Gardinen zu und schaltete das Deckenlicht ein. In den letzten Stunden, die er im *Lamm* verbracht hatte, war in ihm ein Entschluss herangereift. Aber jetzt, da er vor seinem Sekretär stand, zweifelte er an der Richtigkeit dieses Entschlusses. Seine Hände rieben sich scheinbar ohne sein Zutun aneinander, hinter seiner Augenklappe juckte die Haut. Er zog das verschwitzte Stück Stoff herunter und strich sich über die Augenhöhle, die Augenbraue war schütterer als die über dem heilen Auge, als hätte sie im Laufe der Zeit begriffen, dass es da unten nichts Schützenswertes gab. Nein, das konnte er nicht tun. Neunzehn Jahre Sammelleidenschaft, neunzehn Jahre Geschichte. Dann fiel sein Blick auf den Ofen, glitt zum Aschekasten, wo er den «Dialogus» immer noch versteckt hielt. Die Gefahr, das Manuskript eines Tages aus Versehen zu verbrennen, war größer als die Wahrscheinlichkeit, dass Herr Schmalbacher, die philippinische Putzfrau oder sonst jemand aus dem Stift dieses Versteck entdecken könnte. Die Handschrift gehörte in das Geheimfach seines Sekretärs. Er zog die Schublade heraus. «Weg damit», sagte er und warf seine akkurat beschrifteten Karteikarten in einen leeren Umzugskarton. Auch ein Fläschchen des Parfüms *Resta con noi 33* flog hinterher. Zärtlich legte er die Handschrift in sein Geheimfach und klappte das bronzebeschlagene Türchen zu.

Während die Chorherren im Refektorium sich ihr Frühstück schmecken ließen, folgte er dem Verlauf des Bachs. Durch eine Unterführung passierte er die Bahnhofsgleise, hier war es warm, und es lag ein Duft von Katzenurin in der Luft, rechts von ihm gurgelte das Wasser. Kaum trat er ins Freie, sah er einen Dampfer mit der Aufschrift *Ukraina* zwischen den Stämmen der Pappeln vorüberziehen. Fetzen eines Walzers wehten zu ihm herüber. Als Kind tanzverrückter Eltern erkannte er sogar Schostakowitschs Walzer Nr. 2. Diese Richtung schlug auch er ein. Der Bach rauschte immer leiser und wurde bald durch ein anderes Rauschen übertönt, das einen Sprachfehler zu haben schien. Alle Flüsse mit Kiesufern rollen das R, dachte Ernest Herz. Eine Weile saß er auf den kalten Steinen, den Karton zu seinen Füßen. Am liebsten hätte er ihn einfach so in die Fluten geworfen. Dann dachte er, dass es respektlos seinen Damen gegenüber wäre, da sie schon all die Jahre in der Enge einer Schublade hatten schmachten müssen, sie zu versenken, ohne sie einzeln haptisch zu würdigen. Mehrere größere und kleinere Schiffe passierten ihn, während er eine Karteikarte nach der anderen aus dem Umzugskarton fischte, las und ins Wasser warf. Manche Namen stimmten ihn wehmütig, andere entlockten ihm ein Lächeln, bei wieder anderen musste er lange überlegen, wer das gewesen war. Schließlich warf er das Parfümfläschchen schwungvoll ins Wasser, zu seinem Ärger sank es nicht, sondern eilte zielstrebig den Karten und Dampfern hinterher.

XXVII

Der Frühling war in vollem Gange, als er nach L. an der T. fuhr, um seinen Eltern einen Besuch abzustatten. Etwas sagte ihm, sie würden sich danach nicht mehr sehen. Im Foyer der *Barmherzigen Dreieinigkeit* roch es wie in seiner Schule – nach Bohnerwachs und Angstschweiß. Als er an die Tür des Zimmers 108 klopfte, öffnete niemand. Ernest Herz wurde blass wie der Zitronenkuchen unter dem milchigen Plastikdeckel seiner Transportbox. Um ein Haar hätte er sie fallen lassen, als ihn jemand ziemlich unsanft an der Schulter stupste. Er drehte sich um und erschrak. Eine alte Hexe stand direkt hinter ihm im Türrahmen ihrer Wohnung und lächelte ihn an, während sie ihren Stock wie ein Gewehr auf ihn gerichtet hielt.

«Süß», sagte die Alte, ihren Stock etwas höher hebend, «eine Kriegsverletzung?»

«Ich suche meine Eltern», sagte Ernest Herz, ohne auf ihre Frage einzugehen.

«Ich auch. Schon seit über vierzig Jahren», meinte die Alte.

«Sie öffnen nicht.» Er zeigte zur Tür.

«Ach», stieß sie aus. «Sie sind also kein Verkäufer!»

«Verkäufer? Nein, ich verkaufe nichts. Wann haben Sie meine Eltern das letzte Mal gesehen?»

«Sie verkaufen keine Tischdecken?»

«Nein, Herrgott noch einmal», er drehte ihr seinen Rücken zu und begann mit der Faust gegen die Tür zu hämmern.

«Sie sind unten beim Essen. Mit ihrem Betreuer.»

«Mit wem?» Ernest Herz öffnete die Faust und ließ sie sinken.

«Ich brauche keinen, bin fitter als die meisten hier. Früher habe ich im Chor gesungen.»

Ernest Herz starrte die Zimmernachbarin seiner Eltern an. Täuschte er sich, oder lag da ein Ausdruck von Wollust auf dem Gesicht der Greisin?

«Schnucki», sagte sie leise.

«Gottes Segen», sagte Ernest Herz und eilte mit großen Schritten davon. Da sie durch den dicken Läufer gedämpft wurden, wirkte es weniger unhöflich. Vor dem Aufzug stieß er mit einem Mann zusammen, der einen Rollkoffer hinter sich herzog. Aus seinen kleinen, weit aufgerissenen Knopfaugen blickte er vor sich hin – eine Spur zu naiv für seine Krawatte und die Wolke billigen Rasierwassers. Der Tischdeckenverkäufer, dachte Ernest Herz und hörte, bevor die Aufzugstür sich schloss, wie der Mann, der offenbar an einer Tür geklingelt hatte, laut und mit starkem osteuropäischem Akzent sagte: «Ich bin es, Frau Riesenhuber, der Oleg.»

Aalsuppe mit Backobst von der Reeperbahn, gut für den Kopf und den faulen Zahn

stand auf dem Speiseplan im Aufzug. Ernest Herz folgte den Messer-Stickern an den Wänden, die anstelle eines Pfeils in die Richtung des Speisesaals zeigten. Nie zuvor hatte er mit den Eltern dort unten gegessen, weil sie sich geweigert hatten, die Gesellschaft alter, dicker Leute zu teilen. Nun schien sie das nicht mehr zu stören.

«Wer sind Sie?»

Der junge Mann, der zwischen seinen Eltern saß, blinzelte über seine Brille hinweg Ernest Herz an und antwortete:

«Ich bin ... ach, wir kennen uns doch. Sie sind doch ...»

Er erhob sich, seine Papierserviette segelte zu Boden.

Großer Gott, dachte Ernest Herz.

«Sie sind doch Herr Gerassimow aus Moskau», der Unbekannte wedelte mit dem Finger. Das alte Ehepaar hatte aufgehört zu kauen und musterte misstrauisch die Transportbox mit dem Zitronenkuchen.

Ich fasse es nicht, dachte Ernest Herz, das ist doch dieser Prassl, der Germanist.

«Sie scheinen sich hier wohlzufühlen», sagte er.

«Ja», gestand nach langem Schweigen Herr Prassl, «ich bin gerne hier und ohne Hintergedanken. Ich mag Ihre Eltern ...»

«Nehmen Sie die Beine in die Hand, aber sofort.»

«Papa», wandte sich der junge Mann vorwurfsvoll schmollend an Leopold Herz, dieser spitzte und lockerte den Mund, als übe er einen Kuss. An den Tischen nebenan wurden die Alten unruhig.

«Weihnachten ist vorbei», knurrte Ernest Herz durch die Zähne. Er stellte den Kuchenbehälter auf den Tisch, sodass der Zitronenkuchen darin einen Sprung machte und gegen den Deckel klatschte. Das wirkte. Herr Prassl, den er sich etwas dünner und nicht so poliert vorgestellt hatte, nahm seine Aktentasche, presste sie schützend an die Brust und ging.

Ernest Herz, vor Wut kochend, ließ seinen Blick durch den Speiseraum schweifen. An jedem zweiten Tisch gewahrte er unter den Hausinsassen junge, geschniegelte Männer und einige Frauen, die er zur Fraktion der ErbschleicherInnen und TischdeckenverkäuferInnen zählte. Schrecklich, dachte er, ekelhaft, wie tief ist unsere Jugend gesunken!

«Wir kennen uns doch», meinte Elisa Herz, «oder?», fügte sie etwas weniger überzeugt hinzu.

«Setz dich, Anatolij», sagte Leopold Herz und deutete auf das verrutschte Kissen neben sich.

«Ich liebe Kaviar!», sagte Elisa Herz strahlend.

Als er mit einer Schale Salat vom Büfett zurückkehrte, stopften sich die Herzens gerade die Reste des Zitronenkuchens in den Mund.

«Ein Schluckerl Sex wäre jetzt genau richtig», sagte

Elisa Herz mehr zu ihrem Mann als zum vermeintlichen Kellner.

«Von mir aus, ich nehme einen doppelten Espresso», sagte Leopold Herz mit vollem Mund, «und die Rechnung.»

«Kommt sofort, und die Rechnung geht aufs Haus», erwiderte Ernest Herz nach langer Pause, setzte sich und begann in seinem Salat zu stochern. So war es vor langer Zeit gewesen, seine Eltern und er beim Asiaten um die Ecke, als sie noch über Mutters Versprecher lachen konnten und Leopold Herz mit herrischer Geste den Kellner herbeischnippen konnte, um eine Flasche Sex zu bestellen. Aber jetzt lachte niemand mehr darüber. Gerne hätte er einen Witz erzählt, früher hatte er immer den Clown gespielt, den altklugen Clown, der meist mit wenig Aufwand die Denkerfalten an ihren Stirnen hatte wegbügeln können – nicht länger als für wenige Minuten, aber immerhin. Jetzt geht das nicht, dachte er, sie sind dement und haben eine andere Vorstellung von Spaß. Und die Falten sind durch nichts wegzubügeln. Es war immer ein Rätsel für ihn gewesen, warum sie, auch wenn sie lächelten, so verbiestert aussahen. In seinen Augen hatten sie wirklich keinen Grund dazu – das Leben war immer gut zu ihnen gewesen.

«Wein, Weib und Gesang», sagte Elisa Herz und streckte ihre Hand aus. «Emma.»

«Ernest», sagte Ernest Herz und ergriff die Finger der

Mutter, die kalt und klebrig waren. Er hätte weinen können.

«Wissen Sie, wer der Mann ist?», fragte sie, ohne sich die Mühe zu geben, leise zu reden, und deutete auf Leopold Herz, der sich zurückgelehnt und die Augen geschlossen hatte.

«Das ist Ihr Mann.»

«Hätte ich nicht wiedererkannt.»

«Tja, die Augen sind ja zu. Die Augen – der Spiegel der Seele.»

«Und Ihr Spiegel, der hat ...» Auf der Suche nach Worten hob sie die Hand. Mit dem Zeigefinger wählte sie eine Nummer in der Luft.

«Der hat ein Loch.»

«Einen Sprung», verbesserte sie Ernest Herz.

«Nutten», kommentierte Leopold Herz mit geschlossenen Augen. «Radionutten.»

«Hört ihr Radio da oben?»

«Wie bitte?», empörte sich Elisa Herz.

«Hören SIE Radio in Ihrem Zimmer?» Er rückte von dem Sonnenstrahl ab, der durch die ungeputzte Fensterscheibe auf ihn zielte.

«Radio, ja, ja, es dreht sich ganz prima.»

«Die Schallplatten», rief er, «da bin ich aber beruhigt. Wenn ihr, ich meine, Sie, Spaß an Musik haben und wenn Sie vor allem den Plattenspieler, also das Gerät, bedienen können, dann ist die Welt noch schwer in Ordnung.»

«Wir haben uns lange nicht gesehen», sagte seine Mutter, nachdem sie ihn mit ihren kornblumentrüben Augen durchdringend gemustert hatte. Plötzlich glaubte Ernest Herz, sie hätte ihn wiedererkannt.

«Anatolij», fügte sie hinzu.

Wahnsinn, dachte er, so wandelbar zu sein, ist schon auch ein Geschenk. Und wenn man damit klarkommt. Elisa Herz machte diesen Eindruck. Nur in den kurzen Pausen, in denen ihr Trafo einen Stromabfall hatte, offenbarte sich eine Verlorenheit in ihrem Gesicht, allerdings schien sie nicht ihr selbst zu entstammen, sondern der Welt. Sie erinnerte ihn damit an Raphael.

«Mama», sagte er mit Nachdruck. Die kargen Gespräche, die im Speiseraum der Seniorenresidenz *Zur barmherzigen Dreieinigkeit* vor sich hin geplätschert hatten, verstummten endgültig.

«Nutten», wiederholte Leopold Herz, die Augen fest geschlossen. Ein Speichelfaden rann zwischen den Falten an seinem Hals in den gestreiften Hemdkragen.

«Anatolij, wir hatten es schön», hauchte Elisa Herz, zu ihrem Sohn gebeugt, während sie einen ängstlichen Blick auf ihren Mann warf.

Ernest Herz lächelte zum ersten Mal, seitdem er die Residenz betreten hatte.

«Ja, wir hatten ein fantastisches Leben.»

«Anatolij», säuselte seine Mutter. Sie wiegte sich hin und her.

«Ich bin nicht Anatolij, ich bin Ernest, dein Sohn. Dein Adoptivsohn», ergänzte er möglichst sanft. Er gab sich einen Ruck. «Ich habe immer Bescheid gewusst», sagte er. «Die Adoptionsunterlagen, ich habe sie in deinem Schreibtisch gesehen. Die Umschläge.»

«Umschläge? Ich verstehe.» Seine Mutter schüttelte sich leise vor Lachen. «Willst du mich zum Tanzen auffordern? Ich hätte jetzt richtig Lust.» Sie deutete in die Mitte des Raums, wo eine Dame mit weißen Sandalen an ihren aufgequollenen Füßen einen mit Plastikblumen geschmückten Rollator vor sich her schob.

«Tanzt nur, ihr Nutten, ich schlafe weiter», brummte Leopold Herz.

«Ich kann ja gar nicht tanzen», gab Ernest Herz verzagt zur Antwort, «das habt ihr, haben Sie mir leider nicht beigebracht.»

Elisa Herz entsetzte sich und wechselte zum Sie. «Sie können nicht tanzen?»

«Ich wünschte, ich könnte das, dann wäre ich vielleicht nicht so melancholisch», sagte er.

«Ich möchte euch verzeihen. Ich bin gekommen, um euch zu verzeihen, um zu schauen, ob ich das kann, und ja, ich glaube, ich kann das.» Die Lider seiner Mutter, Flügel eines Kohlweißlings, flackerten.

«Wissen Sie», begann Elisa Herz, «wer dieser Mann da ist, schläft er wirklich?»

Hier riss Leopold Herz die Augen auf, neigte den Kopf,

etwas knackte in seinem kahlen, altersfleckigen Schädel, und er sprach, indem er Silbe um Silbe betonte: «Es ist wichtig, Gott zu lieben. Von Tag zu Tag immer mehr.»

Mit jedem Wort wurde Ernest Herz die Stimme seines Vaters immer fremder, und etwas begann in seinem Inneren zu hämmern. Ein Timer.

Eins, zählte er.

«Es ist wichtig, liebe Hörerinnen und Hörer», dozierte sein Vater, «sich auf das letzte Gericht vorzubereiten.»

Zwei, zählte Herz. Ihm wurde schlecht, und er erhob sich, presste die Handflächen auf die Tischplatte, als wollte er eine Rede schmettern.

«Einmal stehen wir alle vor dem Richterstuhl Christi, manche früher, manche später.»

«Wer ist dieser Vielredner?» Elisa Herz zuckte die Schultern.

«Die Wüstenväter», sagte Leopold Herz und richtete einen Blick voller Klarsicht auf seinen irritierten Sohn, «diese großen Asketen, diese Meister der Demut.» Er senkte die Stimme und lächelte, sah durch Ernest Herz hindurch. «Alles vergeht. Die kleinen Freuden des Alltags, Beruf und Karriere, das alles ist schön und gut, liebe Radiogemeinde, aber es ist nicht entscheidend. Entscheidend ist ein Herz, in dem die Liebe zu Gott immer wieder neu entfacht wird.»

Drei.

XXVIII

Als er nach W. zurückkehrte, wusch er sich und zog sich ein frisches Hemd an, dann ging er in die Prälatur und wartete, bis die Chorherren von der Vesper zurückkehrten.

Lange blieb es still in der Prälatur. Der Sekretär spielte Computerpoker. Das Grün des Spieltisches tauchte sein Gesicht in ein Gelb verwelkter Narzissen. «Oida», fluchte der Sekretär, oder: «Marandjosef.» Ob er gewann oder verlor, war unersichtlich, und als er ein «Jessasna» gähnte, drehte sich Ernest Herz zum Fenster um. Es dämmerte bereits, und unten im Stiftshof brannten die Laternen. Sein Blick wanderte zum *Stiftscafé*, und er musste lachen: Das Klappschild mit dem Menü darauf, das sonst am Eingang stand, stelzte im starken Wind davon, stolperte über den Rand eines Blumenbeets und fiel. «Silentium», brummte der Sekretär und gähnte nochmals laut und gequält. Nach einer Stunde des Wartens knarrte es im Gebälk, Schlüssel klimperten, irgendwo auf der Etage flogen Türen auf und schlugen wieder zu. Schließlich öffneten sich die Flügeltüren, und in Begleitung des Personalchefs betrat der Prälat den Raum. Beide hatten mit einem späten Besucher nicht gerechnet. Herr Schmalbacher stülpte sich ein Lächeln über, das ihn wie einen mumifizierten

Nager aussehen ließ. Der Prälat, der Ernest Herz eine Weile stumm betrachtet hatte, bat ihn schließlich mit sanfter Handbewegung in sein Zimmer. An Herrn Schmalbacher, der versuchte, sich zwischen die beiden zu schieben, richtete der Prälat nur einen Gutenachtgruß auf Latein. «Aber», murmelte Herr Schmalbacher, während die Tür vor seiner Nase geschlossen wurde. «Der Fall eilt», hörte Ernest Herz noch den Sekretär sagen, und es klang wie «Jessasmarandjosef».

Während seiner Erzählung bemerkte er, wie der Prälat zunehmend unruhiger wurde. Schließlich schob er den Pudel von seinem Schoß und sagte: «Hhm. Ihr Vater ist also dement und hat wie ein Radiosender zu Ihnen gesprochen?»

«So ist es», seufzte Ernest Herz.

«Ich glaube, ich erlebe gerade ein Déjà-vu. Unser guter Mrozek, Ihr Vorgänger, hat mich einmal aufgesucht, einen Monat vor seinem Tod muss das gewesen sein, und mir Ähnliches berichtet. Wir haben Kaffee getrunken, obwohl es auch sehr spät gewesen ist.»

«Herr Mrozek hat Radio Gabriel gehört?» Ernest Herz erhob sich und setzte sich gleich wieder. Die neue Erkenntnis machte ihn ganz schwindelig.

«Ja, so etwas in der Art. Nur hat er Wörter gesehen. Zeilen in der Luft. Ganze Buchseiten. Was da genau geschrieben stand, konnte er mir aber nicht sagen. Im Nachhinein glaube ich, dass er es nur einfach nicht sagen wollte. Die Einflüsterungen seiner Dämonen hat er für immer für sich behalten.»

«Was haben Sie ihm geraten?», fragte Herz.

«Was ein Mann Gottes seinem Mitbruder nur raten kann: beten. Beten Sie. Beten Sie für sich und für ihn. Bekennen Sie Ihre Sünden, Sie armes, getriebenes Kind Gottes.»

«Ich fühle mich unwürdig», stammelte Ernest Herz.

«Das ehrt Sie. Auch Jesaja hat seine Niedrigkeit erkannt und sich für unwürdig gehalten, Gott zu schauen.»

«Ich kann nicht.»

«Aha! Vana gloria, superbia! Sed Deo placet inclinatio profunda*, mein Sohn.»

Ernest Herz hatte wie beim letzten Mal das unangenehme Gefühl, dass der Prälat etwas für sich behielt. Es war ein Fehler gewesen, ihn aufzusuchen. Dennoch sagte er: «Ich möchte nicht wie Mrozek in geistiger Umnachtung enden. Bitte helfen Sie mir!»

«Beten Sie, bitten Sie Gott um Beistand. Diese Stimmen sind in Ihrem Kopf.»

«Ich dachte, vielleicht spricht der tote Mrozek zu mir?»

«Temptatio diaboli est.»**

«Ich verstehe», sagte Ernest Herz. Langsam erhob er sich aus dem Sessel und streckte seine Hand aus.

---

* Eitle Ruhmsucht, Stolz! Gott aber gefällt die tiefe Verbeugung.
** Das ist eine Versuchung des Teufels.

XXIX

Theoretisch bin ich reich, dachte Ernest Herz, faktisch eine arme Sau. Was soll ich mit dir, Buch? Was willst du mir sagen, Mrozek? Er stellte sich vor, wie er die nächsten Jahrzehnte, ergrauend und zittrig, auf der Suche nach Spuren verbringen würde. Wem hatte sein Kleinod gehört und wie war es zu seinem Vorgänger gekommen? Er sah sich selbst, von Kloster zu Kloster, von Archiv zu Archiv pilgernd, die Kataloge durchsuchend und zermürbt am Sterbebett das Kostbarste verfluchend, was er je besessen hatte.

Der Wert, den die Handschrift darstellte, war groß. Denn sie warf Fragen auf, die wahrscheinlich nie beantwortet werden könnten. Das Geheimnis um sie machte sie begehrenswert. Sie verstörte mit dem Dekor, der viel zu groß war für die klamaukigen Exempelgeschichten, die sie enthielt. Der Inhalt ertrank regelrecht in der Pracht der Bilder wie ein grobschlächtiges Bauernmädchen in seinem Hochzeitsornat. Und dann, dass der Einband und der Besitzeintrag fehlten. Warum? Der Besitzer könnte wirklich hochkarätiger als nur jemand aus dem Hochadel gewesen sein, überlegte Ernest Herz, und die Handschrift, ein Geschenk seiner Untertanen, ihm nicht gut genug. Am Anfang wurde sie vielleicht noch huldvoll mit seinem Wappenstempel versehen, auch der ursprüngliche Ledereinband wird ihn wohl noch getragen haben. Dann wurde der «Dialogus» gelesen und für derart empörend und geschmacklos befunden, dass der Besitzer sein Exlibris samt Einband entfernen ließ. Dennoch wurde das Buch nicht weiterverschenkt, sondern blieb jahrhundertelang an einem Ort – als ein Lagenbündel. Ernest Herz konnte sich nicht vorstellen, dass so ein Schmöker wie der «Dialogus» jemandem aus dem Spätmittelalter nicht gefallen haben könnte, denn erbaulicher ging es für die damalige Vorstellung gar nicht: Kleriker, die Rittersfrauen schänden, anschließend beichten und erlöst werden, Incubus-Dämonen, die mit Frauen Unzucht treiben, Novizen, die Latrinenwasser trinken, um mit ihrem Hochmut fertigzuwerden – großes Kino.

Am meisten aber beschäftigte Ernest Herz die Frage, was einen Mann aus dem 21. Jahrhundert geritten haben könnte, sich auf dem ehrwürdigen Pergament zu verewigen. Lammengel, heile einen Blinden. Blind, wofür? Er wusste, dass ihm nichts anderes übrig blieb, als wieder ins *Lamm* zu gehen. Dort schien der Strang dieser Geschichte zu enden. Er war sich sicher: Im Laufe der Zeit würde er sich in Raphaels Vertrauen einschleichen. Ja, er musste sich mit ihm anfreunden. Warum sollte das zwischen zwei Analphabeten nicht möglich sein? Und so begann er seine Abende und später ganze Nachmittage im

Lamm zu verbringen, an Mrozeks Platz, inmitten von seinen rührend lächerlichen Nadelarbeiten, den Blick auf eine schmale, weiße Gestalt gerichtet. Vielleicht weiß dieser Raphael etwas vom «Dialogus»?, überlegte Ernest Herz. Er starrte und grübelte und trank und bewegte die klebrigen Lippen. «Ja, ja», murmelte er, «noch eine fromme Träne, seien Sie so freundlich, Raphael» oder «Was steckt alles in diesem Zaubertrank, Raphael?» Manchmal begleitete ihn Raphael bis zur Tür und hielt sie ihm auf. Und als er sich einmal umdrehte, sah er, wie der Junge, den Widerschein der Flurbeleuchtung im Rücken, auf der Schwelle stand und sorgenvoll ins Dunkel spähte. Glücklich schwankte Herz an der Klostermauer entlang zurück.

Währenddessen vernachlässigte er die Arbeit in der Bibliothek immer mehr. Wenn er dort vorbeischaute, erkundigte er sich ausgiebig nach dem Stand der Dinge, kontrollierte die Beschriftung der Schabenfallen, notierte Innentemperatur, Luftfeuchtigkeit und polierte die Regalgestelle. Sebastian Zeisinger, Eddi oder Krzysiek, die noch im März in Teilzeit angestellt worden waren, duldeten ihn gnädig, obwohl er sie störte. Manchmal setzte er sich zu ihnen in die abgedunkelte Handschriftenkammer und schaute zu, wie sie mit ihren weißen Baumwollhandschuhen die Seiten umblätterten, lauschte dem surrenden Traveller's Conservation Copystand TCCS4232, bis er das Gefühl hatte, ein Zeitfenster würde sich direkt über ihnen öffnen, ein lichtdurchfluteter Spalt, und man könnte beliebig weit gehen, überall wäre man zu Hause.

«Denken Sie an Ihre geistlichen Vorgänger, meine Herren», sagte er an so einem Tag etwas schulmeisterlich, um Präsenz zu zeigen. «Denken Sie daran, dass das einzige Bestreben dieser Männer darin bestanden hatte, durch geduldiges Kopieren, durch Ausmalen von Initialen, durch Rubrizieren und Illuminieren ihr Seelenheil zu erlangen. Hätten diese Mönche jemals gedacht, dass es Anfang des dritten Jahrtausends einen Bibliothekar geben würde, der einen Codex nach dem anderen zu kopieren vermöge, indem er einfach die Seiten umblätterte?»

Sebastian Zeisinger wies höflich darauf hin, dass sie es waren, die die Seiten umblätterten, Eddi, Krzysiek und er, und dass Ernest Herz schon seit Langem kein Pergamentblatt mehr angerührt hätte. Wenn du wüsstest, Burschi, dachte er, schmunzelte und fuhr fort: «Wenn es wirklich einen himmlischen Richter mit einer Seelenwaage gäbe, hätten die Seelen dieser Schreiber mehr Gewicht als unsere, weil ...»

«Als Ihre, halten Sie uns bitte da raus», unterbrach ihn Eddi.

«Ja», sagte Ernest Herz und schwärmte noch eine Weile von den blutunterlaufenen Augen der Miniatoren, die tausendfach nach uns spähen würden.

«Sie spähen vielleicht nach Ihnen, nicht nach uns», ergänzte Krzysiek, kicherte und erzählte, indem er sich Eddi und Sebastian zuwandte, dass sein Großvater mütterlicherseits, an dieser Stelle hüstelte er konspirativ, auch so poetisch geworden sei wie der Chef. Wenn er, ähem, seinen Rausch gehabt hätte. Nichts gegen Sie, natürlich.

«Ja, ja», sagte Ernest Herz und dachte, um so poetisch zu werden, habe ich Jahre gebraucht, Jahrzehnte und Jahrhunderte. Seine Gedanken flogen dann dem Kellner im *Lamm* zu, dem Cherubgesicht, das ihm auf eine rührende Art vertraut schien, als hätte es ihn schon die ganze Zeit von den illuminierten Seiten der schönsten Codices, aber auch aus manchem Schlussstein im Gewölbe einer Klosterbibliothek angeschaut.

XXX

Kurz vor den Osterfeierlichkeiten geruhte Mag. Egon Duzelovic auf seinem Portiersposten den viel zu frühen, aber von seiner Hausärztin prophezeiten Exitus zu machen. Mit seinem Beispiel bestätigte er den bitteren und wahren Kern des Spruchs: «Aufgeschoben ist nicht aufgehoben» – die verschleppte Grippe hatte zu einer Entzündung seines Herzmuskels geführt. Es hieß, der Portier sei zusammengebrochen und habe mit ausgebreiteten Armen an seinem Tisch vor den Monitoren gelegen, so, als würde er sie um Entschuldigung bitten.

Am Vorabend der Beerdigung fielen Herz sein Besuch im Schlafschacht und das Nachtkästchen mit dem Teelicht ein, das von Papst Johannes Paul II. angezündet worden war. Er erinnerte sich auch an die Worte: «Beim zweiten Mal soll es auf meinem Grab brennen.» Bevor die Habseligkeiten und Möbel des Verstorbenen nach Tirol verschickt wurden, gelang es Herz durch eine List, diesen seltsamen Raum noch einmal zu betreten und die Reliquie aus dem Nachtkästchen zu entwenden.

Unten auf dem Stiftsplatz flanierten die Touristen, während oben auf dem alten Friedhof die Leiche des Portiers und damit auch seine Träume von Rom zu Grabe getragen wurden. Die Trauerrunde bestand aus Ernest Herz, Herkulan Plochinger, dem Gärtner Max sowie aus drei schwerfälligen und schwarz gekleideten Frauen, in denen er die Mutter und die beiden unverheirateten Schwestern des Verstorbenen zu erkennen glaubte. Einige Mitarbeiter des *Stiftscafés*, wo Duzelovic ein großzügiger Gast gewesen sein sollte, fanden sich auch unter den Trauernden sowie ein emeritierter Priester. Da die Kollegen aus dem Stift in die österlichen Vorbereitungen eingebunden waren, las er die Messe in der Friedhofskapelle. Bevor der Sarg in die Erde heruntergelassen wurde, schritt der Bibliothekar nach vorn, holte ein Teelicht aus der Tasche, zündete es an und stellte es auf den Sargdeckel, dann trat er zurück. Aus der Kehle einer der Frauen rang sich ein Schluchzen. Aber er meinte, auch ihre Empörung über den frechen Akt zu spüren. Er schämte sich, vielleicht hielt dieses dicke Frauentrio ihn sogar für den schwulen Freund ihres Sohnes und Bruders, doch er fühlte sich verpflichtet, Duzelovic so zu ehren. Noch in der Nacht hatte er entschieden, die päpstliche Kerze, die Duzelovic offenbar so wichtig gewesen war, auf der Beerdigung anzuzünden. Die Mutter warf als Erste eine Handvoll Erde in das offene Grab. Als er der Familie des Verstorbenen die Hand reichen wollte, blieb sie dreimal in der Luft hängen.

Im *Stiftscafé*, wohin der kleine Trauerzug zu Fuß strebte, war eine lange Tafel für die Trauernden gedeckt, mit Brotkörben inmitten von Tujagrün. Ernest Herz saß zwischen dem Stiftsgärtner Max und dem Priester, ihm gegenüber saßen die Schwestern des Toten, erschöpft nach dem zehnminütigen Fußmarsch vor sich hin pustend. Es gab eine dünne Brühe mit Klößen und einen undefinierbaren Fisch mit Gemüse-Allerlei. Der Priester sprach über seine Dienstzeit und das Volk Gottes, das seine Diener zwar liebe und doch leider viel zu schnell vergesse, wenn diese von der Bühne abtraten. Herkulan Plochinger, der bereits bei der Messe auf seinem Stuhl geschwankt hatte, stocherte selbstvergessen auf seinem Teller herum. Max summte eine Melodie und machte, abgesehen von seinem naiven Grinsen, keineswegs den Eindruck eines Dorftrottels, sodass Ernest Herz ihm verstohlene Seitenblicke zuwarf. «Ja eh, Mausi», sagte Max und tunkte seine Semmel in die Brühe. Die Semmel schien sich zu wehren, gab aber schließlich auf. Und Maxi seufzte ein letztes «Jö eh».

XXXI

Nach Duzelovics Tod übernahm ein gewisser Egilmar Gröbchen den Portiersposten. Ernest Herz hatte ihn des Öfteren mit einer brennenden Zigarette im Mundwinkel, einen Fuß merklich hinter sich herziehend, über den Stiftsplatz Richtung Armenspeisung schlendern gesehen und ihn deshalb fälschlicherweise für einen der zahlreichen Besucher der Einrichtung gehalten. Er habe zwanzig Jahre in der Küche gearbeitet, erklärte Egilmar Gröbchen in dem einzigen Gespräch, zu dem er sich herabließ. Als Küchenjunge habe er angefangen und sich zum Portier hochgearbeitet. Ein Grund zur Freude, er habe die Nase voll vom Zwiebelschneiden.

Ernest Herz mied seitdem den Erker. Er vermisste Duzelovic und bereute es, ihn nicht öfter besucht zu haben. Warum habe ich mich versteift, als er sich bei mir eingehakt hat, damals auf dem Weg ins *Lamm*? Es hat ihn ein bloßes Lächeln gekostet, seinen Zug zu verpassen und mich in den Gasthof zu begleiten, vielleicht war ihm dieser Gang sogar höchst unangenehm. Wer weiß, ob er nicht auch in Raphael verliebt war? Und mich kostet es offenbar die Welt, herzlich zu sein, obwohl ich so heiße. Ernest Herz hätte sich ohrfeigen können!

Zwei Tage nach dem Begräbnis ging er wieder ins *Lamm* und setzte sich an denselben Platz wie beim letzten Mal, den Ofen mit der Ofenbank fest im Blick. Wenn er nicht bediente, zog sich der Kellner in diesen Winkel des Raums zurück, und sofort war sein Kater zur Stelle, dem er gedankenverloren und graziös über den Buckel strich. Ernest Herz dachte dabei an den Buckel von Mrozek und fuhr sich immer wieder durchs Haar. Seine Hände waren kalt und verschwitzt. In einem weißen Hemd, das er seit seiner Ankunft in W. zum ersten Mal trug, hoffte er, Raphaels Aufmerksamkeit zu erregen. Bis zum zweiten und nach wenigen Likören dritten Knopf aufgeknöpft, fiel er tatsächlich auf, jedoch nicht dem Kellner, der heute hartnäckig einen Bogen um ihn machte. Offenbar hatte der Wirt Ernest Herz zur Chefsache gemacht. Jedes Mal, wenn er mit seinem Tablett kam und ein Glas abstellte, legte sich sein Blick fragend auf die Kringel dunkelblonden Brusthaars im Hemdausschnitt seines Gastes. Dieser nickte und schaute mit wachsender Verzweiflung zu, wie Raphael, in den Rauchschwaden von Tisch zu Tisch flatternd, alle anderen bediente außer ihn. Immer wieder seufzte Raphael, wenn er die leisen Fragen der Gäste beantwortete. Wie viel Nanogramm Vanille auf wie viel Basispunkte Sprit. Jemand sagte etwas vom Eintauchradius der Früchte. Mit Bitterkeit erkannte er, dass die Likördemütigung, das aufgezwungene Flüstern und die unnötige Fragerei Teil eines

Spiels waren und dass all diese Menschen hier sich auf dieses Spiel eingelassen hatten, um dem sonderbaren Engel nah sein zu können. Sie waren ihm alle verfallen, seinetwegen saßen sie bis in die Morgenstunden hier und versuchten, seine Sprache zu sprechen, verzweifelt hofften sie, in Raphaels Gesicht einen Hauch von Sympathie oder wenigstens Interesse an ihrer Person zu entdecken. Nur der Wirt bemühte sich nicht. Meist in der Küchentür lehnend, die Hände auf seiner speckigen Karo-Schürze gefaltet, beobachtete er steinern lächelnd wie ein Zirkusdirektor, ob alle Gäste sich an die Hausregeln hielten, und wenn jemand den Fehler machte, laut zu lachen statt bloß zu kichern, Grimassen vor dem Kellner zu schneiden oder ihn sonst wie aus der Fassung zu bringen, war er sofort zur Stelle, um seinen Liebling zu beschützen.

«Merkwürdig», sagte Herz zum Wirt, als dieser wieder an seinem Tisch erschien, «dass Frauen Ihr gastliches Haus meiden. Hätten Sie die Güte, mir den Grund dafür zu verraten?»

«Da sitzn doch zwa Weiberleut», krächzte der Wirt, «in da Tarockrundn am Waschbeckn.»

Ratlos blickte Ernest Herz in die Ecke. Zwischen vier Männern mit grauen Bärten gewahrte er zwei Männer ohne Bart, dafür aber mit mehr Falten.

«Sie san a Gärtner, hab i ghört?», fragte der Wirt und setzte sich neben ihn, sodass nun beide die Wirtsstube überblickten.

«Ja, ich arbeite in der Stiftsgärtnerei», sagte Herz möglichst gelassen. Seine Wangen, das spürte er, glühten.

«Ihr Bruder is hamgangn, hab i ghört.»

Ernest Herz biss die Zähne zusammen, sein Gehirn arbeitete auf Hochtouren, dann fiel ihm ein, welchen Bruder der Wirt gemeint hatte.

«Ja, viel zu früh. Er war Portier im Kloster», stieß er aus, fast übermütig vor Erleichterung.

«Mir kann da Herrgott wurscht sei», sagte der Wirt.

«Ich glaube, dass ihm, sollte es ihn wirklich geben, gerade solche Sünder wie wir nicht egal sind.»

«Solche Sünder wie wir?», wiederholte der Wirt und stieß dem vermeintlichen Stiftsgärtner den Finger in die Schulter. «Solche Sünder wie Sie!»

«Sie aber auch. Ich sündige hier bei diesen geistlichen Getränken, Sie sündigen, indem Sie mich zum Trinken verführen. Sie und Ihr gastliches Haus», stammelte Ernest Herz, den Kellner betrachtend, der, sein Gesicht nah an die Flamme haltend, gerade eine Kerze auf dem Tarocktisch ausblies. Die Spieler musterten den Jungen hinter ihren Kartenfächern.

«Im *Lamm* gibt's ka Sünd», flüsterte der Wirt heiser, «sagn S' ma lieber, was ich Ihna bringen derf.»

Er ließe sich gerne überraschen, sagte Herz.

«Du bist ma a Fromma.» Ein Bauer, der einen Tisch weiter saß, wandte sich an ihn. Sein Gesicht voller Leberflecken wirkte melancholisch, als hätte der Pflug der Kultur eine Furche in einem Acker des Stumpfsinns hinterlassen. Ernest Herz blinzelte ihn versonnen an. Er mochte ja Pergament und Leder und alles, was danach aussah. Der Bauer griff nach seinem Hut und rutschte auf der Sitzbank an der Wand entlang zu ihm.

«Bin ausgrutscht, beim Hecknschneidn», sagte er und hielt den mächtigen Mittelfinger hoch, der mit mehreren Lagen schmutzigen Mulltuchs umwickelt war.

«Bist a a Gärtner?»

«A», äffte Herz ihn nach, was dem Gärtner anscheinend entging, denn der fragte munter weiter: «A Herrengärtner?»

«Ja», Ernest Herz deutete zur Augenklappe und erklärte, dass auch er ausgerutscht sei, ein Dorn im Auge sei inzwischen mehr als bloß eine Redewendung für ihn.

Der Greis sog die Luft durch die Zähne, als wäre er eben Zeuge dieses Unfalls geworden, und meinte, Mutter Natur habe den Menschen in ihrer Großzügigkeit so ausgestattet, dass er alles doppelt besitze. «Beinah oils», ergänzte er. «Des Herz gibt's zum Beispül nua einmal. Und de Gallnblasn, auf de ...»

«Sind Sie Stammgast hier?», unterbrach ihn Ernest Herz und rückte etwas näher.

Wie nicht anders zu erwarten, lautete die Antwort: «Bin i.»

Nach einigen Fragen rund um die Gastwirtschaft kam Herz auf einen Geistlichen aus dem Stift zu sprechen, dessen Namen ihm entfallen sei, der arme Mann sei eines Christen unwürdig aus dem Leben geschieden, und er erzählte wieder dieselbe Geschichte, die er sich speziell für den Kellner ausgedacht hatte, dass er die brennende Leiche des Selbstmörders gefunden und gelöscht habe.

«Des war da Mrozek», sagte der Greis.

«Können Sie mir sagen, was er hier getrieben hat?»

Der Bauer sah ihn entsetzt an, rutschte ein wenig ab und schien geschrumpft zu sein.

«Gsoffn. Das Übliche halt. Und gstickt. De Stickerei an de Wänd san a seine Arbeit. Und den Bubn angschaut. Da, wo du allweil sitzt, war sei Platz.»

Ernest Herz ballte seine Hand zur Faust und schob sie unter den Tisch.

Ich habe ihn gefunden und die Flammen zertreten, dachte er und fasste sich an den Kopf. Darin schwirrten die Worte durcheinander, Worte, die sich zu einer Erinnerung verdichteten.

«Das war also sein Stammplatz?»

Er blickte dem Bauern in die Augen, die schwarz waren, lückenlos schwarz.

«Ja, und waßt a warum?»

«Um den Jungen im Blick zu haben», erwiderte Ernest Herz wie aus der Pistole geschossen.

Als Raphael an seinen Tisch trat, saß er allein, einen flohbraunen Filzhut vor sich.

«Ihr Gesicht glänzt», sagte der Junge und stellte ein

Glas ab. Es war Wasser. An seinem Handgelenk glitzerte ein silbernes Rinnsal. Silbertinte, dachte Ernest Herz und lächelte.

«Weinen Sie manchmal, ich meine, können Sie weinen?»

«Nein», sagte Raphael. «Nein und ja. Selten.»

«Und böse sein?»

Raphael trommelte mit den Fingern auf die Tischplatte. Die Nägel, fünf blanchierte Mandeln, schimmerten.

«Nein. Gar nicht. Ich habe gehört, Sie können auch nicht lesen.»

Obacht, dachte Ernest Herz und richtete sich auf seinem Platz auf. Starr ihn bloß nicht an, befahl er sich.

«Leider nicht. Es hat sich so ergeben. Bei Ihnen auch?»

«Ja», hauchte Raphael, und statt zu gehen, setzte er sich vor Ernest Herz hin. Vor Verwunderung hob dieser den Blick. «Ja», wiederholte der Junge, und es klang so, als wollte er sagen: Ich habe Vertrauen.

«Wenn Sie mich weiter anschauen, muss ich schielen, und davon kriege ich Kopfweh.»

«Nein, nein», sagte Ernest Herz und senkte den Blick. Er nahm das Glas und begann zu trinken.

«Warum verstecken Sie Ihr Auge?», fragte Raphael.

«Ich verstecke nichts», sagte Ernest Herz und erzählte, dass er das Auge als kleines Kind in einer Silvesternacht verloren habe. Er schwitzte stark und wagte nicht, die Rückenlehne der Bank zu berühren. Sein weißes Hemd, das spürte er, war Löschpapier, man sah durch ihn hindurch.

«Danke für das Wasser», sagte er. Sie saßen sich gegenüber, und nur die glitzernde Silbertintenzeile an Raphaels Handgelenk trennte sie. Raphael schwieg, auch die Bauern hatten aufgehört zu flüstern und schienen wie Pappbilder auf ihren Plätzen zu sitzen. Erschüttert über das ungewohnte Bild, stand der Wirt in der Küchentür und rang um Worte oder um Luft.

«Brat», sagte Raphael und verschwand unter dem Tisch. «Mein Katerchen», fügte er auftauchend hinzu, und Ernest Herz blickte in das runde Gesicht des Katers, der plötzlich auf dem Schoß des Jungen saß.

«Ein Geschenk Ihres Freundes?»

Statt einer Antwort begann Raphael den Kater zu kraulen. Die Silbertintenzeile klirrte leise dabei.

«Brat heißt Bruder auf Polnisch. Herr Mrozek war Pole.»

«Ich weiß», sagte Ernest Herz. Er zerfloss bei lebendigem Leibe, wurde weggespült und wieder zusammengefügt.

«Haben Sie noch andere Geschenke von ihm bekommen?»

«Ja», sagte Raphael, «den Duft.»

Er stand auf, der Kater blieb an ihm hängen, stemmte

sich hoch und hüpfte von der Schulter auf den Radleuchter. Plötzlich erstrahlte Raphaels Gesicht in einem Lächeln, das Ernest Herz nie für möglich gehalten hätte, und im schönsten Latein, so flüssig, als wäre er zu Zeiten des Kaisers Augustus geboren, begann Raphael zu deklamieren: «Mala bestia est luxuria, castitatis impatiens, nulli sexui parcit, vix aliquem quiescere sinit. Excitat dormientes, concitat vigilantes, nunc per motus naturales, nunc per cogitationes, nunc per formas oculis subiectas. Tentat incipientes, tentat proficientes, tentat perfectos. Quanto enim quis perfectior est, tanto plus sensus suos restringere debet, tactum maxime et visum.* Entschuldigen Sie, ich muss weiter bedienen.»

Ernest Herz saß wie vom Donner gerührt da. Es dämmerte ihm, dass Mrozek dem Kellner aus der Handschrift vorgelesen und dieser den Text auswendig gelernt haben musste. Mit dem Klang der fremden Sprache glaubt er, mich zu verzaubern, dachte Herz, zu betören, wie Mrozek ihn betört hatte. Ich gefalle ihm. «Lammengel», flüsterte er Raphael hinterher.

---

* Ein schlimmes Untier ist die Unzucht, unduldsam gegenüber der Keuschheit, geht sie keinem fleischlichen Abenteuer aus dem Weg, kaum jemanden lässt sie in Ruhe. Sie erregt die Schlafenden, stachelt die Wachenden auf, bald durch natürliche Regungen, bald durch Gedanken, bald durch schöne Gestalten, die sich den Augen zeigen. Sie führt die in Versuchung, die am Anfang ihres Lebensweges stehen, sie versucht die, die schon vorangeschritten sind, und sie versucht die, die am Ende ihres Lebens stehen. Je weiter nämlich jemand fortgeschritten ist, umso mehr muss er seine Sinne zügeln, besonders seinen Tastsinn und das Sehen.

XXXII

Noch im Flur hörte er das Telefon klingeln und wurde schneller. Der Klingelton, den Sebastian Zeisinger installiert hatte, intonierte Enigmas «Dorime». Ernest Herz nahm diese Innovation am Arbeitsplatz kommentarlos zur Kenntnis. Über solchen Kinderkram ärgerte er sich nicht mehr.

«Dorime», schepperte es aus der Tiefe des Bücherwaldes. «Pronto», sagte Sebastians Stimme. «Ja. Ja.» Und dann: «Wir kaufen keine Nachlässe an. Tut mir leid, gnädige Frau. Auf Wiederhören, gnädige Frau.»

«Na, Sie schlagen sich aber tapfer.» Ernest Herz stand im Durchgang, rechts und links stützten gedrechselte Säulen einen Bücherhimmel.

«Chef», stieß Sebastian aus. Ich hätte meinen Kater länger ausschlafen sollen, dachte Ernest Herz.

«Und sonst?», fragte er.

«Wir kommen voran», sagte Sebastian, «momentan katalogisieren wir hauptsächlich. Bald aber könnte ein winziger Teil des Bestands online gehen, und der erste Schritt wäre getan.»

An ein Bücherregal gelehnt, hörte Ernest Herz zu. Er hörte aber auch, wie das Regal bei jedem seiner Atemzüge leise knarrte. Das Geräusch eines klopfenden Totenuhrmännchens.

«Gestern war Euer Gnaden wieder da», sagte Sebastian.

«Allein?»

Sebastian nickte.

Was der Prälat denn ausgeliehen habe, fragte Ernest Herz.

«Nichts hat er ausgeliehen, nur nach Ihnen gefragt und sich umgeschaut, die Buchrücken gelesen.»

«Ohne sich etwas auszuleihen, wie seltsam!»

Sebastian Zeisinger rümpfte die Nase, erschlagen von der Fahne des Bibliothekars. «Sind Sie betrunken?» Er schaute zu, wie Ernest Herz sich das Gesicht rieb, wie sein Zeigefinger unter dem schwarzen Stoffkreis die Augenhöhle liebkoste und plötzlich innehielt wie ein Blinder vor einem Hindernis.

«Geht es Ihnen gut?»

«So gut, dass ich das Erdenrund umarmen könnte», sagte Ernest Herz. Die Zunge in seinem Mund, ein Ruder im Wasser, bewegte sich auf und ab.

«Vielleicht sollten Sie», sagte Sebastian und zuckte die Schultern, «einfach öfter hier sein. An Ihrer Arbeitsstelle.»

Er betrachtete den Tisch, an dem er seine Tage gefristet hatte, Mrozeks Rechner, sein Blick reichte noch weiter, durch die Wände hindurch, und er sah Bücher in den

Regalen, Hunderttausende Bände, liegend und stehend, aber auch kniend in der zweiten Reihe, seit Jahrhunderten. Er schaute noch weiter – in das Holz der Regale hinein, hier war es heller als in der Bibliothek. Hell und lustig wie in einem Laubwald, in einer Laubwaldkathedrale, wo die Sonne durch die bunten Fenster scheint. Auf einem Thron baumelte mit seinen dünnen Beinen – der Totenuhrenmann.

«Na dann», sagte Ernest Herz und brachte sogar ein Lächeln zustande. «Auf Wiederschön.»

Statt, wie geplant, im *Stiftscafé* zu essen, ging er in seine Wohnung und schmierte sich ein Brot. Beim Kauen fiel ihm das Auge zu, er nahm seinen Wecker vom Nachttisch, stellte ihn auf vier Uhr und schlüpfte dann unter die Decke, nachdem er nur die Schuhe abgestreift hatte. «Wer in seiner Straßenkleidung schläft, hat die Kontrolle über sein Leben verloren», hatte seine Mutter einmal gesagt, allerdings zum Vater, als sie sich über jemanden aus ihrem Bekanntenkreis unterhalten hatten. Ernest Herz, damals pubertierend und sehr empfänglich für solche Wahrheiten, hatte mitgehört und sich unter dem Eindruck des Gesagten geschworen, sich immer zum Schlafen zu entkleiden, ganz gleich, was kam. Nun war es ihm gleich, er schlief ein und träumte von Raphael, der sich wieder zu ihm an den Tisch setzte und sagte: «Ich möchte dir gehören.» So reden nur Romanfiguren, wenn am

Schluss gestorben wird, dachte Ernest Herz im Traum. «Egal», hörte er Raphaels Stimme. Kirilllliii. Ii. Ii. Ii. Der Wecker schrie. Der Termin beim Prälaten, er durfte nicht zu spät kommen. Als er im Morgengrauen vom *Lamm* zurückgekehrt war, hatte ihm der neue Portier einen Umschlag überreicht. Da er fest mit einem Kündigungsschreiben gerechnet hatte, hatte er den Umschlag im Stehen in der Portiersloge geöffnet. Es ginge um Organisatorisches, «kommen Sie um 16 Uhr», schrieb der Hochwürdigste, und darunter: «Wir freuen uns.» Die Schrift, lächerlich klein, wirkte wie die eines Kindes. Wir freuen uns? Da hat er eine viel zu hohe Meinung von sich selbst, der Prälat, hatte er gedacht.

XXXIII

Ein paar Schritte vor der Prälatur blieb er stehen und griff in die Tasche. Sein Notpfefferminz, den er schon eine Weile mit sich herumtrug, hatte sich heimlich des Papiers entledigt, etwas Dreck klebte jetzt daran. Nachdem er ein paarmal auf den Bonbon gepustet hatte, steckte er ihn in den Mund, dann drückte er auf die Klingel. Ein Chorherr kam summend über den Flur daher, überholte ihn und warf ihm einen neugierigen Blick zu, der sich sekundenschnell in einen furchtsamen verwandelte. Ernest Herz sah sich selbst mit fremden Augen – ein H, das einmal gotisch emporstrebend gewesen und nun ganz gebeugt war, fast schon ein Schatten auf dem Boden. «Wir kennen uns doch», sagte er zum Chorherrn, «Sie hatten einen Strohhut, ein Buchsbaumzweig steckte darin.» Da hatte ihm der Chorherr aber bereits den Rücken zugedreht.

Wie in eine Falltür stürzte er in den Vorraum der Prälatur. Hinter seinem Monitor lächelte der Sekretär. Gelb glänzte sein Gesicht. Sumpfdottergelb, während die Brillengläser im Grün des Pokertischs zerflossen. «Herein», sagte er, dabei war Ernest Herz längst hereingetreten. Hinter den Flügeltüren des Empfangsraums ertönte ein zärtliches Gekläff, da hatte schon die erste Glocke auf dem Turm geschlagen.

Auf dem Prälatensofa saßen der Pudel und am Rande, die Beine übereinandergeschlagen, Herr Schmalbacher. Er rauchte. Seine Zigarette war fischgrätendünn und der Ascheschweif lang. «Kommen Sie», sagte der Prälat, und: «Was trinken Sie?» Herr Schmalbacher, in ein Wölkchen gehüllt, hatte sich nicht erhoben, und Ernest Herz überlegte so lange, ob er ihm die Hand reichen sollte, bis sich dies erübrigte. «Kaffee, Wein, Orangina?», rauschte die Prälatenstimme. Er hätte gern einfach einen Schluck Wasser, sagte Ernest Herz und steckte eine Hand in die Tasche, wo der Pfefferminzbonbon gelegen hatte. Nach Wochen seiner Likorexzesse war er selbst genauso verklebt wie sein Taschenstoff. «So bescheiden», sagte der Prälat. «Unser Unschuldslamm», spottete Herr Schmalbacher. «Wie bitte?», fragte Ernest Herz, er glaubte, vor Empörung mit dem Fuß aufgestampft zu haben, doch in Wirklichkeit hatte er nur die Brauen zusammengezogen.

«Ich habe gefragt, ob Sie Leitungswasser trinken.»

«Verzeihung», sagte er, «natürlich.» Er wandte sich an den Personalchef. «Und was haben Sie gesagt?»

«Ich habe mit dem Hund geredet», antwortete Herr Schmalbacher aus seinem Tabakdunst.

«Gute Nachrichten», begann der Prälat, raffte den schwarzen Rock zusammen und nahm auf dem Sofa Platz, sodass der Pudel in der Mitte saß. Ernest Herz schaute in sein Glas, und es kam ihm vor, als zuckten kleine Blitze darin. Auch die Namen einiger Päpste kamen ihm in den Sinn, die durch den Schierlingsbecher schneller bei ihrem Schöpfer gelandet waren, als ihnen lieb gewesen war.

«Wir haben Sie aus einem freudigen Anlass von der Arbeit abgelenkt.»

Mir wird gekündigt, dachte er.

«Wir wollten fragen, ob Sie als Oblate unserer Gemeinschaft angehören möchten?» Als der Prälat sah, dass die Überraschung dem Bibliothekar die Sprache verschlug, ergänzte er: «Sie brauchen keine Angst haben.»

«Ich verstehe nicht», sagte Ernest Herz, «ist das ein Scherz?»

«Ihnen wird eine besondere Ehre zuteil», fuhr ihm Herr Schmalbacher grob über den Mund. «Als Oblate oder Oblatin gehört man für immer zu uns, zu unseren Familiaren.»

Und mit der Fußspitze wippend, erzählte er, wie wichtig eine Oblation für einen Mann wie Ernest Herz sei und dass die Klosterverwaltung zu dieser Entscheidung gekommen sei, weil sie seine bibliothekarischen Verdienste und Bemühungen würdigen wollte, damit er sich wohl in ihrem Gemäuer fühlen könne. «Richtig, richtig wohl», wiederholte er. «Unser *Amanuensis.*» Sein feierlicher Tonfall behagte Ernest Herz genauso wenig wie die knochigen Beine in den viel zu kurzen Socken ihm gegenüber. Kleiner Mann, dachte er, weder dein Schnurrbart noch deine Zigaretten machen dich imposanter.

«Wenn das ein Schachzug war – ich spiele nicht mit.»

Der Ascheschweif war Herrn Schmalbacher heruntergefallen, und nun saß er da. Nackt mit einer Fischgräte, hinter der er sich versteckte. Dem Prälaten entfuhr ein nervöses Lachen.

«Unser lieber Herr Herz scheint christlichen Umgang nicht gewohnt zu sein.» Diese Worte sagte er an Herrn Schmalbacher gewandt, deutete jedoch mit dem Kopf auf Ernest Herz. Der Pudel verließ den Raum.

«Sie kommen doch aus dem Volk. Freuen Sie sich doch über diese Würdigung, wie Ihre Vorfahren sich darüber gefreut hätten», sagte Herr Schmalbacher.

Der Bibliothekar ließ sich nicht erweichen. «Nein», sagte er. Mal schauen, wie weit sie gehen wollen, dachte er.

Der Sekretär kam, nachdem er einmal geklopft hatte, herein und servierte Kaffee, obwohl er nicht darum gebeten worden war. Dabei lächelte er Ernest Herz wie einen Lottogewinner an, als wisse er Bescheid und als wäre die geistliche Beförderung eine beschlossene Sache. Herr Schmalbacher und der Prälat beachteten ihn nicht.

«Jetzt reden wir mal unter vier Augen oder unter drei», sagte der Prälat und bat Herrn Schmalbacher, den Raum zu verlassen. Nachdem dieser etwas erstaunt hinausgegangen war, wandte sich der Prälat wieder an Ernest Herz. Beim Reden schob er ihm eine der drei Kaffeetassen zu, auch seinen eigenen Keks und den von Herrn Schmalbacher bugsierte er auf den Rand der Untertasse.

«Als ich Sie zum ersten Mal gesehen habe», sagte er, «habe ich gespürt, die Botschaft Christi sagt Ihnen wenig...»

«Da irren Sie sich, Euer Gnaden», sagte Ernest Herz. «Gegen die Botschaft habe ich nichts einzuwenden.» Nur gegen die Kirche, die dazwischensteht, fügte er in Gedanken hinzu.

«Dennoch glaube ich, dass Sie ein Gewinn für uns sind», sagte der Prälat spitz, «ein ewig Suchender, ja, ein Getriebener, aber auch ein Routinier und ein geduldiger Verwalter, ein traditionsbewusster Bewahrer. Darum sage ich – hier ist Ihr Platz, Herr Herz, in unserer Mitte. Ich geb's zu, mit dem neuen Titel möchten wir Sie an das Kloster binden. Und Ihre kleine Schwäche, Ihre ebrietas*, die kriegen wir gemeinsam in den Griff.»

Ernest Herz verstand. Es ging um seine kilometerlange Alkoholfahne.

«Ihre Spur führt zum *Lamm*.»

«Ja», sagte der Prälat, sein Ja mit einem würdevollen Nicken garnierend. «Am Lamm Gottes führt kein Weg vorbei. Schön, dass Sie das langsam einsehen. Eigentlich

---

* Trunksucht

wundert es mich nicht, nachdem Sie mir von Ihren Visionen erzählt haben. Von den Stimmen aus dem Äther.» Plötzlich legte er Ernest Herz wieder seine Hand auf den Jackettärmel. «Ich möchte noch einiges klären, Herr Herz. Wir haben Sie in den letzten Monaten immer wieder gezügelt, Ihren jugendlichen Drang, die Materie zu erschließen. Wie Sie sich an die Bücher herangepirscht haben, Sie haben sich sicher gefragt, wieso Ihnen diese Grenzen aufgesetzt werden, warum wir hier keine transparenten Wände haben wollen.»

Herr Schmalbacher habe ihm das zu verstehen gegeben, sagte Ernest Herz, der mit einem Mal den Eindruck hatte, das Kloster habe all die Zeit Bescheid gewusst – sein Vorhaben, den Bestandskatalog eines Tages online zu stellen und die Bibliothek immer mehr zu öffnen, bis keiner ihrer Winkel unausgeleuchtet bliebe, sei kein Geheimnis mehr.

«Und warum wollen Sie das nicht», sagte er möglichst gelassen, «die transparenten Wände?»

«Geben Sie zu, dass wir in unruhigen Zeiten leben?», fragte der Prälat und wirkte wieder wie ein Kind. Klein wie seine Handschrift. Darauf erwiderte Ernest Herz, dass er sich als Mediävist an keine ruhigeren Zeiten der Menschheitsgeschichte erinnern könne. «Nie war das Leben ruhiger», sagte er.

«Sagen Sie mir ehrlich», fuhr der Prälat fort, «wollen Sie wirklich, dass jeder Zugang zu unseren Schätzen hat?

Wollen Sie die Bücher dem Risiko aussetzen, dass sie beschädigt oder gestohlen werden?»

«Wenn sie nicht genutzt werden, werden sie nicht besser. Und in elektronischer Form, da kann man ...», er biss sich auf die Zunge.

«Ja, wollen Sie das? Diese Form? Wollen Sie unseren Schätzen ihre Seele nehmen, ihre letzte Würde in einer würdelosen Zeit?»

Ernest Herz schwieg mit offenem Mund. In seinem Schädel kreisten alte Glaubenssätze, die er gelernt hatte, zum Verstummen zu bringen. Ein Schneegestöber.

«Was geschieht, liegt in Gottes Hand, aber wir tragen die Verantwortung, wie das geschieht. Was wollen Sie also?»

«Einerseits haben Sie schon recht», sagte er, «andererseits würde so etwas wie eine Exklusivität des Wissens der göttlichen Natur des Menschen nicht gerecht werden.»

«Was in unseren Büchern steht, ist nicht bloß Wissen. Darin schwirrt der Geist einer bestimmten Epoche, und nichts ist leichter, als diesen Geist misszuverstehen, zu missdeuten, zu verlachen, das Wissen zu missbrauchen und aus dem Kontext zu reißen. Das zu verhindern, das ist im Sinne des Menschen.»

Ernest Herz hörte sich selbst «ja» sagen und «ja» und immer wieder «aber». Bis er nur noch nickte. Der Prälat hatte irgendwelche Knöpfe in ihm gedrückt, und er kam aus dem Staunen nicht mehr heraus: Ja, so war es, in Wirklichkeit hatte er niemandem die Bücherschätze der Vergangenheit gegönnt, der verhassten Bücherratte genauso wenig wie dem hochmütigen Akademiker, denn niemand, davon war er überzeugt, wusste sie besser zu schätzen als er. Niemand liebte Bücher inniger und leidenschaftlicher als Ernest Herz. Bücher bedeuteten für ihn Frauen, Bibliotheken – Harems. Das Schwelgen in Zeilen, Schriften und Bildern – luxuria mentis*.

Der Prälat sprach davon, den Menschen vor sich selbst zu beschützen und ihm nicht alles zu geben, sodass er sich, wenn er es wirklich wissen wollte, auf die Suche machen könne. «So wie Sie», sagte er. «Von Buch zu Buch. Von Geschichte zu Geschichte. Durch Zeit und Raum.» Ernest Herz stand plötzlich auf. Auch der Prälat erhob sich.

«Nehmen Sie die Beförderung zum Oblaten an?»

«Ja», sagte er. Und dieses Ja klang feierlich. Es war das Ja eines Bräutigams.

---

* Unzucht des Geistes

XXXIV

Am nächsten Morgen schwankte er wieder in die Bibliothek. Sein Kopf schmerzte. Die halbe Nacht hatte er wieder im *Lamm* und die andere in seinem Bett verbracht, diesmal mit Schuhen. Sebastian transkribierte etwas am Fenster. An einem Ende der Lesetafel saßen Eddi und Krzysiek. Ein Foliant lag auf Schaumstoffkeilen vor ihnen. Als sie den Chef sahen, hob Eddi die Hände. Krzysiek folgte seinem Beispiel. Beide trugen weiße Baumwollhandschuhe. «Vorbildlich», sagte Ernest Herz kalt. Er ging zum Schlagwortkatalog und suchte nach Lafontaine, und während er in den Karteikarten wühlte, atmete ihm eine betretene Stille in den Rücken. «Gleich habe ich dich», murmelte er und betrat durch den versteckten Regaldurchgang mit dem WC und dem Kaffeevollautomaten den Barocksaal der Bibliothek. Eine Eistruhe. Den brummenden Schädel in den Nacken geworfen, betrachtete er eine Weile die von den vier Erdteilen gepriesene Himmelskönigin, die kniende Bauerngruppe, den Engel mit dem Stein in der Hand, den dieser nach dem unsichtbaren Wollüstigen warf, und zum ersten Mal fiel ihm auf, dass dieser Engel im Deckenfresko schielte! Oder war das zweite Auge möglicherweise nicht ausgemalt worden? Zurück im Vorraum, las er seinen Mitarbeitern Lafontaines Fabel «Der Bauer und seine Kinder» vor. Der Ledereinband des Buches, das er aus dem Regal gezogen hatte, war von Mäusen angeknabbert, und Teile rieselten in seine Hand.

Arbeite, wird's auch oft dir sauer –
das ist ein Gut, das nie versagt.
Als einst dem Tode nah sich fühlt' ein reicher Bauer,
rief seine Kinder er allein herbei und sagt':
«Nehmt euch in acht, verkauft das Erbe nimmer,
das unsrer Väter frommer Sinn
uns hinterließ: Es liegt ein Schatz darin.

Als er geschlossen hatte, erklärte er, dass er nach einem einleuchtenden Gespräch mit unserem Abbas den Schiffskurs korrigiert habe. Auf dem Weg hierher sei ihm diese Fabel eingefallen. Wir seien Lafontaines Bauernsöhne, sagte er. Unser Fleiß sei unser Lohn. In seinem Kopf sägte jemand frech an einem tragenden Balken.

«Sagen Sie uns lieber, wann unser Bestandskatalog online recherchierbar sein wird», sagte Eddi, spöttisch die Augenbrauen hebend.

«Niemals.»

«Ist das Ihr Ernst?», fragte Sebastian.

«Mein Ernst, so wahr ich Ernest heiße.»

Krzysiek fluchte in seiner Muttersprache.

Alle drei verlangten aufgeregt nach einer Begründung.

«Weil ich das nicht zulasse. Und digitalisiert wird ab jetzt nur noch, wenn konservatorisch sinnvoll.»

«Das ist ja irre.»

«Wir leben in unruhigen Zeiten und brauchen dicke Mauern, um unsere Schätze zu beschützen. Auch vor uns selbst. Das bequeme Bauernpack», sagte er und erzitterte. «Wer es wirklich wissen will, findet immer einen Weg hierher. Von Buch zu Buch. Von Geschichte zu Geschichte. Durch Zeit und Raum.»

Ernest Herz schaute aus dem Fenster. Draußen flatterten grüne Einstecktüchlein an den Ästen der Rosskastanien, und die Vögel trugen Bleistifte in den Schnäbeln.

«Delirium tremens», hörte er Krzysiek sagen, der dann etwas von seinem Großvater mütterlicherseits erzählte.

Noch am selben Nachmittag kündigten alle drei. Ernest Herz war nun Alleinherrscher in seinem Palast des Geistes.

XXXV

Im Wonnemonat Mai war er so weit, dass er Raphael berühren durfte, immer am Arm. Wohl dosiert und nicht öfter als dreimal pro Abend, mit kurzen, sanften, aber auch energischen Gesten eines väterlichen Wohltäters. Raphael leistete Widerstand, indem er ein wenig die Nase rümpfte. «Seien Sie so lieb und bringen Sie mir noch einen winzigen Schluck.» Auch der Wirt hielt sich bedeckt, seitdem der Kellner sich zum Leidensgenossen aus dem Stift gesetzt hatte. Nur manchmal wedelte er in einiger Entfernung mit der Hausordnung. Ernest Herz hob dann die Goldrandschale und prostete ihm zu. Von Raphael wusste er, dass die Luxusgläser, ursprünglich hundertdreißig an der Zahl, ein Geschenk Mrozeks an die Gastwirtschaft *Zum Lamm* gewesen waren. Ein Geistlicher, der Geld für solche Geschenke hat, dachte er, kann sich auch eine Handschrift leisten, also hat der Chorherr wenig vom Armutsgelübde gehalten. Sicher hatte er ein Konto in der Schweiz.

«Trinken Sie doch etwas Wasser», bat Raphael, sodass Ernest Herz vor Wonne hätte platzen können. Was heißt hier, einem Autisten bleibt der Zugang zur Gefühlswelt versperrt?, dachte er. Dass der Junge sich eines angehenden Liköralkoholikers erbarmt hat, ist der Beweis, dass jeder Autist einzigartig und Raphael ein empathisches Wesen ist. Vielleicht spielte auch seine eigene markante Physiognomie eine nicht unerhebliche Rolle. Dann beobachtete er weiter durch seine Likörmurmeln, wie der Kellner an die Tische der Gäste herantrat, die Namen und Zutaten der Getränke vor den Gästen herunterratterte und sich dabei immer wieder durch das Hemd hindurch kratzte, als fühle er sich nicht wohl in seiner Haut. Mag er auch ein Alien sein, dachte Ernest Herz, er fühlt sich trotzdem ein, denkt sich in mich hinein. Nur noch ein wenig Vertrauensarbeit, und bald bekomme ich eine Einladung, ihn zu Hause zu besuchen. Inzwischen wusste er, wo dieses Zuhause war. Raphael wohnte in einem Mietshaus mit einem wilden Vorgarten, den ein Lattenzaun umrahmte, am anderen Fuß des Klosterhügels. Im Morgengrauen war Herz ihm einmal gefolgt. Er hatte die Schuhe ausgezogen und sich von Baum zu Baum geschlichen, grinsend, denn er kam sich vor wie in einem herrlichen Schundroman. Raphael, der sich Kopfhörer eingestöpselt hatte, hätte ihn auch nicht hören können. Er selbst aber hörte in der Stille des frühen Morgens deutlich ein düster schönes Chorstück, das aus Raphaels Kopfhörern drang. Es konnte eine geistliche Motette oder ein Madrigal sein. Kurz bevor der Junge im Tor des Vorgartens verschwand, sah er, wie er vor einem am Zaun blühenden Kirschbaum seinen Arm ausstreckte, an einem

Zweig schüttelte und sich zuschneien ließ. Ernest Herz dachte, so hätte er sich ein verspieltes Mädchen gewünscht, mit dem er hätte gehen können, eine richtige Kinderliebe, die einem das Herz zum Klingen bringt. So ein Mädchen, bevor sein Hammer geschmiedet worden war, vor Mariola und Eva und der kläglichen Damenpolonaise seines Lebens. Eine Kirschblütenbraut.

Am nächsten Abend berührte er ihn noch einmal bei der ersten Bestellung. Die nackte Haut am Handgelenk. Dabei stellte er sich vor, seine Finger wären zarte Blüten des Kirschbaums. Fragend blickte Raphael auf und sah erst einige Sekunden später wieder weg, so als würde er einer vorbeifliegenden Plastiktüte mit dem Blick folgen. Zwischen seinem hochgekrempelten Hemdsärmel und der Uhr kräuselte sich die Haut. Da legte sich Raphaels andere Hand auf diese Stelle, und es sah nicht so aus, als versuchte er, das Kirschblütenkonfetti abzuklopfen. Ganz im Gegenteil, er hielt es fest, als hätte er einen Luftkuss festgenagelt. Das glaubte Ernest Herz jedenfalls. Und dann musste er nur noch weg. Doch er ging nicht nach Hause, sondern schlug den Pfad durch den Eisenbahntunnel ein, in dem es nach Katzenurin stank und der zu der Stelle führte, an der er vor nicht allzu langer Zeit in der Donau seinen Damenzettelkatalog entsorgt hatte. Er lief im Schein des Vollmondes auf die Donau zu. In so einer versilberten Ebene mit samtschwarzen Baumschatten hätte er dieses Mädel in den Arm genommen, rasenden Herzens. Es hätte eine Bank und einen Jasminbusch gegeben, sie hätten sich auf die Rückenlehne gesetzt und in den Nachthimmel geblickt, der durchzuckt von Fledermausflügen gewesen wäre. «Der Mond ist ein blank polierter Gong», hätte er nach einem quälend langen Schweigen zu dem Mädchen gesagt. Nein, hätte er nicht, denn Kinder verstehen nichts von der tröstlichen Süße des Kitsches und versuchen, einander anders zu beeindrucken, schlichter. «Mein Vater fährt den neuesten Mercedes.» Nein, auch das hätte er nicht gesagt. «Ich habe schon lange eine offene Wunde im Kopf. Sie verheilt nicht. Hier, wo mal mein Auge war. Kannst du mir helfen?» Nein, vor der ersten Liebe wäre nur Stille angebracht gewesen. Ich habe ihn berührt. Mit meinen Kirschblütenfingern, dachte er. Diese Gänsehaut, dieser Blick. Die Plastiktüte, das war wohl meine Seele, die vorbeiflog. Soll ich mich vielleicht ertränken?, schoss es ihm durch den Kopf.

XXXVI

«Nun sitze ich hier und kann nicht anders», sagte Ernest Herz durch den Tabakdunst hindurch zu Raphael, «deinetwegen, das interessiert dich aber nicht im Geringsten.» Raphael lächelte und hob den Kater auf seinen Schoß. Der Schwanz des getigerten Tieres schwang zwischen seinen Beinen hin und her. Alles schaute zur Ofenbank hin. Auch Ernest Herz blickte aus seinem einzigen Auge. Er spürte ein Ziehen in seinem Bauch, presste die Beine zusammen, lass ihn los, befahl er Raphael in Gedanken. Die Leute schauen doch.

«Sie san scho wieder guat dabei, Herr Gärtner», sagte der Wirt.

«Ist Ihr Raphael überhaupt alt genug für solche Kunststückchen?»

Der Wirt wischte einige Male vor Ernest Herz mit seinem dreckigen Tuch über die Tischplatte und sagte, dass sein Neffe achtzehn geworden sei und tun und lassen könne, was er wolle.

«Seit wann ist er mit Ihnen verwandt?» Er blickte zum pockennarbigen Gesicht des Wirtes auf. In der Höhle des Mundes lachten ihn elfenbeinfarbene Tasten an.

«‹Hässlich ist das stolze Herz», schreibt Bruder Hubertus in seinen Memoiren, ‹es schwebt von Abgrund zu Abgrund, getragen nur vom Wind der leeren Worte.›»

Ernest Herz strich sich über das verschwitzte Gesicht. Es ist alles nur in meinem Kopf, sagte er zu sich. Dieses Radio ist mein Hirngespinst. Eine Art penetranter Wachtraum. Ich muss nur aufwachen. Aber wie? Um Himmels willen, wie?

«Ihre Bestellung», sagte Raphael und stellte ein Wasserglas auf den Tisch. Behutsam, als wolle er vermeiden, einen Schlafenden zu wecken. In seiner Armbeuge sah Ernest Herz Katzenhaare wachsen. Er nahm das Glas, trank einen Schluck, einen Teil des Inhalts verschüttete er auf seine Brust.

«Sie ekeln sich vor mir?»

Raphael schwieg, ging aber nicht weg.

«Erinnere ich Sie an unseren gemeinsamen Freund?»

«Sehr», sagte Raphael. Ohne zu wissen, warum, stand Ernest Herz plötzlich auf. Erst im Stehen begriff er, wie betrunken er war. Er hatte großes Verlangen, diesem wohlriechenden, blond gelockten Geschöpf einen Finger in den Mund zu schieben. Welche seiner Frauen hatte ihm erzählt, dass einen sterbenden Menschen der Geruchssinn als Letzter verlasse? Sie selbst wollte bis zum Schluss Parfüm tragen, um nicht einfach nur gut zu riechen, sondern sogar interessant, um über den Duft nachdenken zu können und sich an die Erinnerung, an die Welt, an das Irdische zu klammern, bis zum Schluss. Eine wunderbare Lebenshaltung, dachte Ernest Herz, und wie unfair, wenn man stirbt und in einer Ewigkeit landet, wo es nach gar nichts riecht. Selbst Gestank wäre da noch ein Geschenk.

«Setzen Sie sich doch wieder», bat Raphael. Und wieder spielte ihm das unbeschreibliche Lächeln um den Mund, eine Ankündigung des kommenden Zitats aus dem «Dialogus»:

«In Anglia vir quidam religiosus monasterio praefuit sanctimonialium. Erat autem staturae procerae decorus aspectu, genas habens rubicundas, oculos laetos, ita ut vix aliquis aliquid in eo religiositatis esse crederet, qui virtutes animi illius ignoraret. In cuius contemplatione iuvencua quaedam illius congregationis adeo coepit tentari, et tam gravissime stimulis carnis agitari, ut verecundia postponia passionem suam illi aperiret. Expavit vir sanctus, et quia timor Dei ante oculos eius fuit, coepit virginem, in quantum potuit, avertere, dicens: Christi sponsa es, et si Domini mei sponsam corrupero, non patietur impune transire, neque homines diu poterit latere. Dicente illa, si non consenseris mihi, moriar; respondit ille: Ex quo aliter esse non potest, fiat ut vis. In quo ergo loco conveniemus? Respondit illa: Ubicunque tibi placuerit, ego in hac nocte veniam ad te. Ad quod ille: Oportet ut in die fiat. Ostenditque virgini domum in pomerio, monens et praecipiens, ut nemine sciente, nemine vidente, tali hora illuc veniret. Quae cum venisset, dixit vir Dei ad eam: Domina, dignum est et vobis expedit, ut corpus meum, quod tam ardenter concupiscitis, prius inspiciatis, et si tunc placuerit, desiderio vestro per illud satisfaciatis.*»

«Warum tun Sie das?», fragte Ernest Herz mit weinerlicher Stimme.

«Sie erinnern mich an ihn.»

«Bitte», sagte er. Seine Lippen schienen das Wort noch immer zu formen. Ungeahntes steckte darin. Gräserrascheln. Feuerknistern. Der letzte Atemzug.

«Neuweg 11, Stiege 3», sagte Raphael, «morgen, neun Uhr in der Früh.»

---

* In England stand ein religiöser Mann einem Frauenkloster vor. Er war von schlanker Gestalt, schön anzusehen, hatte rote Wangen und fröhliche Augen, sodass keiner ihn für einen Geistlichen gehalten hätte.
Beim Anblick dieses Mannes geriet ein junges Mädchen jener Gemeinschaft so sehr in Versuchung und so sehr wurde es durch die Stacheln der Fleischeslust umgetrieben, dass sie ihm ohne Scheu ihre Leidenschaft eröffnete. Der heilige Mann entsetzte sich, und weil er gottesfürchtig war, versuchte er die Jungfrau von ihrem Begehren abzubringen, indem er sagte: «Du bist eine Braut Christi, und wenn ich die Braut meines Herrn schände, wird er das nicht ungestraft durchgehen lassen, und auch den Menschen wird es nicht lange verborgen bleiben.» Sie aber erwiderte: «Wenn du dich mir nicht hingibst, so werde ich sterben!» Da sagte der Mann: «Da es nun anders nicht sein kann, mag es geschehen, wie du willst. Wo wollen wir uns treffen?» Sie antwortete: «Wo immer es dir gefällt, werde ich heute Nacht zu dir kommen.» Darauf sagte er: «Es muss am Tag geschehen.» Und er zeigte dem Mädchen ein Haus an der Stadtmauer, bestimmte die Stunde ihres Treffens und mahnte sie, ungesehen dorthin zu kommen. Als das Mädchen dort eintraf, sagte der Geistliche zu ihr: «Meine Herrin, es wäre besser für Sie, meinen Körper, den Sie so brennend begehren, vorher zu sehen. Wenn er Ihnen dann noch gefällt, so sollt Ihr Euer Begehren daran befriedigen.»

XXXVII

An der frischen Luft merkte er, dass sich die Welt in seiner Abwesenheit offenbar verändert hatte. Die Laternen schwankten wie Algen in einem Aquarium. Auch die Häuser zitterten vor sich hin. Die Donau musste über die Ufer getreten sein und den Marktplatz überflutet haben. Still war es, so still, dass er erschrak. Er fasste sich an den Kopf – eine Taucherglocke. «Gott sei Dank kann ich atmen», murmelte er. Etwas schwamm an ihm vorüber. «Verzeihung», sagte er, seine Stimme kam ihm so dumpf vor, als hätte er die Worte bloß gedacht. Jedenfalls wurde er von der seltsam verformten Gestalt mit zwei Perlen im Gesicht gehört und verstanden. Sie blieb stehen. Ernest Herz rang um einen Fokus in diesem trüben Gewässer. Die Erscheinung vor ihm konnte eine Monstranz sein, die jemand trug. «Sagen Sie bitte, Herr, wie spät es ist.» Und die Monstranz sprach mit der Stimme Herrn Schmalbachers: «Zu spät für Sie, Herr Herz.»

«Wie weit bin ich denn vom Kloster entfernt?»

«Das Kloster liegt vor Ihnen. Da entlang.»

Herr Schmalbacher öffnete eine Tür, aus der ein Lichtspalt wie ein Furnierbrett auf Ernest Herz fiel. «Kommen Sie?»

Und wie ein ungehobelter Holzfäller in eine Baumhöhle quetschte sich Ernest Herz in diesen Lichtspalt hinein.

«Setzen Sie sich», befahl Herr Schmalbacher und rief: «Susi, bring ein Glas Wasser.»

«Danke», sagte Ernest Herz und versuchte sich zu verbeugen.

«Aufpassen, Oida!» Neben ihm erklang schrill eine Frauenstimme. «Meine Frisur, Mann!»

«Wir nix wollen Angsuffene!», sagte eine andere, gereifte Stimme.

«Er verschnauft nur, dann geht er nach Hause», erklärte Herr Schmalbacher.

«Wer is das überhaupt?», fragte eine Fistelstimme.

«Ein Mitarbeiter des Stifts.»

«Ich will jetzt gehen. Mit wehendem Mantel», sagte Ernest Herz und setzte sich irgendwohin. «Falsch», lachte er auf und erhob sich. Plötzlich schaute er in die Gesichter von mehreren Frauen. Grell geschminkt beugten sie sich über ihn, was bedeutete, dass er sich doch in horizontaler Lage befand.

«Schatzerl», wandte sich ein Gesicht an ihn, «du bist aber a Fescha. Magst mich lassn unter dei Bindn schauen?» Reflexartig schlug er etwas, das sich ihm näherte, weg. Damit musste er eine Lawine ausgelöst haben, denn er wurde fortgerissen. Unter dem Schnee herrschte tiefe Nacht, aber Laternen brannten. Mit großer Anstrengung richtete er sich schließlich am Geländer des Lusttempels wieder auf. Die Taucherglocke schien zerbrochen. «Neuweg 11, Neuweg 11», wiederholte Ernest Herz, «morgen, neun Uhr in der Früh.»

XXXVIII

Mit einer kleinen Schwellung an der Wange stieg er die Stufen zur Mansardenwohnung im 2. Stock hoch. Er mochte Stiegen genauso leidenschaftlich, wie er Aufzüge hasste. Am meisten mochte er solche mit Schokoladenglasur, wie diese hier. Konzentriert auf die Bewegung seiner Beine, glaubte er, mit lautem Auftreten seinen Lebenswillen zu bekunden und mit den Füßen gleichsam in den gleichgültigen Stufen zu blättern, die Oben und Unten, aber auch Gestern und Morgen verbanden. Er mochte das Dazwischen, das Vielleicht und das Als-ob. Hoffnungsvoll stieg er hinauf. Es war kurz vor neun, und auf der Höhe von Raphaels Wohnung verlangsamte er seine Schritte. Die Schwellung war etwas geschmolzen, und was übrig blieb, zerhackte er zwischen seinen Zähnen zu Pfefferminzbrei. *Raphael Valenta* verkündete das Türschild. Es gibt dich wirklich, dachte Ernest Herz, geehrt und gerührt über das Vertrauen des jungen Mannes, war er dennoch traurig, weil er ihn angelogen hatte. Früher hätte es ihm nichts ausgemacht, vor seinen Damen zu schauspielern. Früher hätte er auch nicht anders gekonnt. Bevor er auf die Klingel drückte, atmete er tief durch und ermahnte sich, nicht zu vergessen, dass er

Stiftsgärtner und Analphabet war. Ein Hohn, dachte er, und ganz allein deine Schuld. Unten im Haus schlug ein Hund an. Eine eingerostete Haudegenstimme. Heute früh hatte er im Klostergarten etwas Thymian gepflückt, und als die Tür geöffnet wurde, hielt er Raphael die lilafarben blühenden Pflanzen hin. Wie einen Blumenstrauß. «Guten Morgen!» Raphael schwieg. Seinen Blick hielt er wie üblich zu Boden gerichtet. Hier aber wirkte er nicht so abweisend wie im *Lamm*, sondern aufreizend verschämt, fand Ernest Herz, der auch außerhalb des *Lamms* nicht gegen die Regeln verstoßen wollte und ebenfalls auf den Boden schaute, einen mausgrauen Teppich mit Schachbrettmuster. Raphael stand barfuß auf einem weißen Feld.

Um das Schweigen zu brechen, fragte Ernest Herz, wem der Hund gehöre.

«Der Vermieterin. Sie sind zusammen neunundneunzig», lautete die Antwort. Er fragte, ob noch jemand im Hause wohne. Seine Wangen glühten.

«Nein, nur wir drei», sagte Raphael nach langem Schweigen und zeigte zur Milchglastür am Ende der Diele. Das Blinken seines Silberarmbands gab Ernest Herz einen Stich. Schon wieder glaubte er, winzige flammende Buchstaben durch die Luft fliegen zu sehen.

«Dort können wir reden», sagte Raphael und schritt vor – etwas steif und viel zu hastig für die eigene Wohnung. Die Einrichtung des Zimmers, das sie nun betraten, erinnerte Ernest Herz an den Geschmack seiner Eltern. Bitterer Dorfchic. In einer Ecke des Raums unter der Schräge schmiegte sich eine kleine Zimmerpalme an eine Wäschekommode mit bronzenen Beschlägen. An der gegenüberliegenden Wand stand ein schmales, einfaches Bett mit einer fast bis zum Boden durchhängenden Matratze, auf der senffarbenen Tagesdecke schlief eine getigerte Stoffkatze. Ein kleiner Plastikwecker tickte von einer Kredenz, in deren Vitrine Ernest Herz geblümtes Geschirr schimmern sah. Mrozek, dachte er.

Sie setzten sich. Herz legte den mitgebrachten Strauß auf den kleinen Kaffeetisch vor sich. Er hatte Hunger, und allmählich begann sein Schädel zu schmerzen.

«Eine große Ehre», begann er, «ich weiß nicht, womit ich sie ver...»

«Können Sie wirklich nicht lesen?», unterbrach ihn Raphael.

«Aber nein, natürlich nicht, das wissen Sie ja.» In seinen Mundwinkeln zuckte es.

«Und Sie?», fragte er. «Lernt man das Lesen nicht in der Schule?»

«Ich war auf einer Förderschule in W.» Raphael seufzte und begann sich zu kratzen. «Nicht lange. Ich habe Schulangst und Alphabetangst. Aber ich kann mir Bilder merken. Mit dem Auge.»

«Ich auch», dachte Ernest Herz und sagte: «Mit welchem denn?»

Raphael presste seinen Zeigefinger auf den unsichtbaren Knopf inmitten seiner Stirn. «Wissen Sie, was ein Alphabet ist?»

«Ungefähr», sagte Ernest Herz. Du gute Seele, dachte er.

«Alphabet, das sind die Buchstaben. In der Förderschule hing ein Plakat mit diesem Alphabet, und jeder einzelne Buchstabe machte mir Angst. Die Buchstaben sind schwarz und klein wie Küchenschaben. Aber zusammen in einer Reihe sehen die Schaben tot aus, und ich kann sie ohne Angst betrachten.»

Alles an ihm war unfertig und schon überreif. Wie ein greises Kind, dachte Ernest Herz mit Rührung. Er fragte, was Raphael noch so könne.

«Auswendig lernen.»

Unten bellte wieder der Hund.

«Ein Dackel?»

«Schwarzer Labrador. Ich darf hier keine Haustiere halten. Darum bleibt mein Kater im *Lamm*. Es fällt mir schwer», sagte Raphael, «Ihnen gegenüberzusitzen, allein mit Ihnen in einem geschlossenen Raum. Im *Lamm* geht das, weil ich gelernt habe, die Gäste für die Verlängerung der Möbel zu halten.»

Und er reichte ihm stumm eine gelbliche Wolldecke. Ernest Herz verstand sofort.

«Aber gerne doch», sagte er großmütig und warf sich die Decke um die Schultern. Sie roch nach altem Mann.

«Aus diesem Grund haben wir die Decke gekauft. Leider ist sie etwas heller als der Sesselbezug.»

«Wir haben sie gekauft», wiederholte Ernest Herz und atmete mit einem Mal schwer, als wäre er zehn Runden geschwommen. Wieso regte er sich darüber auf? Hatte er nicht schon auf der untersten Treppenstufe Mrozek gerochen, Mrozek und den Hund? Mrozek durch den Hund hindurch? So roch es bei ihm in der Klosterwohnung. Nach dem Geist aller Tage und Nächte, die der alte Knabe sich um die Ohren geschlagen hatte. Sein morphogenetischer Fußabdruck. Kein Wunder, dass ich Raphael gefalle, dachte er, es haftet ja etwas Mrozek an mir.

«Herr Mrozek hat ab und zu hier übernachtet.»

«Wirklich wahr?» Ernest Herz tat überrascht. Er ermahnte sich selbst zur Ruhe. Könnte es sich nicht um den harmlosen Schlaf eines Betrunkenen gehandelt haben, überlegte er, um einen unschuldigen Ausnüchterungszwischenstopp?

«Ja, er hat manchmal hier geschlafen», sagte Raphaels heiser belegte Stimme eine Oktave höher. «Ganz gleich, wie betrunken er war, hat er mir aber immer ein paar Seiten vorgelesen. Aus einem alten Buch mit wunderschönen Bildern», fügte er hastig und etwas stotternd hinzu.

«Ich verstehe nichts davon», kommentierte Ernest Herz. Seine Wangen glühten. Er stellte sich vor, wie Mrozek im Unterhemd und mit ergrautem Brusthaar in diesem Sessel, in diese Decke eingehüllt gesessen und salbungsvoll aus dem «Dialogus» vorgelesen hatte. Er sah Mrozek und Raphael einander gegenübersitzen. Raphael nach vorne gebeugt, die Hände gefaltet zwischen den Beinen. Er stellte sich vor, Raphael säße auf Mrozeks Schoß, seine Hand auf dem gewölbten Rücken des alten Mannes, entspannt, weich und warm. Mütterlich. Dann meinte er, ein Rascheln zu hören. Mein Seidenkimono, dachte er, und schon betrat er die Bühne, stieß den alten Lüstling mit einem Fingerschnippen vom Thron, setzte sich Raphael auf den Schoß und legte seine Pranke auf Raphaels zarte Finger, sodass nun beide Hände, er dachte an zwei Schmetterlinge bei einem Befruchtungsritual, die Spalten einer beschrifteten Seite bedeckten. Haben Sie keine Angst vor den Buchstaben, Raphael, schauen Sie, diese hier hat ein Mann, Kopist von Beruf, vor vielen Hunderten von Jahren geschrieben, hörte er sich sagen, dieser Mann strotzte vor Kraft so wie wir, und dann ist er zu Staub zerfallen, und selbst dieser Staub wurde verweht. Nur die Spuren, die er mit dieser Handschrift hinterlassen hat, haben die Zeit überdauert. Spüren Sie die Fingerkuppen dieses Mannes, Raphael? Darin fließt Blut, Tintenblut. Plötzlich erinnerte er sich, dass das nicht ging. Er durfte ja nicht lesen können.

«Bei Ihnen wachsen Nadeln an der Wange. Weiße Nadeln.»

«Gelb», sagte Ernest Herz lächelnd. «Noch sind sie gelb.»

«Wie gut kannten Sie Herrn Mrozek?», fragte Raphael plötzlich und blickte ihm in das Schwarz der Augenklappe.

Ernest Herz holte tief Luft und sagte: «Nicht so gut, wie Sie ihn gekannt haben. Mir hat er jedenfalls nichts vorgelesen. Wir haben uns aber gemocht.»

«Das habe ich mir gedacht, als ich Sie zum ersten Mal gesehen habe», sagte Raphael und gab einen Laut von sich, der eines Tages vielleicht ein Lachen wäre. «Mit Ihren weißen Pantoffeln.» Seine Finger zupften an einem Thymianblatt. Geschrumpft landeten wir nackt in diesem lilafarbenen Strauß, dachte Ernest Herz. Verloren im Urwald. Adam und Adam.

«Fehlt er Ihnen auch so sehr?», fragte Raphael kaum hörbar.

Ich Schwein, raus mit mir. Raus, bevor es zu spät ist. Und er antwortete: «Ich würde alles dafür geben, wenn er hier bei uns sitzen könnte.»

«Ich weiß nicht», flüsterte Raphael nach langem Schweigen und kratzte sich wieder durchs Hemd, «ob ich Ihnen vertrauen kann.»

«Ich bin kein schlechter Mensch», sagte Ernest Herz noch leiser.

Raphael schaute ihm direkt ins Auge. Sekundenlang. «Ich habe hier seine Sachen.» Er ging zur Wäschekommode und öffnete die unterste Schublade. In seinen Gedanken ruderte Ernest Herz durch die Wogen der Zeit, zurück bis zu dem Tag, an dem er vom seligen Duzelovic als Analphabet vorgestellt worden war. Diesem Spaß hätte er sofort ein Ende setzen sollen. Und von da aus kam er zu dem Abend, an dem er etwas von einem Stiftsgärtner geredet hatte. Nein, er war Bibliothekar, Stiftsbibliothekar, Hüter und Diener der Bücher. Er hätte Raphael in die Bibliothek mitnehmen und ihm die Angst vor den Buchstaben nehmen können. Er hätte ihm aus den schönsten Apokalypsen die köstlichsten Geschichten vorlesen können. Die Schriften der Gotik kühlen einen müden Geist, hörte er sich selbst sagen. Er müsste nur …

«Unser Herbarium», sagte Raphael und legte ein Album auf die Wäschekommode.

«Ich möchte es Ihnen schenken, bitte nehmen Sie es an», sagte er und schob ihm das Album zu. Die getrockneten Blätter berührten Ernest Herz nicht. Sie erinnerten ihn an den ihm verhassten Papyrus, das älteste und so fragile Schreibmaterial, und den unglücklichen Umstand, dass womöglich die allerschönsten Geschichten der Menschheit auf Papyrus geschrieben worden waren, von denen nun nichts erhalten geblieben war und es keine Abschriften gab.

«Danke. Da liegt aber noch so ein Album in der Schublade», sagte Ernest Herz, der immer noch die Wolldecke unter dem Arm hielt.

«Das ist sein Schabenheft. Er hat darin geschrieben.»

Ernest Herz schluckte.

«Und gezeichnet. Schauen Sie mir bitte nicht in die Augen.»

Unten im Haus heulte eine Waschmaschine. In der Vitrine der Kredenz klirrte das Geschirr. In diesem Moment fühlte er sich wie an jenem Abend, als er im Zug Wien–Prag einer Unbekannten gegenübergesessen hatte. Die Teetassen hatten auf der Untertasse geklirrt, waren zusammengerückt, die Teelöffel hatten sich berührt wie kleine Finger. Seiner war auf den Boden gefallen. Die Unbekannte hatte darüber gelächelt, ohne ihm ins Gesicht zu schauen. Und er hatte während der langen Fahrt überlegt, mit welchem Satz er das Gespräch ins Rollen bringen könnte, war eingeschlafen und kurz vor Prag allein im Abteil aufgewacht.

«Könnte ich das Heft, ich meine, die Zeichnungen sehen?»

«Ja», sagte Raphael, «irgendwann. Ich muss jetzt ins *Lamm*. Kommen Sie heute Abend?»

«Nein», sagte Ernest Herz. Heute Abend habe er etwas anderes vor.

XXXIX

Er wartete an der Gartenpforte. Kirschbaumblüten rieselten auf ihn hinunter – mit einer Gleichgültigkeit, mit der sie vielleicht am anderen Ende der Welt irgendwo in Japan einen überfahrenen Hund bedeckten. Der Natur ist es einerlei, wer vor ihr steht oder liegt. Sie ist das Gegenteil von Gefühl. Meine leibliche Mutter, dachte Ernest Herz. Er lehnte sich an den Torpfosten, schloss sein Auge und sah das Pergamentbündel in seinem Schreibsekretär. Ob es gut war, Raphaels Vertrauen weiter zu missbrauchen? Er könnte jederzeit die Kontrolle über sein Leben zurückgewinnen. Einfach die Wahrheit sagen, dachte er, den «Dialogus» anonym an die Nationalbibliothek schicken. Sollten sie schauen, was sie damit anstellten. Und weiterleben, sich dem Bibliotheksbestand widmen, ab und zu eine kleine mediävistische Tagung auswärts und eine Publikation über deutsche Papiermühlen und das Lumpenbier, über eigene Erfahrungen mit der Wasserzeichendatierung oder Poetisches über die Sprache der Griffelabdrücke und den Tango der Schreiberhände auf Pergament, und immer wieder Kaffee beim Prälaten. *War schön mit Ihnen, Herr Stiftsbibliothekar, Grüße an Ihre kleinen Schützlinge.* So hatte er sich seine zweite Lebenshälfte vorgestellt. Meditativ, unaufgeregt. Und elitär. Im *Lamm* würde er sich nicht mehr blicken lassen. Dann erinnerte er sich wieder an das Tannengrün von Mrozeks Tagebuch, das zwischen den akkurat gestapelten Kissenbezügen in der Schublade der Wäschekommode gelegen hatte, und er hatte das Gefühl, als ob ihn jemand am Hals würgte, während ihm der Erdball unter den Füßen entglitt.

Er begann auf und ab zu gehen. In einem der Fenster des Erdgeschosses ging das Licht an, eine uralte Frau mit einem Lockenwickler auf dem Scheitel tauchte im Fenster auf, und, böse in die Dunkelheit spähend, jedoch ohne ihn, davon war er überzeugt, sehen zu können, ließ sie das Rollo herunter. Nein, er konnte das nicht. Nur, weil er die Handschrift hatte, bedeutete das nicht, dass das seine Geschichte war. Im Haus ertönte die tiefe Bruststimme der Vermieterin: «Mausiii, Fress-Fress!» Geh nach Hause, vergiss es, befahl er sich, doch er stand unverrückbar da – ein Bauer auf dem Schachbrett. Ein silberhelles Klirren riss ihn aus seinen Gedanken, und einen Augenblick später sah er Raphaels Hemd zwischen den Stäben des Zauns schimmern.

XXXX

Jetzt spürt Ernest Herz, dass all seine Bedenken verflogen sind. Er überlegt nicht, er übt nicht in Gedanken, er lockert nicht die Zunge, er sagt es einfach: «May I ask, what you are reading, Madam?» Sein Waggon mit dem Abteil hat sich vom Zug gelöst und ist lotrecht in den Himmel gefahren.

«Sie haben Schnee im Haar», sagt Raphael, während er auf ihn zugeht. «Was machen Sie hier?»

«Ich warte auf Sie. Sie wollten mir doch die Zeichnungen im Schabenheft zeigen.»

«Ja. Es ist aber spät.»

«Ich halte Sie nicht lange auf.»

Bevor er durch das Gartenpförtchen tritt, schüttelt Raphael stumm an einem Kirschbaumzweig. Noch etwas Konfetti. Ernest Herz folgt ihm ins Haus, von einem neuen bösen und fremden Element getrieben, das ihm das berauschende Gefühl gibt, eine Patrone zu sein, eine träumende Patrone, die beim Aufwachen sich selbst abfeuern wird. So hat er noch nie mit jemandem gesprochen. Gelogen hat er schon. Immer mit Gefühl. Aber so wie eben? Nein. Im Treppenhaus zieht Raphael seine Schuhe aus und steigt in Socken die Stufen hoch. Wegen des Hundes, denkt Ernest Herz und versucht, leise aufzutreten. Doch dem Hund sind die beiden Männer egal. Er schaut fern. Dröhnende Alpenhörner aus dem Fernseher wiegen ihn in den Schlaf.

«Ich habe Ihnen heute früh nichts angeboten», sagt Raphael oben im Mansardenstübchen.

«Macht doch nichts», sagt Ernest Herz, «Ihre Gesellschaft ist mir genug.» Seine Stimme erkennt er nicht wieder. Aber der Charme darin gefällt ihm, er ist glatt und kühl, wie das Surren der Telegrafendrähte.

Raphael scheint die Antwort nicht zu befriedigen. Er kratzt sich durch das Hemd. Dann geht er durch die Milchglastür, mit langsamen Schritten folgt ihm Ernest Herz ins Zimmer.

«Ich koche mir jetzt einen Kakao, Herr Mrozek hat mir beigebracht, wie man Kakao kocht», sagt er und lächelt gutmütig an Ernest Herz vorbei, als stehe eine gebeugte Gestalt mit buschigen, gefärbten Augenbrauen neben der Zimmerpalme.

«Gut. Sie haben mich überzeugt, ich nehme gerne eine Tasse», sagt Ernest Herz und nimmt das Heft entgegen. *Diario* steht eingeprägt in das grün gefärbte Leder.

«Er hat Bäume gezeichnet, Tannen, Eichen, Erlen, Kastanienbäume», sagt Raphael.

«Schön», sagt Ernest Herz, schlägt das Tagebuch auf, traut sich aber nicht, vor Raphael ins Heft zu schauen, sondern starrt mit einem idiotischen Grinsen vor sich hin, den Kopf leicht zur Seite geneigt. Verschwinde doch endlich, denkt er. Wie auf Stelzen läuft Raphael in die Diele zurück. Jetzt blickt Ernest Herz voll Sorge auf die beschrifteten Seiten und atmet sofort auf. Gott sei Dank, kein Polnisch.

Nicht der Habit macht den Mönch, verkündet ein Eintrag vom 19. Mai 1992, *aber auch nicht die Heilige Schrift, sondern der Mensch in all seiner Schlechtigkeit, das Dunkelste in uns. Wir müssen an irdischen Dingen hängen und uns erinnern dürfen, wie glücklich wir als Weltliche in unseren nichtigen, eitlen Beschäftigungen waren. Nur aus diesem Gefühl heraus erkennen wir den Glanz unseres edelsten Teiles – der Seele. Erst dann sind wir wirklich fähig, ihr und in ihr dem Schöpfer unsere aufrichtige Bewunderung zu zollen.*

Darunter schreibt Mrozek zehn Tage später:

Strahlender Sonnenschein. Im Refektorium gab es aufgrund des Heimgangs des Herrn H. heute eine Änderung in der Sitzordnung, sodass ich nun neben Herrn P. sitzen darf. So rückt man immer näher ans Feuer.

«Mit viel Zucker?»

Ernest Herz zuckt zusammen. Im Dielendurchgang schimmert ihm Raphaels Paraffinleib entgegen.

«Was?» Um ein Haar hätte er dieses Wort herausgebellt.

Schweigend steht Raphael mit herabhängenden Armen da. «Ach, Zucker, nein, danke, einfach schwarz», sagt Ernest Herz und blättert demonstrativ im Heft auf der Suche nach Mrozeks Zeichnungen von Bäumen. «Oh ja», sagt er, als er die Skizze eines verwitterten Kastanienblattes zwischen den Einträgen sieht. «Nicht wahr, das Blatt sieht aus wie ein Fischgerippe?» Mit einem Genießerlächeln zeigt er Raphael, der immer noch wie festgefroren im Durchgang steht, das aufgeschlagene Heft. «Meine Milch», sagt Raphael mit schwacher Stimme und geht. Gierig liest Ernest Herz weiter. Vor Ungeduld glaubt er, verrückt zu werden und gleichzeitig neue, ungeahnte Kräfte zu schöpfen. Ein Bauer, ältester Sohn, denkt er. Solche Schrift, schnörkellos, etwas in die Breite gehend, runde und geduckte Vokale, kennt er noch von der Pflichtweihnachtspost der Verwandtschaft, den vereinzelten Lebenszeichen seiner Großonkel und Großtanten, für die das Schreiben, aber auch das Lesen keine Selbstverständlichkeit gewesen waren. Mrozeks Einträge variieren zwischen Wetternotizen, Beschreibungen seines Klosteralltags, frommen Sprüchen und religiösen Zitaten, denen manchmal seitenlange Erläuterungen entwachsen.

Homo videt in facie, deus antem in corde, das Geheimnisvolle, das immer auf dem höchsten Ton Abbrechende des katholischen Duktus ist zwar höchst wirkungsvoll, lässt einen ungeübten Christen dennoch allein. Was gibt es aber Schöneres als das Gefühl, auf Augenhöhe mit Gott zu sein? Wenn Ihm etwas am kleinen Menschen gelegen wäre und wenn er wirklich ins menschliche Herz schauen müsste, täte er dies nicht von seinem Wolkenthron aus, sondern wie ein Arzt beim Abhorchen des Patienten. Nicht, weil er das nicht anders kann, sondern weil er das Nähebedürfnis seiner Kinder versteht. Warum lässt mich unsere Liturgie das so selten spüren?

Immer wieder fallen ihm solche Wörter wie Bibliothek, Codices, Psalter und Brevier auf. Von einem «Dialogus», einem D oder einem DM fehlt noch jede Spur. Er ist gereizt, bis zum Anschlag gespannt und blättert so rabiat um, wie er es sich früher nie erlaubt hätte. Die Federzeichnungen von der Klosterflora wechseln sich ab mit dem monolithischen Schriftblock des Polen. Der Eintrag vom 9.9.2000 beschreibt Mrozeks Nachforschungen über seine Bibliothekarskollegen aus dem 19. Jahrhundert, in dem er anerkennend feststellt, dass ein gewisser Herr Isidor bei der Neubindung *unserer ehrwürdigen Codices* Ecken, Buckel und Schließen der Holzdeckeleinbände aufgehoben und der Nachwelt in Form eines Kunstwerkes erhalten habe. Ernest Herz überlegt. Für einen Augenblick weicht der gehetzte Ausdruck aus seinem Gesicht. Er sieht den Vorraum der Bibliothek vor sich, seine Arbeitsecke mit dem Rechner und schräg gegenüber die runde Holztafel mit darin befestigten Messingbeschlägen. Dieses Objekt hatte er heimlich «Zahngold» getauft. Der Gedanke, dass er vielleicht der einzige Mensch auf der ganzen Welt sein könnte, der den Namen des Künstlers kennt, hätte ihn früher zu Tränen gerührt. Jetzt hat er keine Zeit dafür. Jetzt ärgert er sich über Mrozek, der über irgendwelche Beschläge schreibt, nicht aber über den «Dialogus». Außerdem ist er erstaunt, dass Mrozek in seinem Tagebuch keine Anzeichen von Wahn erkennen lässt. In der Küche beginnt Raphael mit einem Löffel in einem Topf zu rühren. Das blecherne, stumpfsinnige Geräusch jagt ihm einen Schauer in die Brust. Schneller, sagt er zu sich, lies schneller. Da fällt ihm beim Blättern ein Lesezeichen entgegen, ein längliches Stück Karton. Er dreht es um. Jemand hat in einer stark geneigten Kursive auf Latein geschrieben:

Grata gaudensque, quod apud vos in W. dormire mihi licet, donum parvum pro vobis e Roma affero, quod rerum novarum praesentium causa in manus meas pervenit.[*]

Johann Schmalbacher, denkt er. Raphaels Hantieren in der Küche lässt ihm keine Zeit für weitere Überlegungen, er blättert mehrere Seiten vor, bis er bei den letzten Einträgen landet. Seine Zähne hatte er so fest aufeinandergepresst, dass sein Kopf zu schmerzen beginnt. Steif wie ein Brett schwitzt er unter der Wolldecke, die er sich Ra-

---

[*] Mit Dank und Vorfreude, bei Ihnen in W. unterschlüpfen zu dürfen, ein Mitbringsel aus Rom, das wegen der derzeitigen Umbrüche den Weg in meine Hände gefunden hat.   J. S.

phael zuliebe übergeworfen hatte. Schweiß oder die Angst, nichts über den «Dialogus» zu erfahren, verschleiern ihm auch die Sicht. Er reibt sein Auge, liest weiter, atmet flach.

19.01.2016
Unerträglicher Druck von S. Die Liste mit den Büchern, die das Kloster zum Digitalisieren bestimmt hat, beschränkt sich ausschließlich auf Handschriften. Von den 4083 vorhandenen Exemplaren in der Handschriftenkammer will er 329 Digitalisate haben.

Bitte, denkt Ernest Herz. Da haben wir es. Schwarz auf weiß. Was genau, versteht er allerdings nicht recht, aber er liest weiter, fiebrig, eine Hand zur Faust geballt. Schweiß tropft daraus.

Und die übrigen Hunderttausende von Druckwerken? Die Wiegendrucke? Und die drei Bände des Riesenantiphonars, der Stolz der Bibliothek, sollen analog bleiben. Habe ich die 2600 Seiten umsonst digitalisiert? Sind die 650 Pergamentschafe umsonst gestorben, zum zweiten Mal umsonst? Mir kocht das Blut.

«Na bitte», sagt er laut, und mit einem Schulterrucken befreit er sich von der Wolldecke. Er ist nass, als hätte er einen Spaziergang im strömenden Regen hinter sich.

01.02.2016
Ich lasse mich nicht aus verletztem Stolz so ungern von meinem Kurs abbringen, sondern aus Angst um die Bibliothek. Schwer zugänglich und nur für eine winzige Bildungselite verfügbar, hat sie keinen Wert. Ihren Wert geben ihr die Menschen, die sich mit ihr auseinandersetzen. Liebevoll und kompetent.

Das habe ich bis vor Kurzem auch gedacht, Kollege, denkt er. Das Kloster hat aber recht. Wir dürfen nicht an irgendwelche Menschen, sondern müssen an unsere Bücher denken.

27.03.2016
Habe heute S. seine Widmung an den Prälaten gezeigt. Wo haben Sie das Kärtchen her? Sie wissen, woher, habe ich gesagt, aus der kostbaren Handschrift, die Sie Ihrem alten Freund aus dem Priesterseminar geschenkt haben.

Er öffnet den Mund, aber es fehlt ihm die Kraft, sein Staunen in Worte zu kleiden. Die wunderschöne Handschrift, denkt er, dieser Schmalbacher hat also dem Prälaten den «Dialogus» geschenkt? Und wieso ist das Buch beim Mrozek gelandet?

Und ich habe geschildert, wie ich im Winter des Jahres 2004 einen Besuch von Euer Gnaden bekommen habe, der etwas ausleihen wollte. Während ich im Zettelkatalog nach dem gewünschten Buch gesucht habe, ist Euer Gnaden in der Bibliothek herumgegangen, etwas hat mich misstrauisch gestimmt. Dann habe ich gesehen, wie Euer Gnaden die Handschrift aus den Falten ihres Rocks herausgeholt und hinter eine Bücherreihe bei der Patristik gestellt hat. Weiß Herr Prälat, dass Sie ihn dabei beobachtet haben?, hat S. gefragt. Ich habe verneint, mir aber die Bemerkung nicht verkneifen können, Euer Gnaden habe ihn aus Barmherzigkeit bei uns im Kloster Fuß fassen lassen. Ihr Geschenk hat ihn aber brüskiert, und er wollte es loswerden und deshalb in der Bibliothek verschwinden lassen, habe ich gesagt. S. hat wütend die Tür zugeknallt.

Aber wie um Himmels willen, denkt Ernest Herz, ist der Schmalbacher zu der Handschrift gekommen? Er merkt erst jetzt, dass er aufgesprungen ist und sich mit dem Tagebuch unter die Deckenleuchte gestellt hatte. Mit beiden Händen hält er Mrozeks Tagebuch, ein Frösteln durchläuft seinen Körper, das Heft zittert, die Zeilen schwanken, und die Buchstaben, er hört ihr Klirren, hüpfen in ihrer Fassung.

11.04.2016
Ich habe nur das an mich genommen, was niemand haben wollte. Mein Gewissen ist rein.

12.04.2016
Gott ist mein Zeuge, ich hätte über meinen Fund bis an mein Lebensende geschwiegen, aus Mitgefühl für meine Mitbrüder, aber wenn mein Lebenswerk mit Füßen getreten wird, wehre ich mich.

17.05.2016
Ich würde ihn ins Gefängnis bringen, wenn er mir im Wege steht, habe ich gesagt. Die Antwort: Ich soll gehen. Des Jungen wegen. Der Schande wegen. Des gebrochenen Armutsgelübdes und des Bankkontos in Polen wegen.

29.05.2016
S. ist zu mir gekommen. Sie würden die Zügel lockern, ich soll meine Liste mit den zu digitalisierenden Handschriften und Druckwerken erstellen. Er will aber das Buch und seine Karte mit dem lateinischen Text zurückhaben. Da habe ich mich gefreut und erklärt, ich bin bereit, den «Dialogus» zurückzugeben. Er soll als Entschädigung dafür meine mich quälende Neugierde stillen und erzählen, auf welchen Wegen er zu dieser Kostbarkeit gekommen ist. Er habe sie von einem Monsignore im Vatikan geschenkt bekommen, den Namen wollte er nicht nennen. Die Besitzer sollen Niccolò III. d'Este und seine berühmte Enkelin Isabella d'Este gewesen sein. Die letzte Besitzerin war laut ihm ihre direkte Nachkommin, Margaretha von Österreich-Toskana. Als Frau eines italienischen Diplomaten

soll sie mit dem ungenannten Monsignore in freundschaftlichen Verhältnissen gestanden und ihm die Handschrift geschenkt haben. Er habe ihren Brief gelesen, in dem sie sich beim Monsignore dafür entschuldigt, dass ihr kleiner Bedanke-mich-Gruß keinen Einband und zwei hässliche Löcher habe. Von ihren Großeltern habe sie aber gehört, dass das Buch schon immer so gewesen sei. Wo ist dieser Brief?, fragte ich. Sie haben die Handschrift gestohlen und den Brief vernichtet. S. hat beteuert, er habe den «Dialogus» von diesem Geistlichen geschenkt bekommen. Nur über meine Leiche werden Sie die Handschrift kriegen, habe ich gesagt und S. einen Dieb genannt, den der Apostolische Stuhl zu Recht so hart bestraft habe.

09.06.2016
S. tobt. Er weiß von der Wohnung, einmal muss er mir gefolgt sein. Nun droht er mich bloßzustellen. Alle Türen wären mir in diesem Fall verschlossen. Auch in Polen würde er alles publik machen. In meinem Kopf ist solche Dunkelheit.

22.06.2016
Habe die Handschrift an einem sicheren Ort versteckt. Die Karte mit der Widmung liegt nun in meinem Tagebuch.

09.07.2016
Habe Herrn Prälaten alles erzählt und gebeten, Partei für mich zu ergreifen. Er hat gesagt: Ihr Geist ist zerrüttet. Sie

reden wirres Zeug. Was für ein Narr ich bin. Auch hier ist einem das Hemd näher als der Rock.

22.08.2016
Wann habe ich aufgehört zu beten? Wer hat mir eingeredet, dass ich unwürdig sei, mit Gott zu sprechen? Woher kommt dieses schlechte Gewissen?

25.08.2016
R. will nicht gehen. Im Lamm *sei sein Dienstplatz, sagt er, hier sei er glücklich. Er hat Angst vor der Welt.*

29.08.2016
Gehen Sie einfach, habe ich zu S. gesagt, retten Sie die Lage. Anderenfalls bin ich zu allem bereit. Packen Sie Ihre Sachen und verschwinden Sie, hat er geantwortet und mich Calde Frater genannt.

30.08.2016
Ich träume vom Fegefeuer. Ich spucke Benzin.

01.09.2016
Habe den schönen «Dialogus» signiert und ein Kunstwerk zerstört. Ursprünglich wollte ich wahrscheinlich Krzysztof Mrozek schreiben. Statt eines K ist mir aber ein C unterlaufen. Nun habe ich meinen Rausch ausgeschlafen und bin entsetzt von mir selbst.

03.09.2016
Wie konnte alles so weit kommen? Wo soll ich hin? Ohne R.? War heute zum ersten Mal seit Monaten wieder in der Bibliothek. Die Jugend von der Universität forscht und lernt, die Atmosphäre ist ruhig und konzentriert. So, wie ich es mir immer vorgestellt und gewünscht habe. Aufgeweckte Menschenkinder, glückliche Bücher. Alles unwichtig.

04.09.2016
Inferno?

05.09.2016
Habe heute in der Sakristei hemmungslos geweint. Das Vaterunser aus meinem Mund ist ein Hohn. Was ist aus mir geworden? Vieles gäbe ich für einen Teller Zurek meiner Großmutter hin.

06.09.2016
Kam eben nach dem längsten Spaziergang meines Lebens völlig durchnässt und verdreckt ins Kloster, wusch mich, zog mich um und ging zu R. Jetzt schläft er. Niemanden an der Tankstelle scheint es zu interessieren, warum ein alter Mann ohne Auto einen Kanister Benzin kauft. Es gießt immer noch in Strömen. Ich bin 75 Jahre alt, habe mit Büchern und für die Bücher gelebt. Ich kann und werde nicht gehen. Momentan sehe ich keinen Ausweg.

XXXXI

Er spürt es und blickt auf. Raphaels Blick richtet sich aus der dämmrigen Diele auf ihn. Er schaut den Bibliothekar zum ersten Mal lange und durchdringend an. Ernest Herz taumelt unter diesem Blick, tritt zurück, sucht Halt an der Wand, ihm ist, als würde sein Zug eine Vollbremsung machen und die bunte, an ihm vorbeieilende Landschaft abrupt zum Halt kommen. Irgendwo über ihm wird das Gepäck in der Ablage verrückt. Er riecht das Parfüm der mitreisenden Dame, die direkt vor ihm steht, er sieht das Buch, in dem sie eben noch mit so viel Genuss gelesen hat, aus ihrer Mantelasche lugen. Verzweifelt versucht er aufzuwachen, aber er hat keine Gewalt über sich. Sein Körper ist ein Punkt. Ein Silbertintenpunkt am Ende einer Zeile. Vor ihm endet die Welt.

Raphael kommt mit einem Tablett näher. Sein Gesicht ist blass wie der Dampf, der aus den Tassen aufsteigt. Er tritt dicht an Ernest Herz heran. Soll ich vielleicht die Tasse nehmen, überlegt er, erschüttert über Raphaels seltsam schiefes Lächeln. Die Zynikerfalte, er sieht ja aus wie ich, denkt er. Ein Zwei-Augen-Modell.

«Sie ...» Raphael kann den Satz nicht beenden. Sein

Mund krümmt sich, als beschwere ihn ein Orden. Unverdient, viel zu früh, denkt Ernest Herz.

«Verzeih mir!», drängt es aus den Tiefen seiner Seele.

Er fällt auf die Knie, versucht Raphaels Beine zu umschlingen, aber der aufstampfende Fuß hält ihn zurück.

«Sie können lesen!»

«Mein Gott, ja, es tut mir leid!»

«Sie haben also gelogen, mich angelogen», stottert Raphael.

«Ja.»

So viel Leid, denkt Ernest Herz, wozu? Es ist alles ein Missverständnis, ein Fehler.

Minutenlang verharren sie so, Ernest Herz auf dem Boden kniend, Raphael mit dem Tablett vor ihm, beide im Schmerz vereint und jeder für sich unendlich einsam, zwei Trauernde, die Grab an Grab vom Schicksal zusammengeführt worden sind. Ernest Herz, der immer noch Mrozeks Tagebuch festhält, versteht auf einmal, dass er eine Pflanze zertrampelt hat, eine Pflanze, die sich mit viel Überwindung, ihrer Natur trotzend, an eine Eisscholle geschmiegt hatte – sein Herz. Und er, blinder Narr, wollte nur seine Neugierde befriedigen. Jetzt kennt er die Vorbesitzergeschichte des Buches, er hätte sie sich denken können. Er kennt jetzt auch Mrozeks Lebensdrama und kann sich auch denken, dass der alte Bibliothekar sich nicht getraut hat, die Bibliothek zu verbrennen, und stattdessen sich selbst auf halbem Wege ins Refektorium angezündet hat. Oder er wollte sie anzünden und hat sich selbst versehentlich angezündet, wurde entdeckt und in letzter Minute brennend aus dem Fenster geschubst. Was spielt das jetzt für eine Rolle? Als er heute früh die Treppe zu Raphael hochgestiegen ist, hat er sich darauf gefreut, mit ihm über Mrozek zu reden, er hat sich aber noch mehr darauf gefreut, einfach mit ihm in seiner Wohnung sein zu dürfen. Nun liegt er hier. Am Boden zerstört.

«Raphael», sagt er und erhebt sich. «Bitte.»

Raphaels Gesicht ist entstellt. Der Zauber entwichen.

«Ich bin kein Schurke», sagt Ernest Herz, nimmt plötzlich, ohne dass er sich selbst versteht, die Tasse und trinkt.

Aus Raphaels Brust dringt ein Schrei. Ein verzweifeltes Krächzen. Er schlägt Ernest Herz die Tasse samt Untertasse aus der Hand. Das Tablett fliegt mit lautem Krach zu Boden. Erschrocken springt Ernest Herz zurück, stolpert über die Füße des Sessels, fällt über den Tisch, steht wieder auf und geht mit offenen Händen auf Raphael zu.

«Bitte!»

Mitten durch das Rattern der Eisenbahnräder hört er Raphael schreien. Irgendwo auf dem Gang muss ein Fenster offen stehen, heulend rasen schmutzige Fetzen der Landschaft vorbei. Sein Körper bebt unter silberleuchtenden Schlägen. Jemand schreibt mich, denkt er, eine Schreiberhand. Und wie ein Vorhang, dumpf und schwer, fällt plötzlich die Stille auf ihn und drückt ihn zu Boden. Raphael hat sich auf ihn gestürzt, ein Fliegengewicht. Ernest Herz wehrt ihn mühelos ab, packt ihn an den Schultern, schüttelt ihn und bittet immer wieder um Vergebung.

«Ich kann alles erklären», ruft er Raphael zu, als wären sie durch eine stark befahrene Straße getrennt. Einen Moment lang schaut ihn Raphael verständnislos an, lässt die Arme kraftlos sinken, und Ernest Herz, erweicht im Grunde seiner Seele, bringt eine ungeschickte Umarmung zustande. Ihr Atem vermischt sich, sekundenlang verharren sie so. Dann reißt sich Raphael mit aller Kraft los und schlägt wie rasend um sich. Aus seinem Mund kommen furchtbare knirschende Geräusche. So klingt Hass, denkt Ernest Herz und wird von einer grenzenlosen Verzweiflung erfasst. Und da geschieht es – mit einem schmerzvollen Griff reißt ihm Raphael die Augenklappe vom Gesicht. In weiter Ferne trillert eine Schaffnerpfeife. Rasch füllt sich der Raum mit bläulich durchscheinendem Nebel, und selbst in diesem Nebel sieht Ernest Herz, wie Raphael in seine Augenhöhle schaut. Frei und neugierig.

Schh-scchh-schhh. Langsam kommt der Zug zum Stillstand. Sschh. Und schon steht er still. Ein letzter Ruck. Die Augen sind Raphael ganz leicht aus den Höhlen getreten. Ernest Herz würgt ihn immer noch, obwohl er doch schon tot ist. Durch seine Tränen sieht er den wundervollen Körper vor sich liegen. Gekrümmt und noch schmaler als zuvor.

Danksagung

Mein besonderer Dank gilt Markus Feigl, der mich zum Schreiben dieses Buches inspiriert und mir während des gesamten Schreibprozesses kompetent und gefühlvoll zur Seite gestanden hat. Ich danke Martin Haltrich, der den Stein ins Rollen gebracht hat, auch für die Initiation in die Welt der Handschriften und dass er mich mit seiner Freude am Mittelalter angesteckt hat. Viele Ideen dieses Romans hat er mit Leben erfüllt. Herzlichen Dank an Edith Kapeller, Julia Schön und Katrin Janz-Wenig für ihre Geduld, Phantasie und das Weiterdenken.

Helmut Hinkel danke ich für das bewegende und heitere Gespräch in der Mainzer Martinus-Bibliothek; Ute Lange-Brachmann für die Geschichte des Bücherdiebs Wilhelm Bruno Lindner, die sie mit mir geteilt hat.

Andreas Brandtner danke ich für die curiositas und Petrarca, Cedrik Schöne für die Erklärung von Abkürzungen im Bibliothekswesen, Aljoscha Walser für die Gespräche über die Rolle des Radios und die Anregung, Raphael zu verjüngen.

Bei Herrn Thaddäus bedanke ich mich für seine pastoralen Unterweisungen im Grünen.

Großen Dank schulde ich dem Stift Klosterneuburg und insbesondere Herrn Dr. Andreas Leiss und Herrn Ing. Mag. Stefan Eibensteiner für die außergewöhnliche Möglichkeit, eine Wohnung im Stift zu beziehen, auch wenn ich sie bei Sonnenuntergang wieder verlassen musste. Bei meinen Herbergen in Klosterneuburg «Zum Anker» und «Schrannenhof» bedanke ich mich für die stete Gastfreundschaft.

Dank auch an Annabelle Arlt, die mich zum Thema Asperger-Syndrom beraten hat.

Danken möchte ich außerdem Clarissa Stadler dafür, dass sie mir erklärt hat, was den Blick von innen ausmacht.

Norbert Koerber danke ich herzlichst für seine großartigen lateinischen Übersetzungen.

Danke an Martin Krickl für seine einfühlsamen Übersetzungen ins Wienerische.

Meinem Lektor, Martin Hielscher, danke ich für den Schliff, den er dem Manuskript verliehen hat.

Ein großes Dankeschön auch an das Team des C.H.Beck Verlags, das mich liebe- und verständnisvoll betreut hat.

Ebenso danke ich dem Land Rheinland-Pfalz für den Martha-Saalfeld-Förderpreis, den ich 2017 bekommen habe, wodurch sich die Arbeit an diesem Buch angenehm gestalten ließ.

Und schließlich danke ich meiner einäugigen Katze Lilly für Ernest Herz.

Literaturverzeichnis

Angerer, Joachim F., Lois Lammerhuber: Mensch Mönch. Leben im Kloster, Innsbruck, Wien 1995.

Caesarius von Heisterbach: Dialogus Miraculorum – Dialog über die Wunder. Hg. v. Nikolaus Nösges u. Horst Schneider, Turnhout 2009.

Gantert, Klaus, Rupert Hacker: Bibliothekarisches Grundwissen, München 2008.

Haddon, Mark: Supergute Tage oder Die sonderbare Welt des Christopher Boone, München 2015.

Kluge, Mathias (Hg.): Handschriften des Mittelalters. Grundwissen Kodikologie und Paläographie, Ostfildern 2014.

Kraus, H. P.: Die Saga von den kostbaren Büchern, Zürich 1982.

Maschek, Franz: Meine Lebenserinnerungen, 1879–1948, Typoscript.

Schneider, Karin: Paläographie und Handschriftenkunde für Germanisten. Eine Einführung, Tübingen 2009.

Walther, Ingo F., Norbert Wolf: Codices illustres. Die schönsten illuminierten Handschriften der Welt 400 bis 1600, Köln u. a. 2001.